江苏高校优势学科建设工程三期项目
苏州大学外国语言文学学科资助出版

吉奥诺生态空间研究

陆 洵 / 著

苏州大学出版社
Soochow University Press

图书在版编目(CIP)数据

吉奥诺生态空间研究/陆洵著. —苏州：苏州大学出版社，2020.11
ISBN 978-7-5672-3388-1

Ⅰ.①吉… Ⅱ.①陆… Ⅲ.①吉奥诺-文学研究 Ⅳ.①I565.064

中国版本图书馆 CIP 数据核字(2020)第 217379 号

Ji'aonuo Shengtai Kongjian Yanjiu

书　　名	：吉奥诺生态空间研究
著　　者	：陆　洵
责任编辑	：沈　琴
助理编辑	：杨宇笛
装帧设计	：刘　俊
出版发行	：苏州大学出版社(Soochow University Press)
社　　址	：苏州市十梓街1号　邮编：215006
印　　刷	：镇江文苑制版印刷有限责任公司
网　　址	：www.sudapress.com
邮　　箱	：sdcbs@suda.edu.cn
邮购热线	：0512-67480030
销售热线	：0512-67481020
开　　本	：700 mm×1 000 mm　1/16　印张：14.25　字数：253 千
版　　次	：2020 年 11 月第 1 版
印　　次	：2020 年 11 月第 1 次印刷
书　　号	：ISBN 978-7-5672-3388-1
定　　价	：58.00 元

凡购本社图书发现印装错误，请与本社联系调换。服务热线：0512-67481020

说到法国,读者自然地会联想到巴黎的奢华、法兰西的浪漫、蓝色海岸的蓝天、普罗旺斯的风情等,尤其普罗旺斯,是人们心目中的天府之国,世外桃源。那里不仅有灿烂的阳光、蔚蓝的天空和独特的山川,更有举世闻名的薰衣草、优质的葡萄酒、风貌各异的城市和纯朴热情的乡民。普罗旺斯风景秀丽,人杰地灵,这里曾是中世纪骑士抒情诗的发祥地。普罗旺斯诗人弗雷德里克·米斯特拉尔于1904年获得诺贝尔文学奖,还有诗人勒内·夏尔,以其诗歌描绘了家乡的山野和烈风。普罗旺斯还有一批热爱家乡、书写乡土的小说家,如亨利·鲍斯柯、马塞尔·帕尼奥尔、让·吉奥诺等。他们以独特的视野、别样的感知和优美的笔触描绘了法国南部的自然风貌、乡村生活和社会变迁。当然,对于普罗旺斯,若仅仅满足于以上认识,那只是一般游客的见识。作家的认识是全面和深刻的,而研究者的视野则更为广阔与深刻。尤其是像让·吉奥诺这样的乡土作家,可以说,他以作品呈现了另一个普罗旺斯。

一、作家笔下的普罗旺斯

让·吉奥诺是生于斯长于斯的普罗旺斯作家,1929年发表小说《山冈》后成名,从此走上了文学创作之路,被誉为"法国20世纪最伟大的小说家之一""法国生态文学先驱"。吉奥诺一生创作了24部小说,包括《山冈》(1929)、《一个鲍米涅人》(1929)、《再生草》(1930)、《一个郁郁寡欢的国王》(1947)、《坚强的心灵》(1950)、《屋顶轻骑兵》(1951)、《伟大的征程》(1951)、《波兰磨坊》(1953)、《埃纳蒙德》(1968)、《苏兹的蝴蝶花》(1970)、《联队的故事》(1972)等。此外,吉奥诺在诗歌、戏剧、翻译、电影等多个领域均有所建树。他翻译了美国名著《白鲸》;创作了《穷途》(1926)、《乘马车旅行》(1943)等多个剧本。吉奥诺的文学作品多以法国普罗旺斯地区为背景,作品里充满了大自然的意象符号,表现人与自然之间的关系。以二战为界,吉奥诺的文学创作可以分为前后两个时期:前期从发表《山冈》至二战爆发(1929—1939),代表作有"潘神三部曲";后期从发表《一个郁郁寡欢的国王》至其逝世(1947—1970),代表作有"编年体小说"和"轻骑兵系列"。前期追求抒情的风格,致力于刻画普罗旺斯的乡野天地,辅以农民、工匠等普通的人物形象和朴素的故事情节,注重从生命的维度揭示人与自然的关系。后期借助历史事件的铺陈来展现人物命运,侧重人性分析。在前期作品中,"大自然"是推进情节的主角,而在后期作品中,"人"成为作品表现的中心,"大自然"则作为故事背景存在。在作品中,吉奥诺从自己的经历和感受出发,分别从地貌、河流、气候、道路、村落、民居、植被、农作物等方面描写了普罗旺斯地区的风貌。

　　普罗旺斯的地貌是法国绝无仅有的。法国的乡村风景一般分为三类:北部和东部为开阔田野,一望无际,树木稀少,村庄较大;中部和西部为围隔风景,参差的田块和草场被灌木带围挡成封闭的空间,村落比较分散;而普罗旺斯则是地中海风景,一望无际的丘陵和高地,零星的地块分散在山谷中,村庄相对集中。高地之中又有深暗的幽谷。在《伟大的历程》中,主人公行走在山里,发现"四面八方都很漂亮,只见山连着山,延绵无际,还有充满绿树的山谷"。山谷里布满小溪,但水流湍急,"所有田块都位于激流冲积成的河床上,他们用石块将河床一分为二,另一边流淌着幽深的河水"。这里的河流不叫"河"(rivière),更说不上是"江"(fleuve),大多叫作"激流"(torrent),因为下雨时雨水特别凶猛,再加上山区复杂的地形,所以都成了瀑布或激流。当然,在地势稍微平缓的地区也有小溪(ruisseau)。普罗旺斯地区不仅地貌特别,气候也不同于其他地区。夏天天气特别炎热,而且常常出现雷雨,形成一种特别的雨天景象,炽热的地面和布满乌云的天空之间滚动着热浪。

　　普罗旺斯的村落和民居也很有特色。法国的村落一般也分三种类型:东北部的街道型村庄、西部分散的封闭式农场和南方的普罗旺斯庄园(mas-provençal)。《伟大的历程》对乡间道路和村落进行了描绘:"清晨,我站在马路旁等候收牛奶的小卡车","我信步而行……从容地走在这段一公里多长的路上,这路很合我的口味,它是连接村庄的小路,也就三四米宽,脚踩上去很柔软,而且沿着庄园的边界走。前面立根木桩,道路就在那地方拐弯……道路两旁都是果园,我还发现这里的人喜欢种花"。那里的村庄"房顶崭新,钟楼豪华。外部迹象显示出富庶……这个村庄与别的村庄并无异样,只是多了一个让我害怕的玩意儿：一座带塔楼的城堡……我来到路边的一座房屋前，这是一座低矮的山村建筑体，掩映在栗树丛中。牲口棚的门敞开着，我看到几件颇为熟悉的物件，尤其是一条长凳，就放在视线开阔的最佳位置上。还有几件装着结实手柄的农具，被细心地摆靠在墙边"。另一个村庄则位于峡谷出口处，"在光秃秃的崇山构成的瓷碗中……零星的牧场里长着厚厚的白色蓟草。落叶松下应该还有许多蘑菇"。普罗旺斯还有茂盛的植被。山上的树木以针叶林为主，如松树、雪松、落叶松等，田地里以果树为主，如葡萄树、椴梓树、橄榄树等，道路和村镇上以阔叶木为主，如柳树、橡树、榉树、栗树、梧桐树等。吉奥诺写道，这里的"田地不是很规整，最大的田块也就五十米见方。尽管面积不大，里面却种满了小麦或大麦。……养路工似乎非常内行，镇上的财政也相当可观。他们还建了一座价值不菲的小桥"。当然，有时"田野里也有四五棵高大的树木。我还看到一排椴梓树，上面挂满了果实，还有零星的葡萄树，上面的葡萄尚未成熟。这里并不是葡萄酒之乡：这是小康乡民的水果葡萄树"。特殊的环境还造就了一些特殊的生产活动，有些地方"以蜂蜜为生，这里有很多的蜂房。蜂蜜和树木，还有运输马车"。

　　吉奥诺不仅善于书写自然，还敢于直言人生。法国社会学家特洛蒂尼翁在《20世纪的法国》一书中，对战后的法国农村做了细致的分析。他将当时的农村问题归纳如下：一是农民问题，他们的收入和生活水平十分低下；二是农村人口问题，战后农村人口向城市迁徙的速度过快，造成农村劳动力不足；三是农业问题，即经营规模偏小，收益低下。另外还有农产品交换和机械化不足等问题。学者的科学分析在吉奥诺的小说中得到完美的印证，作者在作品中展示了农村的田地耕作、日常生活、乡村教育等演变的"伟大的历程"。小农经济是当时存在于法国农村的主要经济类型，庄园主有时自己经营着庄园，有时也将田地以收益分成的方式租给佃户耕种，农作物品种比较单一。普罗旺斯受土地和气候的限制，一般只能种植小麦和大麦等粮食，土豆和萝卜等少数蔬菜和苹果之类的水果。养殖业不太发达。庄园的日常生活比较单调，人们日出而作，日落而息。因忙于生计，或因天气炎热，邻居之间很少来往，也没什么消遣。当然，村镇的生活稍微活跃一些。《伟大的历程》中常常描述一些咖啡馆和酒吧，那是村镇里的集会场所，是人们相互见面和交流信息的地方，同时也是娱乐场所，那位弹吉他的"青年艺术家"就是在酒吧里玩弄他的纸牌，以骗取顾客们的钱财。乡村妇女们可以在洗衣的溪边谈论家长里短，而男性村民在闲暇时可以聚在一起玩玩滚球游戏。

当然，乡下也有婚庆宴会和农贸集市，这是乡村最热闹的时候。《伟大的历程》中则讲述了乡村集市的情景："大客车小客车川流不息，带来众多的集市顾客。集市上人山人海，人头攒动。那位先生告诉我怎么发传单，让我在集市草场里来回分发，直到十一点钟。然后一起到田里看耕地演示。"主人公帮着农机公司散发农机广告，展示拖拉机的各种功能，教农民使用马斯文森牌农业机械等。当他启动深犁拖拉机的大型犁头时，大家看到"土地在犁下裂开，就像黄油在翻滚"。这一场景既反映了农村集市的热闹程度，也折射出农业耕作方式的改变，预示了规模经营时代的开始。镇上还有一些小商业和手工业。作品描写的战后10年是法国农村大变革的时期，是走向现代化的时期。从农民到农业工人，从小农耕作到规模经营，从庄园兼并到农业机械化，从自给自足到市场经济，从种植业转向养殖业，法国农村已经开始了生产规模化、耕种机械化、经营市场化、乡村城市化的进程。

二、学者视野中的普罗旺斯

像吉奥诺这样的法国乡土作家，即使在法国，在相当长的时间内也未得到文学批评界的重视。他是一名自学成才的作家，饱受普罗旺斯传统文化的熏陶。他一生很少离开自己的故乡，因此被称为"静止不动的旅行者"。由于游离于20世纪所有文学运动之外，吉奥诺常常被人贴上"农民作家"的标签，其作品也常常被贴上"乡土文学"的标签。20世纪的历史进程和亲历战争的独特经验，造就了吉奥诺敬畏自然、尊重生命的人文情怀。他作品中深刻的人文主义和超前的生态理念，得到了众多名家的认可和推崇。1947年诺贝尔文学奖得主、法国著名作家纪德称吉奥诺是"写散文诗的维吉尔"。法国超现实主义文学大师阿拉贡称他是"大自然的诗人"。而2008年诺贝尔文学奖得主勒·克莱齐奥更是认为，吉奥诺的"全部作品都与自然融为一体，这些作品就是自然"。在我国，以前对吉奥诺的研究比较少见。所幸的是，陆洵在南京大学法语系攻读博士学位期间，选取了法国作家吉奥诺作为博士论文的考察对象，这是国内较早对吉奥诺及其作品进行的系统研究。该研究的独特之处，就在于能够超脱传统的"乡土文学"视角，以生态学的眼光来透视吉奥诺的文学作品，分析其中的生态空间构建，探析其中隐含的生态文明价值。陆洵的博士论文对吉奥诺的作品进行了新的解读，大大拓展了法国生态文学的天地，以一个学者的视角呈现了普罗旺斯。

陆洵的研究首先分析了由"日夜"和"四季"构成的时间符号，由"城市"与"乡村"构成的空间符号,揭示作者在时空维度上的生态学价值取向。然后分析了由"动物""植物""微生物"构成的生物意象符号,还有由"土""气""水""火"四大元素构成的非生物意象符号,探寻自然元素对生态空间的构建,揭示人与自然诸元素和谐互动的生态观。再次分析了作为"第五元素"的"人",通过对文本中"个人"与"群体"意象的分析,阐释生态空间中人的生态价值观,以及人在面对生态危机时所采取的实际行动。最后综合分析了吉奥诺文本中的生态空间表征,展现了形而上的生态文明反思,并对作者的叙事风格加以阐释,从宏观与微观两个层面把握生态空间的文学性、有机性和整体性。从研究结果可以看出,吉奥诺对普罗旺斯的描绘,聚焦的是空间,通过描绘自然空间去展现人类社会,借此彰显人与自然的关系,整合文学想象与现实关照。

  吉奥诺通过创造各种意象符号来书写普罗旺斯的大自然,阐释自然和社会的关系,构建出颇具特色的文学空间。吉奥诺的作品通常表现出两个空间,即自然空间和城市空间,通常以描写自然空间开始,如《山冈》的开篇是麦田、橄榄树和山泉,《人世之歌》的开篇是夜色中的大河和柴岛,《屋顶轻骑兵》的开篇是黎明时的山谷等,为描绘人物和虚构故事提供叙事要素。在《再生草》中,"听见画眉在刺柏间飞来飞去。一只棕色的野兔惊愕地在灌木丛中停一停,然后拉长身子猛地一蹿贴着地面飞了"。各种感官被用来感受自然的变化,"又是春回大地,南方的天空像一张嘴豁开了,湿润温馨的风刮了好长时间,百草已在萌动"。人类、动物和植物成为大地的主角,与自然融为一体,呈现一派田园景象。吉奥诺用"潘神"形象作为自然空间的表征符号。潘神是希腊神话里的农牧神,其半人半羊的外形表明其具有双重性,这让空间既体现出"大地的仁慈",又暴露出大自然的"恐惧与残酷"。在《山冈》中,作者借巫师雅内之口说"你想知道该怎么办,却对你的世界一点也不了解;你知道有东西在与你作对,却不知道是什么"。大自然的神秘感和自然元素的泛灵式感受,引发人们对某种表征符号的诉求。这个披着神秘面纱,"恐惧与残酷"的神灵形象,实际上是作者为了强调人类对大自然"心怀恐惧的崇拜"而塑的。面对泉水干涸和山火爆发,乌合之众的村民们又团结在一起。在《潘神三部曲·序幕》中,上帝通过一场暴风雨让伐木工及村民陷入狂欢又受到惩罚,让人们反省破坏植被的恶果。在他后期的小说中,自然空间神秘的两面性同样存在。在《屋顶轻骑兵》中,普罗旺斯的美景虽然有"王家气派",让人"心旷神怡",但大自然以"霍乱"的面貌出现,变得"和霍乱一样令人可怕",毫不关心人类的命运,就连树木也变得只"考虑自己",对于"不符合它们利益"的事一概"不闻不问"。

而城市空间则是另一番景象。在《山冈》中,作者开篇勾勒出模糊的城市景象,"南风刮来的时候,可以听见山下火车的长鸣和当当的钟声"。城市中充满喧嚣,"从城里来的没什么好事",人们不喜欢城里刮来的"南风",更喜欢"从荒凉的鹿儿山刮来的风"。"火车""钟声""南风"都以符号的形式象征着城市。而《屋顶轻骑兵》对城市空间的叙述十分突出,"在马赛,阴沟里冒出了青烟。在埃克斯,中午,全城都在午睡,鸦雀无声,马路上,公共取水处响起了钟声,仿佛是在夜里",恰似一个"真正的城市大公墓"。吉奥诺还借助"人"这一独特的"自然元素"把自然空间和城市空间联结在一起,通过行为表现和内心活动反衬作者对空间的价值判断——肯定自然文明,否定城市的"现代文明"。在自然空间中,吉奥诺主要刻画的人物是农民,从《一个鲍米涅人》中的阿梅德到《愿我的欢乐长存》中的博比,再到《再生草》中的阿苏尔,他们的生命节奏和季节交替相辅相成,他们成为大自然的诗人。而身处城市空间的市民则深受灾难和疾病的折磨,《屋顶轻骑兵》里有大量市民死于霍乱;这些人缺乏爱并因此变得忧郁和自私。人心之恶让"社会变成一群活死人,一个地上公墓"。事实上,这些市民在若干年前也是附近村庄的农民,他们不断受到城市文明的吸引,背井离乡来到马赛等大城市寻求梦想。巨大喧嚣的城市空间表面上是"梦想之城",实际上到处腐烂发臭,将原本纯朴的村民"吞噬殆尽"。人身处自然空间时本性纯朴,到了城市空间却虚伪地"戴着假面具",于是有些城里人"逃离闹市,躲到山里"。

吉奥诺的空间构建不仅关注平面上的自然空间和城市空间,还关注纵向上的高地空间和低地空间。在《屋顶轻骑兵》中,空间高低主要体现在海拔高度上。这种转换体现了空间从平面到立体维度的变化,这与他个人的生存体验息息相关。吉奥诺在战后回到故乡,家乡独特的高原环境启发他与众不同的感悟,因此"高地"与"低地"构成了他后期作品的空间对比关系。普罗旺斯地区分为上普罗旺斯和下普罗旺斯,在靠近地中海的下普罗旺斯地区,社会生活更为丰富活跃,这正是世俗社会文化所推崇的生活。但吉奥诺说过,"大山是我的母亲,我讨厌大海",大山代表睿智朴素的乡间生活,大海则指向布尔乔亚式的繁华,"高地"与"低地"也自然成为他这一时期空间构建的关注对象。在吉奥诺早期作品中,空间的高低对比初露端倪:"潘神三部曲"的村庄位于普罗旺斯的高原;《大畜群》位于南部山脉的最高处。在其后期作品中,"高地"与"低地"的区分与意义则表现得更加清晰——《风暴两骑士》的"高岗"与"山谷",《埃纳蒙德》中的"高地"与"低地",这些称谓除了标志地点外,还是作者组织情节、表达主题的工具。例如,昂热洛穿行在普罗旺斯高原,高山成了小说频繁出现的空间意象,对人物的言行和思想有重要影响。作者借路人之口说高山"过了某一高度,传播霍乱的苍蝇就飞不上去了。只要可能,人们便躲到高山上去"。人们喜欢"大地上初始的寂静",在高山上"找到了这份寂静",而低地则"充斥着平庸、邪恶和各式卑劣"。正因为有了对"高地"和"低地"的不同感知,吉奥诺认为"高地可以达到平原不曾有的纯洁秩序",大山可以检验"纯粹的心灵"。此外,在吉奥诺构建的城市空间中也有许多"高地"意象,"屋顶"和"阁楼"等代表"高地"的符号成为他构建城市空间的主要元素。"屋顶"作为独特的空间意象,既是参与城市空间建构的元素,又是彰显人物内心空间的主要表征。例如,昂热洛栖身于屋顶,这既表明他身心的优越性,又表明他内心的孤独。站在屋顶高处,他可以瞧见霍乱时期城市里的种种景象。当置身于"屋顶"的高处时,人就开始"全景式俯视中的哲学"思考。各种景象会"通过四面八方入侵我的视场"。昂热洛利用"屋顶"俯视低处的人,既对他们的利己行为加以批判,又对其不幸的命运抱以同情。"阁楼"则是另一处"高地",它是让人"忍受孤独,享受孤独,渴望孤独"的空间。另外,无论是城市还是自然,吉奥诺作品中的"高地"大致分为两种空间:情节发生的外部空间和心理活动的内在空间,有形的外部空间将虚化为无形的内在空间。

最后,普罗旺斯的空间还可分为现实空间和表征空间。例如,《再生草》既注重对现实空间的描摹,也注重对想象的描绘,兼有现实化和虚构化的双重表征。自然空间折射出人与自然的关系,将主要人物置于自然空间中,体现出作者回归自然去寻根的理想主义,自然空间承载着乌托邦的维度。城市空间则显出令人作呕的病态,"像垂死者那样在挣扎。它是临终时的自私自利的挣扎。墙下有低沉的声音,像是肌肉在放松,肺部在吐气,肚子在排泄,颌骨在咯咯响"。疫病被用来比喻没落的城市,隔膜的城市将导致人性扭曲。自然灾害对于城市如同潘多拉之盒,打开人内心深处的各种恶念——自私、谵妄和暴力。城市空间将这些恶念结成紧密的关系网,其特殊性加剧人们内心的邪恶,"城市是罪恶的渊薮"。作者通过城市空间与自然空间的对比,对城市生活进行反思,表达了对大自然的向往。空间意象也经历了不断的变迁,从早期的"潘神"到后期的"霍乱",从早期的"南方"到后期的"马赛"。以"高地"空间为表征空间,突出空间的文学性。这种区分代表着现实与虚幻的分隔,表达了吉奥诺的空间辩证法——一方面是封闭的低地欲望,长满青苔或是物质腐烂的"低地"环境;另一方面是向"高地"的跃进,是面向巨大空间的冲动。所以,"低地"仅仅衬托人物对高地的渴望与憧憬,彰显人性的历练和升华。普罗旺斯高地是吉奥诺品尝孤独的空间,作品中的空间成为作者内心空间的投射。这是一种冲突的空间,源自他和朋友们的决裂,内心"进行着一个人的战斗,战争的喧嚣对其余人而言是寂静无声的"。吉奥诺小说中的"高地""空间"是带有作者个人标记的空间,他通过"高地"空间展现内心哲学。

吉奥诺从关注自然过渡到关注人类,这与布朗肖把文学的空间性和人类的生存性紧密相连的意图不谋而合。吉奥诺作品中的普罗旺斯,其地理范围比较狭窄,仅仅是普罗旺斯高地。他也希望与现实中的普罗旺斯"保持距离",为此他创造了"虚构的普罗旺斯"。为了塑造虚构的空间,吉奥诺借助隐喻和拟人化手法,让现实空间与文学空间相遇,把真实的地点改换名称和位置。对此,吉奥诺曾解释道:"我得有个原始的地方,于是我把它挪到了更高处。"因此,吉奥诺笔下的普罗旺斯尽管不乏地中海的骄阳,但已然成为灾变降临的场所,成为考验人性道德的平台。吉奥诺的空间构成"视觉体验和领悟世界的根本基础",将外在的普罗旺斯虚化为想象的文学空间。普罗旺斯的空间构建是吉奥诺用文学创作进行空间生产的过程,突出了人与自然关系,是揭示人类生存境遇的艺术实践。吉奥诺的作品故事情节大多在对比强烈的空间中进行:《山冈》《再生草》等都以广袤的普罗旺斯原野为主要空间;《风暴两骑士》和《埃纳蒙德》的主要情节展现在"高地"与"低地"中,以高地为主,低地为辅;而《屋顶轻骑兵》则体现出将现实空间转变为表征空间的追求。自然空间意象、城市空间意象和高地元素在作者的叙事安排下,在与人物性格和命运的关联中,营造出具有吉奥诺风格的普罗旺斯。克莱齐奥曾说,吉奥诺用文学创造出的普罗旺斯"与他的面容最为相似"。

张新木

2020年6月于南京蓝旗街

- 绪论 / 1
  - 第一节　诽誉交织的大地作家 / 3
  - 第二节　"乡土作家"吉奥诺在中国 / 9
  - 第三节　构建生态空间的先驱 / 14

- 第一章　时间意象符号 / 20
  - 第一节　白昼与夜晚的对立共生 / 22
  - 第二节　四季轮回与生态循环 / 27

- 第二章　空间意象符号 / 40
  - 第一节　恐怖与温情交织的城市 / 42
  - 第二节　安乐之所的乡村 / 55
  - 第三节　乌托邦中的普罗旺斯 / 65

- 第三章　自然意象符号 / 70
  - 第一节　生物的自然属性与人类意象 / 76
  - 第二节　非生物的自然元素与想象隐喻 / 101
  - 第三节　优胜劣汰的自然法则和生态平衡 / 126

- 第四章　人类意象符号 / 129
  - 第一节　纯真高贵的个人英雄 / 134

第二节　复杂矛盾的集体精神　/ 142

第三节　人与自然的和谐互动　/ 150

第五章　生态空间的文学表征　/ 159

第一节　生态空间的符号构建　/ 165

第二节　生态空间的叙事风格　/ 177

第三节　生态空间的文明反思　/ 188

结论　/ 197

参考文献　/ 201

后记　/ 211

绪 论

"难道万物都有生命?"这是 1929 年让·吉奥诺(Jean Giono, 1895—1970)[①]在其小说《山冈》中提出的问题。伴随这部小说的出版,这位被文学界称为"静止不动的旅行者"[②]的普罗旺斯年轻人旋即跻身于 20 世纪伟大作家之列。他的作品得到了文学同行们的认可,安德烈·纪德称赞他的作品具有"彻底的新意",对他"非凡的才华"感到"非常惊喜"[③]。吉奥诺于 1953 年出版了《屋顶上的轻骑兵》[④],法国文学评论界认为它超越了同样书写疫病题材的加缪的《鼠疫》,甚至认为吉奥诺应该借此获得诺贝尔文学奖[⑤]……这个崇尚者的名单还可以绵绵不绝地列下去,不过吉奥诺在很长一段时间内都没有获得应有的历史地位,现当代法国文学史时常会遗漏这位卓尔不群的普罗旺斯作家。有人认为他创作的是"乡土小说",并把"乡土文学推到了一个新阶段"[⑥];有人认为他的作品属于反映社会现实的"社会小说"[⑦],深刻反映了人在社会中的境遇;有人被他小说中"司汤达

[①] 关于作家姓名的中文译名,国内学者相继译成"齐奥诺""季奥诺""吉奥诺"。本书统一使用较为常用的"吉奥诺"这一译名。

[②] Philippe Hamon et Denis Roger-Vasselin, *Dictionnaire de littérature française*, Dictionnaire le Robert, 2000, p.536.

[③] 这是纪德 1929 年 3 月 5 日写给吉奥诺的信中的内容。参见 André Gide-Jean Giono, *Correspondance 1929-1940*, établie et annotée par Roland Bourneuf et Jacques Cotnam, Centre d'études gidiennes, Université de Lyon II, 1983, p.3.

[④] 该小说国内译本(潘丽珍译,译林出版社,1998 年)的译名为《屋顶轻骑兵》。不过,由于同名电影在国内读者和观众中具有很高的知名度,故下文采用电影版译名《屋顶上的轻骑兵》。

[⑤] Jacques Pugnet, *Jean Giono*, Paris, éditions Universitaires, 1955, p.127.

[⑥] 郑克鲁:《现代法国小说史》,上海外语教育出版社,1998 年,第 417 页。

[⑦] 吴岳添:《法国小说发展史》,浙江大学出版社,2004 年,第 357 页。

的气质所吸引"①；有人被他文字中"普罗旺斯的人文精神"②所倾倒；有人认为他的小说甚至可以与《追忆似水年华》的最好篇章相媲美③……总之，虽然不断有评论家叫好，批评界的主流意识却不置可否，使得对他的赞扬或批评，都无法成为定论。身为法国20世纪的伟大作家之一，不党不群的吉奥诺几乎不参加任何文学运动，不属于任何风格派别，这可能是无论在他生前还是身后，评论家对其风格难以形成统一解读的一个主要原因。

吉奥诺一生笔耕不辍，著述颇丰。像《山冈》《一个郁郁寡欢的国王》《屋顶上的轻骑兵》等作品已经成为20世纪法国文学的经典著作。透过其40余年创作生涯中所创作的作品，我们看到的吉奥诺既是一名创作流畅的小说高手，又是一名不断对创作技巧和创作风格求新求变的作家。他的作品讲述人与自然的故事，生命的意象遍布于他笔下的自然世界和人类世界。吉奥诺首先是在普罗旺斯观察到这两个世界，然后又通过阅读古希腊文献并借助大洪水的想象而对其进行重新塑造。这两个世界被吉奥诺用来描绘人在自然世界和人类社会中的境遇，以及人类所面对的道德问题和超验性问题。

吉奥诺自童年起就与大地亲近，与天地间的自然力量亲近。在他前期的文学创作中，他追求一种抒情的作品风格，歌颂大自然和乡村生活。第二次世界大战（以下简称"二战"）后，他的主要作品是"编年体"小说和"轻骑兵"系列，关注的重点转向人类生存条件中所固有的荒诞和烦恼。他参加过第一次世界大战（以下简称"一战"），亲身体验到残酷的战争对人性的泯灭，并且还有过两次被监禁的经历。显然，这些特殊的经历改变了他对世界和对人的看法。如果说"大自然"是他早期作品的讴歌对象，那么"人"则成为他后期作品的探索主题。吉奥诺身处个人的困境，依然书写自然，直言人生，以清晰和质朴的风格说话，作品完美有度，终于在他的晚年获得学界和大众的广泛赞誉。

在我们这个时代，对土地的忠诚变成了对最后乐园的激烈的、全方位的

---

① Marc Sonnet,《Le Hussard sur le toit, une grandiose et puissante fresque romanesque de Jean Giono》, *l'écho libertaire*, 3 mars 1952.

② Maurice Reinhard,《Avec Le Hussard sur le toit, Giono réussit le difficile roman de l'aventure héroïque》, *Le Journal du soir*, 12 mars 1952.

③ Michel Gramain,《Le Hussard sur le toit：Réception du roman (1951-1952)》, *Revue Giono* (2010), p.176.

保卫战，这最后的乐园我们绝对不能失去，特别是处在激荡的世纪之交，很多事件具有了世界末日的含义。此时，我们重新发现了吉奥诺——这位尘封多年的普罗旺斯作家。80多年前在二战伊始时他描写的不安的乡村、与大自然的狂欢、对自然关系的寻觅，都是为了让我们具有"真正的生活"。如今的现实在我们和吉奥诺这位自然力量的咏唱者之间建构了互动与反省的崭新关系。吉奥诺，他一只脚踏在了古朴的普罗旺斯乡村世界，一只脚踏在了当今的"世界之歌"，重新解读他的作品我们可以发现另一片广阔的空间——生态空间，从而品味其不同于英美生态文学的别样风格。

第一节　诽誉交织的大地作家

让·吉奥诺，法国小说家、电影编导。1895年3月30日，他出生于法国普罗旺斯地区的马诺斯克镇。他家境贫寒，父亲是一位祖籍意大利的鞋匠。母亲是普罗旺斯熨衣女工。尽管吉奥诺童年生活清苦，但充满幸福和梦想，他1932年出版的自传体小说《蓝衣老让》对此有着生动的描述。1911年，由于父亲身体欠佳及家庭经济拮据，他只得放弃中学学业，进入当地一家贴现银行当普通职员。这一时期，他并未放弃学习，在父亲的帮助下，阅读了大量作品，其中最多的是《圣经》、希腊悲剧、荷马史诗和维吉尔的作品。

1915年吉奥诺在法国布里昂松（Briançon）入伍，随即被派往前线。他参加了一战中举世闻名的凡尔登战役，是所在连队11名幸存者之一。[①] 1919年退役回到故乡马诺斯克。这段参军的经历给他的人生造成了"巨大的创伤"，他眼看自己的亲密战友在自己身边倒下，内心深处被战争的野蛮和残酷所震撼。亲历战争使吉奥诺深知"战争浩劫带来的是和平生活丧失殆尽，物质文明荡然无存，人道主义瓦解和破灭，人们对社会发展感到彷徨和怀疑，对人生价值采取悲观态度和否定态度"[②]。因而，这种经历和人生感悟成为他二战前积极提倡和平主义的动因。

---

①　陈振尧：《法国文学史》，外语教学与研究出版社，1989年，第394页。
②　郑克鲁：《法国文学史》（下卷），上海外语教育出版社，2003年，第1108页。

在阅读大量古典作品的基础上，吉奥诺从 16 岁开始就尝试写作。1929 年 3 月，他发表小说《山冈》，荣获美国布伦塔诺奖（Brentano）①，纪德对他的小说大加赞赏，撰文欢呼道"刚刚诞生了一位写散文诗的维吉尔"②。《山冈》开启了吉奥诺小说创作的生涯：1929 年发表《一个鲍米涅人》；1930 年发表《再生草》，获诺特克利夫奖（Northcliffe）③。1932 年获荣誉军团骑士勋章。在让·普朗、纪德等作家的支持下，他辞掉银行的工作，开始四处旅游和写作。这段发现之旅一直持续到 1935 年，即《人世之歌》发表的那一年。除了小说之外，吉奥诺也撰写杂文，表达他对自然事物的一些感悟，后来统一收入《世态炎凉》中。他也写过其他类型的文章，如《春天的到来》《小麦之死》《特利埃夫之秋》《冬》《高原上的马诺斯克》等游记，语言朴实，描写生动，令人读罢有如沐春风之感。

作为一名初登文坛的文学青年，吉奥诺刚一发表作品便获得大众读者和文学大家的赞赏，这固然离不开吉奥诺自身的勤奋和文学天赋，其实也与当时社会思潮的变化有着必然的联系。20 世纪初是欧洲社会动荡和变革的年代，从总体和全局的角度看，法国文学的时代特征乃是"多元格局和开放体系"④。在 20 世纪 30 年代，法国社会上刮起了一股对"分析型小说"的反感之风，自学成才的吉奥诺能够在此时的法国文学界崭露头角，这股社会风潮确实帮了他的大忙。其时，乡土小说开始流行。那个年代的工人阶级，在众多知识分子的支持下，纷纷站起来控诉他们悲惨的工作条件和不人道待遇，表达建立新世界，甚至建立农村天堂的愿望，他们的诉求在当时社会激起了强烈反响。吉奥诺正是在这种绝佳的社会发展时期步入文学界，跻身于"大地作家"之列。

从 1935 年到二战爆发，吉奥诺对世界的展现更加广泛，更关注其"完整性"⑤。正是在这一时期，吉奥诺的思想进一步成熟，他有关大自然与现

---

① 布伦塔诺奖（Brentano）是一项美国文学奖，由布伦塔诺书店于 1928 年设立，奖金总额为 1000 美元。这项文学奖旨在鼓励发展美法两国的文学交往。吉奥诺凭借其 1929 年出版的《山冈》，成为第一位获此奖项的法国作家。
② 罗国林：《让·齐奥诺的创作道路》，《当代外国文学》，1984 年第 1 期，第 37 页。
③ 诺特克利夫奖（Northcliffe）是一项英国文学奖，由诺特克利夫女士设立，相当于法国的费米娜奖。
④ 张泽乾：《20 世纪法国文学史》，青岛出版社，1998 年，第 88 页。
⑤ 皮孔（M. G. Picon）用一句精彩的表述概括了这一转变：米斯特拉尔变成了荷马。

代文明对立的思想得以进一步确立。他笔下的大自然充满了壮美和威力,但条件也异常恶劣。在文学想象的基础上,这个自然空间表现出的不是柳暗花明的世外桃源,也看不到男耕女织式的恬静画面。顽强的主人公总要面对穷山恶水,在不断斗争后最终与之达成和解。吉奥诺"歌颂宏伟的大自然,歌颂人与自然的关系,但他的歌颂某种程度上是为了否定现代文明"[①]。

吉奥诺在作品中除了表现"万物至上"的泛神论思想外,他还倡导和平主义。这在当时吸引了相当一部分年轻读者、知识分子和小资产阶级,因为他们经历过一战,害怕被再次卷入战争。同时,吉奥诺的作品正巧也被这些读者解读成对充满种种弊端的现代生活的逃避,甚至社会上的一些"革命者"也从吉奥诺的作品中汲取思想。当时社会大众纷纷不满自己被奴役、受压迫的状态,并且对统治阶级在一战前许下的美好谎言深感失望。而吉奥诺文学创作的诗意性和独特性深深触动了渴望宁静生活的人们,给予他们可以在思想上躲避社会动荡的文学港湾。

然而,在二战爆发前夕那段阴云密布的时期,吉奥诺所倡导的和平主义显得苍白无力。后来有些年轻人走进大自然参加丛林游击队,但他们遇到的自然条件是自己当初未曾预料到的。更让人未曾想到的是,吉奥诺当初所提倡的"回归大地"的思想竟被德军侵略期间的法国伪政府维希政权所利用,这让吉奥诺的思想价值一落千丈,甚至使他成为千夫所指。二战结束时,他因为被怀疑与德军合作而被关押,他的名字上了法国作家的黑名单,作品遭禁达三年之久。

即使遭受这样不公平的待遇,吉奥诺依然笔耕不辍,甚至用崭新的手法创作了"编年体"系列和"轻骑兵"系列小说:《一个郁郁寡欢的国王》(1947)、《一个人物之死》(1949)、《坚强的心灵》(1950)、《波兰磨坊》(1952)、《疯狂的幸福》(1957)、《昂热洛》(1958)等,其中最负盛名的便是发表于1951年的《屋顶上的轻骑兵》。凭借这些成功的作品,吉奥诺又跻身于他那个时代的"最伟大作家"之列,当时的文学评论界甚至认为他可以获得诺贝尔文学奖。[②] 这一时期的吉奥诺又攀登上法国文学的高峰:

---

① 郑克鲁:《现代法国小说史》,上海外语教育出版社,1998年,第417页。
② Jacques Pugnet, *Jean Giono*, Paris, éditions Universitaires, 1955, p.127.

1953年他的全部作品获摩纳哥文学大奖，1954年他被选为龚古尔文学院院士，1964年被选为摩纳哥大奖评审委员会委员。

吉奥诺在自己40余年的创作生涯中，除了24部完成的小说及许多未完成的小说片段之外，还创作了新闻集、诗集、散文集、和平主义宣传册、新闻报道、翻译作品等不可胜数的作品。在他那一代人中间，他是第一位对电影着迷的作家，他经常把思绪指向摄像机，意识到摄像机适于意义的传递。① 他非常敬佩第七艺术——电影——有使观众沉浸在"兴奋"状态里的本领。② 他从1937年就开始从事电影工作，后来甚至还建立了自己的电影公司。他根据自己的小说和新闻集构思创作电影剧本，为《活水》（1958）、《富豪》（1960）、《一个郁郁寡欢的国王》（1963）等多部电影担任编剧和监制。1961年吉奥诺受邀担任戛纳国际电影节评委会主席，说明他在电影领域的贡献得到了法国电影界的承认。他曾在报纸上撰文指出："电影是门很难的艺术，但它可以以别样的方式来讲故事。"③ 对电影艺术的喜爱与实践表明，吉奥诺其实并非是传统意义上创作领域狭窄的乡土文学作家，他能够以敞开的胸怀接纳与吸收当时还非常新奇的电影艺术，说明他对文学艺术的喜爱发自内心，愿意不断探索文艺表现的新形式。

如果我们把两次世界大战撇在一边，那么我们可以说让·吉奥诺这位自学成才并饱受传统文化熏陶的普罗旺斯人，他的生活与他的作品已经完全融合在了一起。吉奥诺一生很少离开他在马诺斯克的家的书房，因此他也被称为"静止不动的旅行者"。他游离于那个时代的所有文学运动之外，但他的文学研究时常领先于这些文学运动，因此他也被敬称为"法国20世纪最伟大的小说家之一"④。

不过长久以来，吉奥诺的作品似乎一直被认为属于普罗旺斯乡土的范畴。有一点可以肯定的是，到1939年为止，吉奥诺的小说中占主导地位的是自然世界，他也因此被当时的人们称为"自然主义者、泛神论者、乡野

---

① 莫尼克·卡尔科-马赛尔、让娜-玛丽·克莱尔：《电影与文学改编》，刘芳译，文化艺术出版社，2005年，第102页。
② 莫尼克·卡尔科-马赛尔、让娜-玛丽·克莱尔：《电影与文学改编》，刘芳译，文化艺术出版社，2005年，第84页。
③ 参见维基百科Giono条目：http://fr.wikipedia.org/wiki/Jean_Giono（2012.1.4）。
④ Hachette百科全书电子版，*Encyclopédie Hachette Mutimédia*，2005。

之人"①。吉奥诺多次在电台访谈中这样宣称:"我不认识普罗旺斯。"但这样的申辩显得徒劳无功,人们还是给他披上了一件"田园农民"或"农民作家"的外衣,巴黎的文艺评论界对他也毫不吝啬地讽刺挖苦,认为他的作品不过是辞藻的堆砌和啰唆的说教。不过,如果仅仅把吉奥诺视为道德导师的话,就会忽视他作品中"丰富的文体修辞与深刻的叙事单元"②。因此,在2008年诺贝尔文学奖得主、同样出生于普罗旺斯的法国作家勒·克莱齐奥看来,吉奥诺的作品具有真正的广度和深度:

> 我们谈论了很多吉奥诺作品中的自然主题,但这远不是一个主题,吉奥诺的全部作品都与自然融为一体,这些作品就是自然。城里人自觉将自然与社会对立起来,将乡野之人与城市之人对立起来。如果吉奥诺的作品中只有这些,那么我们就不会心悦诚服,我们就不会感受到真实的过程。对吉奥诺而言,从来就只有大自然,即人间天地,呈现出非逻辑和强劲的形态,呈现出自由的形态。我们谈论的吉奥诺的世界是一个人类诞生之前或诞生之后的世界,一个刚刚建立的世界,在这个世界中只有生命的伟大力量。但是我们对这个世界并不感到陌生,这些力量就在我们身上。爱、恨、欲望、残酷,所有这些赋予人类生机的情感波折就是自然生命的情感波折,这是不断宣告生命至高无上权力的真实的情感波折。③

勒·克莱齐奥这篇评论吉奥诺的文章发表于1977年法国《费加罗文学报》,高屋建瓴,对吉奥诺的文学创作进行了宏观解读,引起了很大的反响。从这以后,吉奥诺研究获得了巨大发展。这些研究无论是从数量上还是从质量上都进一步表明吉奥诺作为"伟大作家"的身份。出版的研究著作中最为著名的是:法国伽利玛七星文库(Bibliothèque de la Pléiade)罗贝尔·里卡特(Robert Ricatte)主编的《吉奥诺小说作品全集》(《Oeuvres romanesques complètes》),阿朗·克莱顿(Alan-J. Clayton)负责的《现代文学杂志》中的《吉奥诺系列》部分,亨利·戈达尔(Henri Godard)创建的

---

① P.-H. Simon, *Histoire de la littérature française au XXe siècle*, tome 2, Armand Colin, 1957, pp. 89–92.

② J.-P. De Beaumarchais, Daniel Couty et Alain Rey, *Dictionnaire des Littératures de langue française*, Paris, Bordas, 1984, p. 924.

③ Roland Bourneuf, *Les Critiques de notre temps et Giono*, Paris, Garnier, 1977, p. 176.

"吉奥诺友协"的《学术报刊》,由皮埃尔·西特龙(Pierre Citron)和亨利·戈达尔编撰的《吉奥诺手册》,以及雅克·沙博(Jacques Charbot)在1981年举办的"今日吉奥诺"学术研讨会。1980年恰逢吉奥诺逝世十周年纪念,法国三家全国性电视台分别举行专题座谈会,与会者有专门研究吉奥诺的学者、教授及吉奥诺的亲朋好友,他们从不同角度向电视观众介绍了吉奥诺的生平、文学创作成就和艺术特点。会后还专门播放了根据他的小说《山冈》改编的同名电影。与此同时,巴黎各文学刊物及出版界出版或再版了吉奥诺的许多作品,如他的第一部小说《天使》《吉奥诺小说全集》第五卷、《吉奥诺电影剧作全集》第一卷等。这些隆重热烈的纪念活动充分说明吉奥诺在法国文学界和公众中的巨大影响和崇高声望。①

正如前文所述,传统研究往往给吉奥诺穿上"农民作家"的外衣,给他的作品贴上"乡土文学"的标签。不过以克莱齐奥为代表的研究者的观点,使得我们以更加严肃认真的态度探究吉奥诺创作的奥秘,打消了把他的作品僵化解读成"乡土文学"的企图,"大地现实主义"不再是我们眼中那位"哲学乐观主义"作家的特征。另外,由于吉奥诺在二战期间倡导和平主义,社会上对他产生了很严重的偏见。对此,研究吉奥诺的法国专家皮埃尔·西特龙用他让人信服的研究化解了这一误解:让·吉奥诺的整个和平主义并不是为维希政府所鼓吹的"回归大地"奏响序幕,他的和平主义也不包含与占领者的合作计划。他笔下抒情的描写绝不是对政治图谋的屈从。②

二战后,吉奥诺因为曾呼吁和平而被怀疑与德军勾结,被判入狱数月,其小说被怀疑是为了服务德军占领法国期间的伪政权维希政权所提出的"回归大地"的政治口号而创作的。事实证明,这位名叫让·吉奥诺的大地作家,他既不是普罗旺斯的乡土作家,也不是贝当政府的合作者。我们对他的研究应该超越对文学史和文学流派③的简单化。吉奥诺不是通过作品进行政治宣教,而是在讲述故事。通常来说,吉奥诺的创作研究通常划分为

---

① 罗国林:《人世之歌》(译后记),外语教学与研究出版社,1982年,第281页。
② Julie Sabiani, *Giono et la terre*, Paris, Editions Sang de la terre, 1988, p.5.
③ 吉奥诺年轻时曾经参加过法国共产党。不过由于他参加过一战,所以深知战争的残酷与不人道,他倡导的和平主义与当时法国共产党提倡的武装暴动相左。1935年吉奥诺退出法国共产党。吉奥诺当时也是法国革命作家与艺术家协会成员,在当时社会思潮不断变化的大背景下,他本人不自觉地卷入了托洛茨基主义之争中。

两个时期：第一时期是维吉尔式的，第二时期是司汤达式的。不过，对吉奥诺的实际研究远非像划分这两个时期这般简单。在他文学创作中充满了如此之多无法解开的谜题。其中一个谜题便是从描写大地被鲜血灌溉的30年代叙事作品到1945年后沉迷于描写人类鲜血的叙事作品的转变，深刻的阅读可以让我们在文本的细节中发现作品的意义。这位"静止不动的旅行者"要发现的不仅是他的故乡——普罗旺斯，还有整个阿尔卑斯山区。他不断扩大他的灵感，我们也因此在他的作品中看到由"童年"和"战争"演化而成的多种悲怆主题。他作品中的大自然在远方若隐若现，我们可以追寻着法国南方骑士的足迹，闯入"逝去时代的浪漫主义"。每每临近作品的结尾，我们总会发现作者从作品开篇即在热烈歌颂上普罗旺斯地区。如果可以在吉奥诺身上区分出"世界力量的诗人"和"人类特异性的分析家"两种身份的话，那么我们同时也必须承认，他通过作品在大地和人之间所建立起的持续关系。他在1968年这样说过："当我们试图勾勒形象时，我们就不得不考虑风景。"① 这种让人愉悦的直觉，并不排斥它在人物和人物所处环境之间的关系上做出的重大改变。"活生生的大地"在"潘神系列"中是作为主角存在的，而在"轻骑兵系列"中则从远方影响着人类的心灵。事实上，无论前期的吉奥诺是"潘神的、激情的，还是惠特曼式的"，他都和后期的自己一样，未曾放弃他的"诗意力量"②。

第二节　　"乡土作家"吉奥诺在中国

我们国内有研究吉奥诺的青年学者称"国内学者对吉奥诺及其作品的研究和译介，始于20世纪80年代初"③，但根据笔者对吉奥诺作品在中国的译介及研究现状的考证，我国学者对他的作品的译介和研究实际始于20世纪30年代。1934年，上海天马书店出版了由戴望舒选译的《法兰西现代短篇集》。戴望舒是我国现代派象征主义诗人，俗称"雨巷诗人"。他曾先后在法国巴黎大学、里昂中法大学留学，对法国文学研究颇深，他是中国

---

① Propos recueillis par Paul Morelle, *Le Monde*, 28 février 1968.
② *Le Magazine littéraire*, n°75, avril 1973.
③ 参见周霞：《试论季奥论及其潘神三部曲》，湘潭大学，硕士论文，2007年。

最早译介法国、意大利、西班牙等欧洲国家文学作品的文化先驱之一。他在《法兰西现代短篇集》译介的第一个对象就是吉奥诺的散文《怜悯的寂寞》(后译作《世态炎凉》),可见他对吉奥诺文字的喜爱。在这篇译文后,他以寥寥三百字的篇幅简明扼要地介绍了吉奥诺的家庭背景、创作题材和风格流派,他称吉奥诺是"法国现代文坛中的民众小说家之一",是"法国民众文学的真正的代表"。① 1940 年,上海译文出版社出版了保尔·穆郎的《法国短篇文艺精选——罗马之夜》,译者不详。这部短篇集中也收入吉奥诺的散文《怜悯的寂寞》,与戴望舒的译文别无二致,应该是出版社直接收入戴望舒的译文至此集。

从这之后一直到 70 年代末,中国就再无译介、研究吉奥诺作品的书籍或论文,而吉奥诺本人对文学及其他艺术领域的创作探索在这一阶段(1930—1970)进入了一个崭新的蓬勃发展的阶段。这一时期国内学界对他的研究处于真空状态,令人备感遗憾。从 20 世纪 80 年代开始,中国学者对吉奥诺的译介和研究进入了一个复苏并迅速发展的阶段。从译介的角度来看,吉奥诺作品在中国的传播主要有三种载体:一是出版社出版的单行本;二是散文或小说的主题选集;三是发表译文的杂志。

在中国内地(大陆),吉奥诺作品的单行本译著全部出版于 20 世纪 80 年代至 90 年代之间,总共 5 本小说:《再生草》(罗国林译,外语教学与研究出版社,1980 年),《人世之歌》(罗国林、吉庆莲译,外语教学与研究出版社,1982 年;安徽文艺出版社,1994 年),《庞神三部曲》(罗国林译,安徽文艺出版社,1994 年),《一个郁郁寡欢的国王》(杨剑译,译林出版社,1995 年),《屋顶轻骑兵》(潘丽珍译,译林出版社,1998 年)。此外,中国香港、中国台湾地区也在 90 年代出版了 2 本吉奥诺的单行本译著:《爱在天地苍茫时》(又名《屋顶上的轻骑兵》,林志芸译,香港皇冠出版社,1996 年),《种树的男人》(金恒镳译,时报文化出版企业股份有限公司,1997 年;李毓昭译,台湾晨星出版社,2005 年)②。值得注意的是,罗国林、吉庆莲、杨剑等学者既是吉奥诺作品的翻译家,也是吉奥诺作品的评论家,他们都在译本中以"前言"或"后记"的形式介绍吉奥诺

---

① 戴望舒:《法兰西现代短篇集》,上海天马书店,1934 年,第 18 页。
② 参见周霞:《试论季奥诺及其潘神三部曲》,湘潭大学,硕士论文,2007 年。

的家庭背景、生平，分析其语言特点和作品风格。

从20世纪80年代起，继30年代的戴望舒翻译《怜悯的寂寞》之后，学者重新开始对吉奥诺的作品进行译介，主要对象为他的短篇小说和散文。这些译文相继刊登在国内多家文艺杂志上：《一个鲍米涅人》（罗国林译）刊登在1983年《译林》杂志第4期；《让·季奥诺散文三篇》（罗国林译）刊登在1984年《当代外国文学》第1期；《山冈》（方德义等译）刊登在1983年《外国文艺》第5期；《逃亡者》（郭太初译）刊登在1995年《当代外国文学》第3期。

从20世纪80年代起，我国出版发行了各式各样的文学作品选集。在这些选集本中，吉奥诺的作品被多次收入：《再生草》被选入《外国爱情描写》（鲍学谦、陈巧燕编，漓江出版社，1987年）；《世态炎凉》被选入《世界短篇小说经典·法国卷》（叶水夫主编，张容选编，春风文艺出版社，1994年）和《世界短篇小说精品文库》（柳鸣九主编，海峡文艺出版社，1996年）；《特利埃夫之秋》被选入《外国散文名篇赏析》（李文俊等编，中国青年出版社，1993年），《外国散文金库·咏物卷》（乔继堂主编，中国广播电视出版社，1993年），《世界名家经典美文百选》（夏风扬选编，四川文艺出版社，1995年），《人，可怜的怪物》（徐知免编，花城出版社，1998年）和《人类的声音1：世界文化随笔读本》（严凌君编，商务印书馆，2003年）；《人世之歌》被选入《二十世纪西方小说大观：上》（刘文刚等编著，吉林人民出版社，1989年）；《植树的人》被选入《二十世纪外国散文经典》（陆建德主编，北京师范大学出版社，2004年）和《外国现代派作品选D卷》（袁可嘉、董衡巽、郑克鲁选编，北京燕山出版社，2005年）；《费勒蒙》被选入《二十世纪外国短篇小说编年·法国卷》（余中先选编，人民文学出版社，2002年）；《莫桑村的若弗洛瓦》被选入《世界短篇小说精品文库·法国卷》（柳鸣九主编，海峡文艺出版社，1996年）。

国内学者在对吉奥诺作品进行译介的同时，也在对他本人及其作品进行了学术研究。1982年姜依群在当年的《外国文学报道》第2期发表《让·齐奥诺生平及其创作思想》，第一次全面系统地介绍了吉奥诺的文学创作生涯，高屋建瓴地分析总结了吉奥诺的创作主题和文字风格。1984年，国内译介和研究吉奥诺的专家罗国林教授在该年《当代外国文学》的第1期发表《让·齐奥诺的创作道路》，详细介绍了吉奥诺一生的创作路程和风格转变。

1996 年是吉奥诺一百周年诞辰,庄乐群在该年《译林》的第 1 期《世界文坛动态》栏目中发表《法国发表著名作家吉奥诺的日记》一文,报道了法国文坛纪念吉奥诺一百周年诞辰的活动。此后,国内文学期刊相继刊登多篇吉奥诺的研究文章,拓展了对吉奥诺作品研究的深度和广度。例如,柳鸣九的《吉奥诺代表作二题》(《外国文学研究》,2000 年第 3 期),主要对吉奥诺的《山冈》《屋顶上的轻骑兵》两部小说进行了阐述,这篇文章于 2005 年被收入柳鸣九先生的著作《超越荒诞:法国二十世纪文学史观》(文汇出版社,2005 年)中;国内生态文学专家曾思艺发表《现代生态文学的最早样本》(《天津市工会管理干部学院学报》,2007 年第 3 期),称吉奥诺的小说《山冈》是"现代生态文学的一个最早样本";青年学者杨柳相继发表《由吉奥诺笔下的"气"说起——兼谈中西美学审美观照》[《湖北师范学院学报(哲学社会科学版)》,2010 年第 5 期]和《吉奥诺的"虚之爱"——虚之创生》(《法国研究》,2010 年第 3 期),从中国道家思想和传统审美的角度来分析吉奥诺的文学作品。

此外,还有一些对吉奥诺的单部作品进行论述的赏析式论文,如《大地生命神话——〈愿我的欢乐长存〉的艺术主题》(方锡江,《晋东南师范专科学校学报》,1999 年第 4 期)、《比喻的非凡魅力——季奥诺在〈一个波米涅人〉中朴实无华的比喻手法》(方仁杰、张捷频,《法语学习》,2001 年第 5 期)等。①

在对吉奥诺主要作品进行译介及研究的基础上,我国出版的权威性的文学词典或文学史论均将吉奥诺作为当代法国著名作家:《外国名作家大词典》(张英伦等主编,漓江出版社,1989 年)、《当代百科知识大词典》(曲钦岳主编,南京大学出版社,1989 年)、《法国文学史》(陈振尧主编,外语教学与研究出版社,1989 年)、《法国小说论》(江伙生、肖厚德著,武汉大学出版社,1994 年)、《现代法国小说史》(郑克鲁著,上海外语教育出版社,1998 年)、《20 世纪法国文学史》(张泽乾著,青岛出版社,1998 年)、《外国文学史话西方 20 世纪前期卷》(吴元迈主编,吉林人民出版社,2001 年)、《法国小说发展史》(吴岳添著,浙江大学出版社,2004 年)等。此外,部分文学学术研究专著还对吉奥诺的特定作品做出专门分析:

---

① 参见周霞:《试论季奥论及其潘神三部曲》,湘潭大学,硕士论文,2007 年。

《超越荒诞：法国二十世纪文学史观》（柳鸣九著，文汇出版社，2005年）对《山冈》《屋顶上的轻骑兵》两部小说进行了阐述，称《山冈》具有"田园牧歌传统中的超前性新意"①，而《屋顶上的轻骑兵》中的主人公昂热洛则是"20世纪文学中少见的英雄塑造"②；《探索人性，揭示生存困境——文化视角的中外文学研究》（曾思艺著，中国社会科学出版社，2004年）从人性的角度出发，对《山冈》中人与自然的关系做了详尽的剖析。

从20世纪初期戴望舒开始译介吉奥诺开始，这位普罗旺斯作家进入中国读者的视野已经有近80个年头。除了上述所提到的译著、学术论文和研究专栏外，国内还有数篇以吉奥诺作为专门研究对象的学位论文，其中硕士论文2篇，博士论文1篇。迄今为止，国内仅有1部研究吉奥诺的专著，是上海学者杨光正于2010年出版的《纪奥诺小说的想象空间——潘神三部曲的主题批评》。这是国内首部研究吉奥诺文学作品的学术研究专著，作者运用主题批评法，对吉奥诺的《潘神三部曲》进行系统剖析和研究，揭示作品深层的主题关系网络结构，通过探究吉奥诺的想象空间来寻找其意象的场景和小说空间里诗意的创造。③ 略显遗憾的是，这篇专著通篇用法文写成，这无疑增加了中国读者了解吉奥诺思想的困难，不利于吉奥诺的自然思想和生态意识在中国的传播。纵观国内研究吉奥诺的学术文章，我们发现对吉奥诺的文学创作和作品研究大多还停留在对他创作思想和成长历程的介绍层面上，对其作品的文学要义理解不透彻。一些研究20世纪法国文学史的专著要么遗漏这位卓尔不群的普罗旺斯作家，要么将其作品简单地归为"乡土小说"或"社会小说"。然而，诚如勒·克莱齐奥所言，"吉奥诺远不是一位乡土作家"，他的作品让人类"具有真正的维度"④。因而在生态危机四伏的当代社会，对这位具有超前生态意识的法国作家的重新审视与研究，无疑具有重要的现实意义。

---

① 柳鸣九：《超越荒诞:法国二十世纪文学史观》,文汇出版社,2005年,第159页。
② 柳鸣九：《超越荒诞:法国二十世纪文学史观》,文汇出版社,2005年,第165页。
③ 杨光正：《纪奥诺小说的想象空间——潘神三部曲的主题批评》,上海三联书店,2010年,序言。
④ Jean-Marie Gustave Le Clézio, *Les écrivains meurent aussi …*, Le Figaro littéraire, 19 – 25 octobre 1970.

第三节　构建生态空间的先驱

文学史上着实有许多的不公平，古今中外概莫能外。真正有成就的作家往往在很长时间内都默默无闻，直到被独具慧眼的批评家"重新发现"。勒·克莱齐奥对吉奥诺作品的独特体会，无疑激发了我们重新阅读这位普罗旺斯作家的作品的强烈欲望。以往将他解读成"农民作家""乡土作家"都有失偏颇。尽管他早期的作品带有田园牧歌的风格，但他的创作从一开始就不是对自然环境的简单描摹。如果对他一生作品的解读仅仅停留在表面，那就看不到自然风光之下那阴沉焦虑的另一番面貌——自然之灾和人性之恶。他用文学这一人类最后的乌托邦去构建自己想象的空间，将"地""气""水""火"这四大传统元素与作为第五元素的"人"置于同样的表演舞台。这些元素不同的特性、不同的配合、变化多端的活动方式，构成了事物的本质；这些"多样化的本质进而产生出不同的秩序和等级，以及这些事物所占处的种种体系，它们的总和就形成我们所称的自然"①。吉奥诺把这些元素置于想象中的普罗旺斯，这些元素源自自然，又超越自然，它们在自然空间中运动、转化和爆发的过程，都在不断构建着整个生态系统，活跃着全体宇宙生命，从而深刻地表现出"世界存在、事物存在、想象存在和意识存在"②。吉奥诺终其一生都离群索居，生活在上普罗旺斯地区，他要赋予自然力量，赋予自然以一种它从未在法国文学中拥有过的存在。自让-雅克·卢梭的遐想和维克多·雨果的诗意灾变论以来，外部的自然世界从未像其对吉奥诺的小说那样对写作产生如此巨大的影响，吉奥诺的作品也时刻提醒着我们，自然世界并非只是明信片上的绝美景色。对于人类社会，吉奥诺和他的同代人都被20世纪30年代的经济危机所震撼。他们尤其对当时传播的影像信息表示极大的不理解，比如对日常食品库存的大量销毁：美国的小麦和棉花，巴西的咖啡，古巴的糖。而在美国的诸多大城市中，还有数以万计食不果腹、居无定所的流浪者。这些销毁的日用

---

① ［法］霍尔巴赫：《自然的体系》（上卷），管士滨译，商务印书馆，1964年，第17页。
② ［法］莫里斯·梅洛-庞蒂：《可见的与不可见的》，罗国祥译，商务印书馆，2008年，第16页。

生活资料对他们而言可是必需的生活品，可以帮助他们度过寒冬。人类怎么会步入如此的经济矛盾中？吉奥诺认为这反映了人与运转失灵的世界之间的关系，一切都有待重新创造，他希望用文学创作为人类定义崭新的自然契约。从这个意义上说，吉奥诺是一名乌托邦主义者，却没有卢梭式的清规戒律，他在书中为大自然重新构造了真正的神秘结构。

如果卢梭认为"科学与美德势不两立，而且一切科学的起源都卑鄙"[1]，那么吉奥诺也表达了对于科学的类似态度："人们通过科学什么都无法了解；它是一种太过精确太过冷酷的工具。"[2] 我们并非要在科学的机械哲学和浪漫的自然哲学这两大人类认识论之间建立二元对立，然后做出非此即彼的选择。尽管前者曾在人类文明的进程中打造了一段黄金时代，与"宗教和世俗权力做过不懈的斗争"，并且"承担着解放自由的使命"[3]，但在近代社会，这种科学失去了本来面目，"从快乐走向悲伤"[4]，自己摇身变成了现代宗教，在支配自然、征服自然的脚步中转变成"真理的化身"[5]。它让人们失去了生活的目的和根本的幸福，慢慢变成缄默的集体和冷漠的人群。

吉奥诺并非自然哲学的拥趸，但他用文本建构的自然空间，在"无心插柳"之间体现了这一朴素的思想。解读吉奥诺的作品为大自然精心构建的空间结构，考察文学文本中所蕴含的生态符义，这正是本书的主旨。在前辈们研究的基础上，我们希望以符号学作为基本手段，分析作品中的各个元素，阐释各自的外在表现和内在意义，从空间的维度宏观考察每种元素如何积极参与自然空间的构建，以及每种元素背后影藏着什么样的生态意义。吉奥诺去世已有50年，大师的远去让我们无法亲口询问他的创作初衷，亲耳聆听他的处世哲学，感受他的人生情怀，但他丰厚的著作给了我们一把钥匙，让我们得以叩开他内心世界的大门。正如马丁·海德格尔所

---

[1] 罗素：《西方哲学史》（下卷），马元德译，商务印书馆，1982年，第228页。
[2] Jean Giono, *Provence*, Paris, Gallimard, 1995, p.76.
[3] [法]塞尔日·莫斯科维奇：《还自然之魅——对生态运动的思考》，庄晨燕、邱寅晨译，三联书店，2005年，第9页。
[4] [法]塞尔日·莫斯科维奇：《还自然之魅——对生态运动的思考》，庄晨燕、邱寅晨译，三联书店，2005年，第9页。
[5] [法]塞尔日·莫斯科维奇：《还自然之魅——对生态运动的思考》，庄晨燕、邱寅晨译，三联书店，2005年，第10页。

说："言语自言，我们只需懂得如何去倾听。"① 吉奥诺的字里行间是文本的无声诉说，默默隐藏其非凡的自然价值，这也正是我们面对今天全球化世界的关键所在。全球化不只是简单地建立一座全人类的巴别塔，而是使每种文化都因此重获新生——无论是人类的，还是自然的——在追寻和谐的过程中，努力亲近和认同周围的一切，让每种生命都发出和谐的旋律。

生态文学研究发源于20世纪70年代的英美文学领域，并得益于英美文学在全球文学中的主导地位，在20世纪90年代迅速成为文学研究的显学。作为相对年轻的批评手段，生态批评关注文学对大自然的表现。自诞生之日起，生态批评从理论到文本，其关注点都在于北美文学领域：大部分生态批评家来自美国，生态批评反映的也是美国20世纪70年代的环境保护运动的价值观和意识形态。然而，生态批评要获得持续发展，不应局限于英语文学或英美文学，还应该"囊括全世界更广范围的以自然为取向的文学"②，这其中也应该包括法国生态文学。

如果要分析具有其他社会背景和传统文化的文本，比如法国文学作品，那我们多少得从美国的社会背景中跳出来。③ 法国作为一个具有深厚历史文化背景的国度，其文学历史的悠久性毋庸置疑，这一点也反映在法国文学对自然、对生态的文字表现上。法国生态文学的哲学基础和文学思想深厚浓重，它的哲学渊源和文化积淀自成一派。这就需要研读大量的法国哲学和文化著作，吸收归纳历史上文学家和哲学家们有关人与自然的思想，梳理法国生态思想发展的脉络，从而为研究当代生态文学作品打下坚实的基础。在法国文学史上，卢梭是一位伟大的生态思想家。贝特称他是"第一位绿色思想家"④。他的《新爱洛伊丝》《漫步遐想录》等名篇中不乏"人"和"自然"的主题。在文学史上他是第一位在文学作品中正面描写自然景物的作家，他强调自然景物对人的影响，尤其强调自然元素对人的品性的影响。卢梭在《环境对文明的影响》中这样说道："气候、土地、空气、水以及地上和海里出产的东西，将塑造他的体质和性格，决定他的爱好、他

---

① [法]夏维耶·德贝瑟:《关于可持续发展的小册子》，群岛出版社，2009年，第11页。
② 毕宙嫔:《朱迪思·赖特生态思想研究》，《当代外国文学》，2009年第4期，第141页。
③ Stéphanie Posthumus, 《Une approche écologique : les lieux d'enfance chez Michel Tournier》, *Voix plurielles*, Volume 2, N° 1, mai 2005, p. 3.
④ Jonathan Bate, *The Song of the Earth*, Cambridge, Harvard University Press, 2000, p. 32.

的欲望、他的工作和各种行为。"① 他的思想深深影响了后世的生态思想家和生态文学家。迄今为止,多数重要的生态思想观念,可以在卢梭那里找到深刻的论述。② 从当代生态批评的理论来看,塞尔日·莫斯科维奇、埃德加·莫兰等享誉世界的当代法国生态理论学家们,在继承卢梭"回归自然"思想的基础上不断创新,构筑起法国生态批评的体系。

我国著名生态文学专家王诺在其著作《欧美生态文学》中说"近几十年来,法国有不少作家越来越关注生态。法国文坛出现了好几部著名的生态小说"③。在他的《欧美生态文学》中"法国生态文学"这一节中,总共花了4页不到的篇幅简单介绍了勒·克莱齐奥、巴赞、图尼埃三位当代法国生态文学作家的代表作及其主要思想。在全书近250页的篇幅之中,法国生态作家的比重显然是偏少的。法国作为一个历史文化积淀丰厚的非英语国家,有着悠久的文学传统,在当代文学创作中,法国也以它辉煌的创作成就占有一席之地。从1901年第一届诺贝尔文学奖至今,总共有十余位法国作家获得该奖。在这些作家及其他法国作家的笔下,"人"与"自然"的主题处处可见。知识分子的责任感促使他们对现代文明进行不断的反思,并将其思考化为文字。由于语言、文化等诸多原因,国内学者对法国生态文学的研究只是零星见于生态文学研究专著的某些短小的篇章中,而且缺乏对吉奥诺这样具有代表性的作家的系统研究,这无疑是文学研究的一大遗憾。

生态文学研究至今已经走过数十个年头。在文学理论内部,生态批评能够有效打破批评流派之间、国别文学之间的围栅,与其他批评流派联合起来,在文学的平台上共同关注一个具有普遍意义的命题:人与自然的和谐共存。在新的历史时期,"跨文化、跨种族、跨民族、跨宗教、跨国家研究"④ 已经成为生态文学研究的一个新趋势。在这一背景下,我们一方面要加强对英语文学中生态观的深入研究,另一方面也要开拓新的生态文学研究领域,对法国生态文学的研究即是一个很好的拓展。

---

① 让-雅克·卢梭:《卢梭散文选》,李平沤译,天津百花文艺出版社,2009年,第253—254页。
② 王诺:《欧美生态文学》,北京大学出版社,2003年,第92页。
③ 王诺:《欧美生态文学》,北京大学出版社,2003年,第134页。
④ 杨丽娟、刘建军:《关于文学生态批评的几个重要问题》,《当代外国文学》,2009年第4期,第57页。

让·吉奥诺看似处在 20 世纪法国文坛边缘，实际上他对法国生态文学的贡献巨大。法国有评论说他是法国"首位伟大的生态作家"，中国有评论称他的《山冈》是"现代生态文学的最早样本"。研究这位"让人类恢复真正维度的作家"（勒·克莱齐奥语）的文学作品，从符号学的角度仔细分析文本中生态空间的各个组成元素，让我们可以直达作品的内核。我们知道，18 世纪的欧洲已经开始强调自然符号的观念。① 当然，我们不是把水、火、地、气等具有普遍性的母题元素笼统罗列，而是依托对吉奥诺文本的详细解读，以生态思想为指导框架来详细分析其作品中自然元素的文学意象和符号系统。在研究吉奥诺作品中自然空间的生态意义时，我们既要注重对现在英美生态文学研究成果的学习和吸收，也要注重对法国生态文学研究自身体系的构建，形成以法国哲学基础、文化基础和思想基础为根基的法国生态文学研究框架，并在这一框架中探寻吉奥诺的生态思想。迄今为止，国内几乎没有学者从生态思想和空间维度去理解吉奥诺作品的意义。在人类社会与自然环境陷于深刻危机的严峻时期，对吉奥诺文本的分析与考量具有崭新的现实意义，这也正是撰写这部研究专著的初衷。

本书以吉奥诺的《山冈》《一个鲍米涅人》《再生草》（合称《潘神三部曲》）《大畜群》《风暴两骑士》《人世之歌》《大山里的战斗》《愿我的欢乐长存》《一个郁郁寡欢的国王》《屋顶上的轻骑兵》《埃纳蒙德》《特利埃夫之秋》《冬》《普罗旺斯》《真正的财富》等吉奥诺的代表作品作为主要研究对象，对作品中呈现的文本脉络进行深入拆解，以文学符号学作为研究手段，从意象符号、叙事符号的角度分析作者生态文本的深层结构，考察文本中包括人在内的各类自然元素如何以文学符号的形式参与生态空间的构建：首先，分析"日夜"和"四季"构成的时间叙事符号，以及"城市"与"自然（乡村）"构成的空间叙事符号，揭示作者在时空维度上的生态学价值取向；其次，分析"动物""植物""微生物"构成的生物意象符号，以及"地""气""水""火"四大元素构成的非生物意象符号，探寻自然元素对生态空间的构建，揭示人与自然诸元素和谐互动的生态观；再次，分析作为"第五元素"的"人"，通过文本中"个人"与"群体"

---

① ［法］A.J. 格雷马斯：《论意义——符号学论文集》（上册），吴泓缈、冯学俊译，天津百花文艺出版社，2005 年，第 51 页。

两类特殊的"人"的意象的拆解分析，阐释生态空间中人的生态价值观和面对生态危机所采取的实际行动；最后，综合分析吉奥诺文本中的生态空间表征，从形而下的局部符号构建到形而上的生态文明反思，对作者的叙事风格加以阐释，从宏观与微观两个层面把握生态空间的文学性、有机性和整体性。

　　本书所论述的生态空间的研究思想，可以说为阅读和理解吉奥诺的作品提供了一种崭新的视角。虽然生态空间的角度不是统摄吉奥诺作品的全能视角，但它确实为进入吉奥诺主义的自然世界打开了一片天地，同时也为当代法国生态文学的研究提供了一个新的角度。同时，为了避免传统生态文学研究的宽泛化和空洞化，更好地从本质上把握对生命本源、自然环境和生态和谐的理解，本书尝试将生态思想与文学符号学进行有机结合，以文学符号学作为基本研究方法，把文学意象批评纳入生态批评的领域，从而解构庞杂的文本系统，分析文本中生态空间的各个组成部分，透过意象符号和叙事符号组成的符号系统贯通文学的内部研究与外部研究，直达作品的生态价值内核，深入论证吉奥诺文本中生态空间的特征和意义。

第一章 时间意象符号

意象既不是一种修辞形象,也不是文章细节,意象是"一个完整的题材,它呼唤各种不同的来自多渠道的印象的聚合"①。换言之,意象不同于精准的理性概念,它是外界客观事物在我们内心唤起的丰富的感性形象。吉奥诺正是在观察和想象的基础上,用自然界的各种意象符号来构建他的生态空间和自然之维,进而让意象符号生发出意境之美。

时间和空间是自然界各种物质本身的属性,是世间万物存在的基本方式。物质,以实体而存在,必然存在于空间;物质的运动,以事态而存在,必然存在于时间。②文学文本对自然现象的呈现要么按照体验者所观察的方式,要么按照环境自身的呈现方式。而后者最典型的是依靠自然的轮回,如白天、黑夜和四季交替。③在吉奥诺的自然空间中,有"四季的变换,有被一月月、一天天、一时时、一分分、一秒秒,甚至百分之一秒烙下的标记的时光"(《一个郁郁寡欢的国王》,第21页)。他的众多作品都带有明显的时间标记,他的时间标记一般不是某个具体的年份或时代,而是表示自然节律的昼夜与季节。在纷繁复杂的无序现象中,吉奥诺用时间的节律去刻画自然的有序,因为我们生活的宇宙是有节律的,"动物有节律,植物有节律,人体也有节律,自然界的节律是广泛存在的"④。

除了用昼夜与季节等时间节律表现自然的有序以外,吉奥诺还将其用于对世界起源的表现上。前者是运动的,后者则几近静止。他作品中的情节

---

① [法]让-伊夫·塔迪埃:《20世纪的文学批评》,史忠义译,河南大学出版社,2009年,第89—90页。
② 李想:《人与自然和谐共生研究》,中共中央党校,博士论文,2010年,第27页。
③ 胡志红:《西方生态批评研究》,中国社会科学出版社,2006年,第243页。
④ 陈荷清、孙世雄:《人类对时间和空间本质的探讨》,河南人民出版社,1986年,第3页。

往往发生于人烟稀少的自然空间,这暗含了人物、叙述者,甚至作者本人在自然天地中的避难或退隐,从中我们可以窥见吉奥诺对原始时间的怀旧之情,他的作品也因此带有"怀念世界起源的味道"①。他作品中的原始时间"凝固了,停滞了,永远静止不动。一切瞬间,既不超前也不落后,一切现在都已在过往之中,在永恒之中"②。

正如吉奥诺在《大山里的战斗》中所述:"一切都在寂静和永恒的时间中进行。"(Ⅱ,p.798)③ 从人类学的意义上来说,这是原始时间的形式。吉奥诺使用这样的时间形式,不是为了描绘伊甸园里既神秘莫测又无忧无虑的黄金时代,而是将其作为起点,用于讲述从宇宙起源之初生发出的故事,从而反映自然的"生态"原初的平衡态。

我们看到,吉奥诺对自然的这种选择充满了无限期待,这也是作者内心的需求,他渴望唤醒一个过往的时代,或是激起人类早期的、充满怀旧意味的集体无意识。这正如米尔恰·伊利亚德(Mircea Eliade)④在《神话的外观》中所阐释的观点:"'起源'这一概念是与'真福'的完美联系在一起。"⑤ 他同时还指出,与大自然相关的人民生活暗含着一个最初的时期,在这一时期中,"人们不再生活在年代时间中,而是生活在初发时间中,事件在初发时间中首次发生"⑥。吉奥诺笔下的大自然,正好阐释了作者本人对处在原始时间内的大自然所怀有的崇敬之情,也印证了梅洛-庞蒂的名言:"自然存在于创世的第一天。"⑦

在生态这个庞大的体系中,对于包括人在内的生物群落来说,生存和发

---

① Jean Florent Romaric Gnayoro, *La nature comme un cadre matriciel dans quelques oeuvres de Giono et de Le Clézio*, Éditions EDILIVRE APARIS, 2009, p.100.

② Claude Mauriac, *Les espaces imaginaires*, Paris, Bernard Grasset, 1975, p.105.

③ 此处罗马数字指法国七星书社出版的吉奥诺全集第2卷,详情请参见第205页"参考文献"部分。下同。

④ 米尔恰·伊利亚德(Mircea Eliade,1907—1986)西方著名宗教史学家。二战结束后到1955年这一期间,他的宗教研究达到了一个顶峰,用法文出版了一系列宗教研究著作:《神圣的存在:比较宗教的范型》《宇宙和历史》《永恒回归的神话》《瑜伽不死与自由》《神圣与世俗》。这几本著作几乎涵盖了20世纪宗教学所有重要研究领域,使他迅速崛起成为一名蜚声国际学术界的宗教史学家。1957年任芝加哥大学宗教学系主任和教授等职。1961年主编《宗教史》,这本杂志成为美洲大陆宗教研究的一份重要刊物。20世纪80年代,伊利亚德的学术声名日盛,担任《宗教百科全书》的主编。1987年,16卷本的《宗教百科全书》正式出版。

⑤ Mircea Eliade, *Aspects du mythe*, Paris, Gallimard, Folio, Essais, 1963, pp.72-73.

⑥ Mircea Eliade, *Aspects du mythe*, Paris, Gallimard, Folio, Essais, 1963, p.33.

⑦ [法]莫里斯·梅洛-庞蒂:《可见的与不可见的》,罗国祥译,商务印书馆,2008年,第342页。

展的时间和空间就是生态。① 对于时空构建而言，宇宙中的时与空是没有"间"的，"间"是人为的划分，人的生命产生思维，思维根据自身利益需求分割时空，就产生了时间与空间。让-伊夫·塔迪埃认为，文学作品的时间从属于空间，时间二度创造了空间的结构。从这一点来讲，时间是生态空间的重要组成部分，"时间构成了空间的材料"②。在吉奥诺文本中经常出现的时间概念——无论是白天黑夜，还是春夏秋冬——本身并不存在于生态空间之中，这些时间"间隔"的划分，其实都源自人类对大自然的长久观察。20世纪的哲学不断表明，唯有人类可以组建时间。③ 吉奥诺文本中这些与"昼夜""四季"相关的故事时间，简单、重复，却凝练、庄重，通过循环往复的过程将和谐凝聚在生态时间之中，这些时间本质上就是自然空间的生态旋律。

第一节 白昼与夜晚的对立共生

一、白天

"白天使物体的位置比黑夜更确切。种种细节看得一清二楚，构成了另一番现实。"（《屋顶上的轻骑兵》，第112页）吉奥诺在《屋顶上的轻骑兵》中的这句话看似稀松平常，却道出了"白天"的实质：白天是可见的现实。太阳是同这可见现实联系最为紧密的元素。太阳是视觉的制造者。在没有日光照射，只有星月闪烁的夜晚看物，人们会感到昏暗，看不清楚事物的细节，必然对事物失去明晰的了解。在我们这个蔚蓝星球上，自然万物的生存都仰赖于太阳的光芒，太阳是可见世界中一切事物的源头。在柏拉图的世界观中，宇宙由两部分组成：可见世界和可知世界。在可见世界中，太阳是主宰，是万物的创造者。④ 白天的可见会带来欢乐，而黑夜的不可见则会带来忧郁。正如《一个鲍米涅人》中的叙述者"我"所感受的

---

① 李想：《人与自然和谐共生研究》，中共中央党校，博士论文，2010年。
② 张新木：《法国小说符号学分析》，外语教学与研究出版社，2010年，第134页。
③ 张新木：《法国小说符号学分析》，外语教学与研究出版社，2010年，第134页。
④ 史成芳：《诗学中的时间概念》，湖南教育出版社，2001年，第181—182页。

第一章 时间意象符号

那样:

> 白天,眼睛可以观赏景物,目光像一只欢蹦乱跳的狗,一会儿跑到前面,一会儿跑到道路两边,给你带来赏心悦目的东西,譬如一个苹果或一片开花的果园。这可以分散你的注意力。夜里呢,倘若你因不幸而忧虑,这忧虑就会跳到你身上,稳稳地坐在你肩头上,一路上你都得和其他东西一块扛着它,那真够两条腿受的。(《潘神三部曲》,第255页)

吉奥诺经历过二战期间的监禁生活,他对人类的悲剧和荒诞的境遇有了更加深刻的认识。为了表现悲剧意识和荒诞意义,"白天"从前期作品中欢乐的制造者转变成暴力的制造者。他把白天的普罗旺斯设想为"阳光地区"的整体,他强调阳光作为激情暴力催化剂的作用。因为这个普罗旺斯与明信片上的普罗旺斯和度假俱乐部所在的普罗旺斯是截然不同的:忧伤的阳光在这些具有强烈对比的大地上照耀着,不再有维吉尔式的温情脉脉。这是一片悲剧之地,阳光的残忍隐喻了当地居民的人性之恶,这些居民被悲剧的激情所萦绕;"白天"不是生活的愉悦,而是习俗的严酷,是人类悲剧在大自然中的写照。诚如法国思想家拉罗什福科所言:"不灭的太阳亦不能使人们久视。"①

在吉奥诺后期的作品中,南方的阳光似乎难以与普罗旺斯的惬意形象相连:灰蒙蒙的阳光使万物的颜色和形状变得平淡无奇(《屋顶上的轻骑兵》,第275页)。吉奥诺在访谈中这样说过:"如果有时我描写庞大的阳光景色,这都是为了描写悲伤、非常悲剧的事件。"② 在吉奥诺的笔下,阳光明媚的白天似乎成了所有灾变的场所,尽管也少不了地中海的骄阳,但这炎炎烈日照耀着节日也见证着悲惨:"即便阳光普照的大白天,阳光的中心是黑色的。"③ 通常情况下,"人们习惯把太阳同快乐和健康联系起来"(《屋顶上的轻骑兵》,第362页),此时,普罗旺斯的阳光照射的不是快乐和健康,而是被霍乱蹂躏的大地,它的金色光辉披在检疫隔离所上,披在死去的肉体上,于是人们"对太阳赐给一切的赏心悦目的金色也有了新的看法"

---

① [法]拉罗什福科:《道德箴言录》,何怀宏译,湖南人民出版社,2010年,第133页。
② Henri Godard, *Entretien avec Jean Amrouche et Taos Amrouche*, Gallimard, 1990, p.36.
③ Henri Godard, *Entretien avec Jean Amrouche et Taos Amrouche*, Gallimard, 1990, p.65.

(《屋顶上的轻骑兵》,第362页):阳光很丑陋,它照射的是死亡。同样,在《一个鲍米涅人》中,当"太阳从阿尔卑斯山中喷薄而出,把它沸腾的金水洒在平原地区的丘陵上那一刹那,也就是在灾难开始降临到杜洛瓦尔的那一刹那"(《潘神三部曲》,第261页),吉奥诺用"凄凉""孤独""灾难""死亡"等灰黑色调的词汇来对应"阳光"这一意象。法国当代哲学家埃德加·莫兰认为,太阳对人类社会的秩序和人类情感的产生有着莫大的影响:

> 像所有生物一样,我们多少依赖太阳而生,当我们的意识被点亮之时,我们就开始对太阳顶礼膜拜。我们是太阳之子,这团混沌是一个吐火喷火的机器,一连串的爆炸,不间断的协调,确立了太阳的秩序,确立了在它周围乖乖地、无差错地旋转着的行星们的秩序。太阳孕育我们的秩序,孕育我们这架再生繁殖机的重复,孕育社会的秩序。同时,它也孕育了我们的疯狂,我们的幻想,智人/蒙昧人的无序,社会与历史的无序。太阳四射的光芒是不可逆转的大放血,它孕育着我们的未来。①

当然,"太阳"所映照的"白天"也不全是悲剧的见证,如同漫漫长夜的星光,阳光在白天也会放射出温情的光芒。毕竟生命"真正的脐带从一个漩涡旋向另一个漩涡,一直旋到太阳"②。

在《山冈》中,"朝阳一露脸,就透过一尘不染的空气,照亮了远处的山峦,照亮了刺柏林和百里香"(《潘神三部曲》,第45页)。在《一个鲍米涅人》中,"这天早晨,天气晴和,晨光宛似麦秸的颜色。玫瑰般艳丽的朝阳,刚喷薄而出,它的笑脸捉迷藏似的在白杨树枝叶间闪闪烁烁。这阳光照得浑身异常舒服,我品尝着生活的甘美"(《潘神三部曲》,第159页)。当"我"和阿尔班走在去杜洛瓦尔的路上,"初升的太阳宛如一只金色的鸽子,照到了门槛上。各种鸟儿从四处的灌丛里嗖嗖地飞出来。多么美好的生活"(《潘神三部曲》,第216—217页)!同样在《再生草》中,

---

① [法]埃德加·莫兰:《方法:天然之天性》,吴泓缈、冯学俊译,北京大学出版社,2002年,第403页。
② [法]埃德加·莫兰:《方法:天然之天性》,吴泓缈、冯学俊译,北京大学出版社,2002年,第402页。

"阳光一越过山冈,就洒在那株山楂树上"(《潘神三部曲》,第 329 页)。在这些描述的段落中,明媚的阳光照耀天地万物,吉奥诺用拟人的手法强化了阳光"驱赶黑暗,带来温暖"的形象,既照亮了外在的自然空间,也照亮了内在的心理空间。

在吉奥诺后期的代表作《屋顶上的轻骑兵》中,夏日的白天使人印象深刻,以至于使人忽略了作者对其他时间的描述。对夏天的阳光进行超乎寻常的描写是这部小说最大的特色,如此的"白天"集中体现了吉奥诺式的世界末日。"千篇一律的白光"(《屋顶上的轻骑兵》,第 112 页),"白垩色天空均匀地闪烁"[①](《屋顶上的轻骑兵》,第 117 页),这意味着作者消融了形态,统一了色彩。太阳"既没形状,也没颜色。一片耀眼的白垩色"(《屋顶上的轻骑兵》,第 82 页)。"(因为)阳光强烈,暑气熏蒸,(所以)一切都在颤动,一切都变了形"(《屋顶上的轻骑兵》,第 5 页),"万物都改变了形状"(《屋顶上的轻骑兵》,第 15 页)。

在这样的白天,热浪和阳光让外形消散,把一切都融进原始的黏性中。在《屋顶上的轻骑兵》中,法国南部夏天的阳光照耀大地的颜色,不是绿色,不是紫色,也不是金黄色,而是白色:阳光"很白很白,完全碎成了粉末,仿佛在用稠厚的空气涂抹大地"(《屋顶上的轻骑兵》,第 3 页);"太阳无尽无止地散落着可怕的白垩般光芒"(《屋顶上的轻骑兵》,第 124 页)。白色的太阳是南部空间的悲剧元素,颠覆了悲剧与夜晚关联的惯例。这样的白天充满了每一篇章,甚至每一页,它的反复出现把悲剧氛围渲染得淋漓尽致。不过,当昂热洛与波利娜相识,并肩骑行在山上时,"天际的太阳越来越低,绚丽多彩的阳光掠过所有的山脊"(《屋顶上的轻骑兵》,第 255 页)。在整部小说中,吉奥诺很少对阳光采取正面描写,此处的"绚丽多彩",是他形容"阳光"为数不多的褒义词。主人公昂热洛,面对这样的景致,回想先前持续不断的"地狱场景",情不自禁地发出"希望之乡"的呐喊。此时此地的阳光温情脉脉,将昂热洛舒展的内心全情展现出来。

二、黑夜

吉奥诺擅长以白天为背景描写故事情节,用阳光表现人物的悲剧,但这

---

① 此处译文为作者翻译,潘丽珍的译本在此处未译出 uniforme。

并不意味着他对"黑夜"就视而不见。实际上,他对"黑夜"的喜好也反映在他的作品中。"黑夜"与"白天"的交替轮回,构成了他作品中独特的叙事时间。他曾经说过:"在我的书中,场景经常发生在夜晚,或是发生在狂风暴雨之中,比起洒满阳光的光明、鲜亮的场景,(我的书中)更多的是夜晚、黑暗的场景。"①

在吉奥诺的作品中,"夜晚"是重要的叙事元素。"夜晚"是"逃离"的意象,它和"水"一样,是对诗意行程的邀约,是对幸福"彼岸"的召唤,是对死亡环境的酝酿。《愿我的欢乐长存》就是在异乎寻常的夜色中开始的。与作者仰望着同样的夜空,茹尔当很清楚等待着辛劳的博比的是什么。夜空是这个星球上最宏伟的景象,它让宇宙的边际都消失殆尽。在《一个郁郁寡欢的国王》中,马特罗在黑夜中死去,朗格鲁瓦在拂晓时分与凶手搏斗,那头肇事的狼在火把的微光中被人们杀死……夜晚是营造悲剧氛围的极佳元素。

对于吉奥诺而言,"夜晚"这一主题蕴含多种价值。夜晚可以显现宇宙活动的力量,可以突出场景,引发忧虑。除此以外,夜晚的重要价值还体现在它可以作为美妙时刻这一因素上。在这一时刻,世间万物得以展露其真实的面貌。正是在这黑暗之中,吉奥诺的作品情节展现出真实的光芒。在《一个郁郁寡欢的国王》中,朗格鲁瓦是在圣诞之夜明白了犯罪行为的"一切"。在推理的明晰、夜晚、闪烁、"仙人掌"或"类似太阳的光芒"之间存在平行关系。这一"类似太阳的光芒"在黑暗中闪耀,把黑暗变成隐藏真实性的空间,变成如同宇宙深渊一样深邃的真实的空间。它是神秘之地,是一切未知的或可以隐藏的东西的所在地,无论其中的未知物或隐藏物是世界不可见的起源还是机制,是神圣还是罪恶。这些其实都是这一场景中相互关联的重要因素。

基于同样的原因,夜晚通常有利于悲剧的展开。在《大畜群》中,战士奔赴战场的场景发生在伸手不见五指的黑夜。在《风暴两骑士》中也是如此,其主要悲剧情节都发生在夜晚,例如,妇女焦急地等待前线的丈夫归来,马尔罗被他弟弟救起,马尔罗与弟弟之间的打斗,等等。(Ⅵ, pp. 85,168,179)在《埃纳蒙德》中,尽管对自然风景的破坏激起了大地的敌

---

① Henri Godard, *Entretien avec Jean Amrouche et Taos Amrouche*, Gallimard, 1990, p. 36.

意，但高地上的夜晚显然让人忧心忡忡。夜色浓重，漫无边际，叙述者使用海洋的隐喻来定性这一单调的场景，高地上的夜色于是拥有了"海洋"的单调。

夜晚是温情的时刻，也是滋生罪恶的温床，"地狱之色充斥着黑夜"（《屋顶上的轻骑兵》，第195页）。在《屋顶上的轻骑兵》中，"凌晨三点穿过受瘟疫蹂躏的城市进行夜间巡视，这是最凄凉不过的事了"。漫漫长夜为"大家的利己主义提供了方便。人们把尸体弄到街上，扔在人行道上。他们急于把尸体甩掉。有人甚至把他们扔到别人的家门口。只要能摆脱他们，怎么干都行。对大家而言，最要紧的是忙和尽量彻底地把他们从家里赶走，然后赶快回来躲在家里"（《屋顶上的轻骑兵》，第163页）。在瘟疫肆虐的普罗旺斯大地，自私的群体借着夜色干着利己主义的勾当，他们都希望自己的恶行在夜色中不被他人所见。

"白天"与"黑夜"是吉奥诺文本中最为寻常的时间单位，它们之间的关系看似矛盾对立，实则相生相随。在吉奥诺的笔下，"白天"未必是"阳光明媚"的代名词，"黑夜"也未必与"邪恶暴力"画等号。不断重复而又不断变化的"昼夜"，让作品中的每个人都可以在这个每天不停变换的时间平台上充分表现：愉悦的生活，辛勤的劳作，孤独的逃离，恐怖的罪恶。昼夜本身并不参与人的各式活动，但它作为一个背景框架始终存在，它是人物活动的见证者，更是生态空间的构建者。文本中形形色色的人物进行着或善或恶的行为，如昼夜一般，"善"与"恶"在对立共生中构建着自然世界与人类世界的生态平衡。

第二节　四季轮回与生态循环

在吉奥诺的小说中，大自然的生命基本与我们日常的感怀相吻合，特别是在春去春又来的过程中，我们感受着生命的力量和自然的变化。可以说，四季的更替是亘古不变的：冬天是休息的季节，是将生命活动减至最低程度的季节；春天则万物复苏，姹紫嫣红。在季节的更替中，每个季节所蕴含的自然表现和人类行为也不尽相同。我们在这里想要厘清吉奥诺作品中的自然表现和人类行为是如何跟随大自然季节的更替而变化的，它们又是如何营造以循环为主要表征的生态空间的。

在《愿我的欢乐长存》的序言中，吉奥诺把四季形象地比喻成自然的神灵："上帝展现出它的四种形式，春天、夏天、秋天和冬天。"（II, p. 1349）

一年四季的变换先验地让小说中的每个人物与某一种确定性相关联，与超越短暂无序的宇宙秩序相关联。当他们面对某些出乎意料的事件而心生恐惧时，只须对季节的更替过程抱着一份信任，他们内心的恐惧便会随风而逝。吉奥诺在《愿我的欢乐长存》前言中明确地解释了这四季更替的不变性："我们不相信大事……但是我们通过动物的知识而非人类的知识知道，冬天里流淌出春天，然后是秋天，接着又是冬天。"（II, p. 1349）这段表述尽管没有提及夏天，但这并不影响对吉奥诺作品中季节变化的把握：自然生命受控于"独一无二的连贯性"（II, p. 1348）。

大自然始终在追求平衡。当大自然的生命无法外露，特别是在冬季时，力量就会积聚直至爆发。这就是吉奥诺所观察到的季节更替的现象。当人类阻碍大自然的变化，折磨大自然，大自然就会报复人类。《山冈》中的山火便是这种情形。此外，吉奥诺还把自然现象和人类行为夹杂在一起。《一个郁郁寡欢的国王》中的V先生，他想以杀戮来平衡他那死水微澜的枯燥生活。从春天到秋天，他都无所事事，通常人们在这些季节中会观察大自然的暴力活动来给自己带来欢乐。V先生个人的节奏和大自然的节奏是不同的，它们是完全相反的，但也是相互平衡的。吉奥诺同时描写它们是为了显示它们之间的相似性。

这种与大自然的心理契合在埃纳蒙德身上表现得更加暴力化。在《人世之歌》中，当春天到来，暴力以最具爆发性的形式表现出来时，安托尼奥和他的家人却缺席了大自然的暴力，而埃纳蒙德则完全与这极端暴力融合在一起。"等待春天的是位年迈的妇女。"（VI, p. 325）埃纳蒙德既在等待春天，也在等待她的死亡。人的命运的终结恰巧与季节的更替重合，这是吉奥诺典型的表现手法，其表明的意义也非常清晰明了：死亡不是终结，而是转换和新生的时刻。《愿我的欢乐长存》中的博比和《一个郁郁寡欢的国王》中的朗格鲁瓦便是很好的例证。在季节更替中，人用死亡的方式回归自然。在这些人眼里，死亡是向大地或是向更广阔的自然抛洒自己的物质，让自己的躯体再次融入自然的生态循环之中。于是，一切都未曾失去，一切都只是在转换,如同"春去春又来"的季节律动一般。

一、春

吉奥诺在作品中往往对季节采取传统的表现手法:夏天酷热,阳光惨烈;冬天寒冷,雪花飞舞。在《一个郁郁寡欢的国王》中,面对玛丽·莎佐特的消失和拉韦纳家猪身上的刀伤,村民们心生恐惧。于是在冬天的黑夜里,他们惴惴不安地等待着黎明,"等待着…… 等待着…… 一直要等到春天的来临"(《一个郁郁寡欢的国王》,第 22 页)。当金色的春光笼罩大地,人们虽然还在挂念着失踪的玛丽·莎佐特,但"眼下有许许多多的事情要做",所以不得不把她的事"放在一边"(《一个郁郁寡欢的国王》,第 23 页)。此时,明媚的春光显然舒缓了冬天里人们心灵的创伤。

吉奥诺作品中的春天是个迷人的季节。这是万物复苏的时刻,特别是突然间的复苏。当大自然与故事的结局混合在一起时,对大自然的表现经常贴合情节的高潮。这一高潮表达了故事中一个或多个人物重新获得自然和谐时的极其愉悦的满足感。不过,在到达这一境界之前,春天会对大自然安详而有分寸的步骤产生巨大且令人担忧的动荡,这是对现有秩序的壮观入侵。

《人世之歌》的创作优点在于其将宇宙力量融入四季缓慢的更迭之中,这能让读者更好地意识到宇宙力量与自然世界的和谐共生,使他们能在自然环境中跟进宇宙力量的变化发展。于是我们在《人世之歌》中观察到这样的现象:当安托尼奥和贝松计划并实施对莫德鲁那帮人的报复时,春天的到来是逐渐表明的,是悄无声息的。这次报复的结果是杀死了好几个牧羊人,并放火烧了莫德鲁的农庄。这件事发生在隆冬时节,但春天的迹象已露端倪。一位牧羊人,他用简单的话语把河流解冻告知两位主人公:"当这一切融化时就会像水一样!"(II, p. 301)之后,当春天确实到来时,读者在跟进情节的发展,同时和小说中的人物一起观察河流运动的过程。由于有不断的惊跳和鸣叫,小说中的人物意识到是大自然的复苏,我们听到他们接连欢呼,把春天到来的讯息像重大事件一般口耳相传,从而表现他们对新季节到来的渴求之情。接着,春天爆发了。它首先只是个自然的春天,"在夜空中狂暴的巨大春天"(II, p. 36)。最终在最后一个阶段中,大地上产生了"春天庞大的无序"(II, p. 394)。这种"无序"实则蕴含着和谐的"有序",生态的"有序"。

吉奥诺在小心翼翼地宣告春天的到来,我们欣赏他这样的精神。他对春天的描写始终如一,力求使之符合小说的整体结局。宣告春天来临的文字所占据的篇幅有描写春天本身的文字的篇幅的5倍之多,而事实上宣告春天来临的文字只是一些零散的句子。相较之下,对春天的描写则连续不断地占据了整整18页。所以对比是惊人的,表现的选择符合现象的自身性质。春天越是不紧不慢地、朴素低调地准备着它的到来,春天就越是来得自发,来得轰轰烈烈。作者的介绍反映了这一过程,因此尽管春天的脚步小心翼翼,但春天复苏的突然性还是让人惊讶不已。

春天揭开的场景是激动人心的。整个大自然似乎受到奇特的扭曲,在发狂、暴怒、波动着,一切似乎都沉浸在兴奋的氛围和春天的狂欢中:

> 挖出新水源的牧场在歌唱着……大树在发出噼啪的响声……东边吹来了黑色的寒风。它在不停地驱赶暴风雨和不同寻常的太阳。小山谷里的云在跳跃着……一切都正在消逝:大山和森林……万物开始游,开始跑,开始飞……遍布大地的水,石头,冰块,树木的躯干,都被扭曲成坚硬的块状,咆哮着流入宽阔的河流。(II, pp. 394 – 396)

最终,为了呼应春天到来的第一个预兆,叙述者心里直想去"四处呼喊春天"(II, p. 396)。"牧场""大树""寒风""太阳""大山"等这些自然元素构成了丰富的整体性印象。而且这些元素的丰富性无与伦比,产生了积累效应或堆积效应,从而在整体性的基础之上,阐释春天万物活动的强烈程度。这一特点还典型体现在"驱赶""跳跃""消逝""开始"等一系列动词的使用上,恰如其分地反映了春天活动的密集和活跃。作者还用列举的方式,对同一个名词进行重复:"长毛的动物,长羽毛的动物,短毛动物,冷血动物,温血动物"①(II, p. 395),等等。

吉奥诺的春天是不断运动的画面,他把春天的到来描绘为覆盖所有角落、通达所有维度的生命的全面复苏,从高山之巅到深海之渊,处处洒满了春天的气息,从而表明春天不光来自天空,也来自大地。春天的无处不在必然让人联想到自然力量的全能。由于气象的变幻波动而产生的大气

---

① 原文为:les bêtes de poils, les bêtes de plumes, les bêtes de peau rase, les bêtes froides, les bêtes chaudes.

的沉闷恰好证明了它们存在的影响。吉奥诺于1963年在当地一份日报上撰文指出，"春天是绝佳的革命季节……是一年中天底下最动荡不安的季节"①。

不过，在如此多的沉重之中，我们也惊讶地发现这个新季节同时存在轻盈的印记。自然元素的运动，无论是以明示还是隐含的方式，都展现了舞蹈式的运动轨迹，"溪水的流动好似跳舞……黑土……在鸟儿轻盈的踏步中流出了汗水"（II, p. 395）。同样，大自然被五彩缤纷的"彩虹"色修饰着，被泉水"柔美低沉的歌曲"修饰着。

在吉奥诺后期的小说中，早期小说中那种饱含张力、富有爆发力的大自然的狂怒消失了，取而代之的是不引人注意的运动。大自然喧嚣依然，但这时的喧嚣不再出现在表达中，它不用描述便已不言自明：在《人世之歌》中，有整整一段都在描绘春天。在后来创作的《埃纳蒙德》中，叙事在结尾处宣告春天的到来，剩下的就让读者自己去想象相似的春天景象。

在春天的氛围中，动静元素形成了强烈的反差。它构成了时而活泼时而沉重、时而阴暗时而明亮、时而混乱时而规则的交替运动，这些运动把叙事节奏提升到一个前所未有的动力层面，并且在自然元素的生命冲动中找到了最贴切的表达，为生态空间渲染了最生动的色彩。

二、夏

如果要对吉奥诺笔下的四季做个排列比较，那么夏季显然是最为强烈的季节符号。虽然他几乎每部作品中都有夏季的存在，但夏季能成为吉奥诺小说中重要的象征符号，这在很大程度上要归功于他于1953年出版的《屋顶上的轻骑兵》。这部小说对夏季进行了超乎寻常的描写，展现了吉奥诺式的世界末日景象。它既摧毁外部的自然空间，让万物之形消失，又消融内在的心理空间，让人心生恶念。这正如吉奥诺在自己的笔记中所述的②："夏天以这种方式摧毁了人类的内心。对疾病内部世界的描写……就是内心

---

① Jean Giono,《Le printemps》, *Les Terrasses de l'île d'Elbe*, Paris, Gallimard, 1976, p. 66.
② 法国学者在吉奥诺的工作笔记中发现了他的计划：夏天以何种方式摧毁人的内心。使用超现实主义画家HM的手法。根据皮埃尔·西特龙的研究，这里的HM指Henri Michaux(亨利·米肖)，后者是以对谵妄的激情而著称的法国诗人、画家。吉奥诺的计划显然是要在夏天的衬托下对霍乱进行解读。

世界的夏天。"①

在《屋顶上的轻骑兵》中,吉奥诺从开篇便向我们展示了非常写实的夏天场景:普罗旺斯夏天的干旱和酷热。但是,这种写实的画面很快就被超越。吉奥诺开始绘制一幅夏日的幻想图,它带给人噩梦般的感觉,持续不断:"所有这些野蛮的景象,并非只是因为昂热洛被太阳烤得昏昏欲睡、满眼红光而存在。"(《屋顶上的轻骑兵》,第12页)

小说几乎是一下子就让我们处于高潮期,而不是让我们逐渐感受酷热的到来。富有意味的是,主人公昂热洛醒来的第一个清晨就已经"异常闷热"(《屋顶上的轻骑兵》,第1页)。夸张很快替代了常态,很快他就感到连"树林的阴影都让人感到耀眼和闷热"(《屋顶上的轻骑兵》,第3页)。随后出现这样的景象:山坡都被太阳烧得露出了骨头(《屋顶上的轻骑兵》,第3页)。这个景象初看之下并不起眼,但是,吉奥诺随后将其用作萦绕不去的主题以创造病态的氛围,于是这个平凡的景象就具有了力量和表达性。读者至此还未遇到霍乱病症的描写,但已经在干旱和酷热的景象中直面疾病和死亡。我们甚至可以借用纪尧姆·阿波利奈尔的著名诗作《多病的秋天》这一标题,来表述吉奥诺在这部小说中想要表达的"多病的夏天"。在吉奥诺"多病的夏天"中,骨骼的意象无处不在,让人在炎炎烈日中看了都不禁冒出冷汗:"微弱的脊椎颤动声"(《屋顶上的轻骑兵》,第3页);"它们(野蜂)从小门和两个大牛眼窗里冒出来,犹如从抛弃在树林里的一个老骷髅的眼眶和颌中冒出来一样"(《屋顶上的轻骑兵》,第6页)。

法国南方大地异常炎热,其干旱景象令人毛骨悚然,干旱还伴随着空气和天空的黏性,这也很快成为这一场夏日"噩梦"的重要成分:"阳光并不强烈。那阳光很白很白,完全碎成了粉末状,仿佛在用稠厚的空气涂抹大地。"(《屋顶上的轻骑兵》,第3页)"厚的""黏乎乎"等诸多类似的形容词是描绘夏天的主要词汇,空气和天空也因此呈现出"油状的""糖浆状的"形态。通常这种"黏性"还与吞噬的威胁关联在一起:

在白垩般的天空中,会出现一条异乎寻常的鳞光闪闪的深渊,一股

---

① Laurent Fourcaut, 《L'été et le choléra dans *Le Hussard sur le toit*》, *Le Hussard sur le toit de Jean Giono*, Actes du colloque d'Arras du 17 novembre 1995, Etudes réunies par Christian Morzewski, Artois Presses Université, 1996, p.116.

火炉中发烧时才有的黏黏糊糊的气息从里面冒出来,可以看到那黏糊而浓稠的物质在颤动。一棵棵大树在这炫目的光线下消失,一片片橡树被阳光淹没,只露出一丛丛土色的树叶,蒙蒙眬眬,看不清轮廓,几乎是透明的,炎热的气温突然将一个慢慢晃动的黏乎乎亮晶晶的旋流覆盖在它们身上。(《屋顶上的轻骑兵》,第3—4页)

从这段亦幻亦真的描写中,我们可以感觉到炎热和阳光正在吞噬色彩和形状,这种感觉从昂热洛最初的行程一直持续到他在杏树林中准备出发开始他的第二段"行程":

> 太阳突然一跃而起。它抓住天空,将石膏、白垩、面粉一股脑儿崩落下来,然后,用长长的不带虹色的光芒把它们揉捏。一切都消失在这炫目的白色风暴中。(《屋顶上的轻骑兵》,第131页)

大自然的景色,马诺斯克城,一切都面目全非,无从辨认。温柔的普罗旺斯在吉奥诺的笔下变成了可怕的地方,变成了恐怖的场所。白色是夏天挥之不去的颜色,吉奥诺将其比作石膏、白垩、面粉或石灰,并且不断地重复,白色被异化成了恶与死亡的颜色,物体形态的丧失也意味着人类活力的衰弱:

> 物体的形态变得模模糊糊,使得大门、窗子、搭闩、门帘、酒椰叶纤维窗帘都移动了位置,人行道的高度和铺路石的位置都发生了变化……所有的欲望都化成了沸水的形象,人们在沸水中趿跎行路。(《屋顶上的轻骑兵》,第15页)

"沸水"这一意象形象地表现出夏天炎热的蒸腾场景,它让物体改变形状,挪移位置,甚至将一切欲望都蒸发到空中。描写如此病态的夏天实际上是为了让小说中人物的躯体和书本前的读者的心灵都做好接受霍乱蹂躏的准备。

由四季组成的"年"往往是宇宙不变性和稳定性的象征,例如许多自然景物在夏天或冬天似乎一切都不改变,都保持静止不动的状态。在吉奥诺的某些作品中,季节的短暂性同时让人触动,比如《埃纳蒙德》中的夏季,它"闪耀而短暂,从春天那里挣脱用了五天……绽放了二十天,……惊厥了十天,然后是秋天了"(V, p.272);夏天充分地绽放,是为了在其间产生必要的悲剧,之后便是下一个季节的到来。吉奥诺描写的季节往往持久而缓慢,似乎是要展现停滞的时间。一切事件的发生,如同每个季节只有它自己,如同人们无法想象几个月之后需要融入另一种世界观:仲夏不是深秋的诺言,寒冬也不是初春的预兆。一切看上去都凝固在季节的永恒性之中。

三、秋

空间的静止化会使地点展现出本来的美丽与壮观,这一点体现在作者对叙事时间的处理上。事实上,吉奥诺通过给予时间顺序以永恒性的外表来构建他的文本。于是在文本中,被作者赋予叙事任务的讲述者就会展示亘古不变的四季轮回。这既让文本中的人物欣赏不已,也让文本前的读者倾心不止。每一个季节都会通过它的独特性来显示其魅力,并且年复一年都是如此。秋天这一季节便很好地诠释了作者的这一创作特征。例如在《一个郁郁寡欢的国王》中,秋天成为吉奥诺的描写对象,小说中的叙述者被秋叶五彩缤纷的壮观景色深深吸引。锯木厂边上的山毛榉在秋色中神采奕奕:"在秋天里,山毛榉满身覆盖着深红色的长毛,无数的臂膀犹如绿色的蛇一样纠结在一起,金色的树叶像千万只手似的玩弄着羽毛彩球、纷纷盘旋飞翔的群鸟和晶莹透明的尘埃。"(《一个郁郁寡欢的国王》,第30页)

这里,吉奥诺用"千万只的手"形象地表现出丰富的动感,营造出无序的、不规则的巴洛克式的美感。以这棵山毛榉为中心,自然界的各种生命呈辐射状展开。作者用山毛榉这一具体形象来刻画秋天的本质,它是秋日景观的象征,代表着大自然在这个季节的方方面面:生命与死亡,植物与动物,个体与群体,以及五彩缤纷的秋日色彩。绿色代表着复苏的春天与成熟的夏天,它与代表光彩照耀的秋天的金色与红色交织在一起,相得益彰。山毛榉构成了一个独特的生态微空间,围绕树木展开的每种生命个体的无序,其实就构成了生态空间的内部轮回,是大自然整体生命的有序。

如果说季节的无序在夏天和冬天表现为"让天地无形",那么它在春天和秋天则有另外的表现方式。原则上来说,这两个季节是夏至与冬至期间的过渡季节,体现了一种稳定性。在吉奥诺的小说中,秋天与春天一样,往往以季节到来的预兆开始,这些预兆也标志着上一个季节的结束。接着读者便会看到季节的变化发展,观察到越来越多下一个季节到来的迹象。

吉奥诺把这些季节的特性作为刻画让人忧虑的自然无序的特殊形式，这些特性已经超越了自然生命本身的问题，成为人对自然的心理印象的表达。

所以，季节的特性在文中起先会悄悄出现，然后迸发出无法控制的"巨大力量"（Ⅱ，p.789）。在《一个郁郁寡欢的国王》中，秋天便以这样的气魄在大自然的舞台上"粉墨登场"。它"顷刻间骤然"来到，它的发展是如此迅速，其景观摄人心魄：

> 秋天是顷刻间骤然来到这儿的。……今天早上当您睁开眼睛的时候，您却看到这株榉树的树冠上插了一束金黄色的鹦鹉毛。当您在露天宿营时，就在您煮咖啡和收拾行装的当儿，那树冠上已不再是一束金黄色的鹦鹉毛了，而是变成了一顶玫瑰色、灰色和棕色的稀疏羽毛缀成的头盔。尔后，随着色泽的变动，树叶丛中又出现了水牛皮色和草料色。再接着，这株大树上又相继戴上了金黄色的肩章、围裙和护胸甲。这株榉树上树叶色泽的种种变化，都是在周围这个更加火红的金色世界里发生的。（《一个郁郁寡欢的国王》，第28页）

在这段描写中，秋天瞬间到来，时刻变化，它捎来的实际上是世界的震荡，而人们只能部分地窥见这震荡中的某些结果。人类秩序逐渐开始失范，似乎很难根据亲眼所见的事物推断出生机勃勃的自然秩序。此外，秋季也开始解构人们的生活，它的突然到来增强了人们对它所激起的无序自然的感觉，以及对生命轮回的感叹。

实际上，秋日总会让秋日的旁观者们惊讶不已，吉奥诺在他的散文《特利埃夫之秋》中也提到了这个季节的"突然性"："秋自高山之巅向我们腾跃而来。几天来，空气动荡不安。人们望着婆娑的树影，心里多半感到惆怅。不过，人们预料之中的是通常岁暮的景象，而没有预料到今年发生的情况。"[①] 秋天的突然而至混杂着寒冷与温热，交织着阳光和风雨，对它的展现也绝非一串词汇便能穷尽，因为秋天代表着夏天和冬天之间的转变甚至颠覆。正因为如此，秋天和春天一样，揭开了无序的世界，当人们面对这难以控制的无序时，这个季节也便会引起人内心的担忧与恐惧。吉奥诺在《特利埃夫之秋》中用花的气味把秋天这一令人不安的一面呈现在

---

① 罗国林：《让·齐奥诺散文三篇》，《当代外国文学》，1984年第1期，第45页。

我们面前："这些东西（猪殃殃花）的气味，一直渗透到人的身体里，一直渗透到那潜伏着人类万般恐惧的幽暗的一隅，把周身的血液染成了黑色。"①显然，无论秋日的景色怎样让人沉醉，恐惧始终是秋日氛围中挥之不去的阴霾。秋天的姿态是自然无序的结果，它颠覆了现有自然秩序的一切形式，实际上它暗含了无序中的有序：自然总是遵循着天地间的生态规律，循环往复，生生不息。

四、冬

吉奥诺笔下的冬天往往是漫天飞雪的世界，他的文字把冬天营造出与夏天相同的湮灭感和危险感。冬天无处不在的大雪如同夏季的阳光，抹去了大地的一切标记，模糊了任何地形，传统世界的秩序消失殆尽。吉奥诺在散文《冬》中便展示了这样混沌的冬景："可得当心啊！云雾紧贴着深渊边缘上的积雪，……分不清哪是积雪，哪是云雾，哪是实，哪是虚。"② 冬雪的混沌吸引了那些希冀在雪中取得额外收获的人，警察队队长朗格鲁瓦便是这样的人物。他经常面对大雪，并逐渐希望在雪中获取一些既在情理之中又在意料之外的事件信息。如果《屋顶上的轻骑兵》可以被视作太阳小说的话，那么《一个郁郁寡欢的国王》则称得上是一部大雪小说。根据法国吉奥诺学会会长雅克·梅尼（Jacques Mény）教授的解释，吉奥诺在这两个文本中采用了类似的机制，表现相反但结果相似："《屋顶上的轻骑兵》中的白色夏天的白垩色天空投射在《一个郁郁寡欢的国王》中阴冷冬天的冰冻草原上。……吉奥诺的作品中一直萦绕着形状的解体与消失。"③ 譬如在《一个郁郁寡欢的国王》中，处在故事中心位置的希希里阿纳村从一开始就没有形状，它先是被云雾笼罩，接着又被大雪覆盖：

> 晌午时分，彤云密布，笼罩了一切，天地万物都已消失。这时，屋外见不到一个人，也听不到任何声音，一切都似乎已不复存在。……雪，在纷纷地下着。四个小时之后，夜幕降临了。人们生起了壁炉，雪花仍在飘舞。五个小时，六个小时，七个小时过去了。屋里点燃了灯

---

① 罗国林：《让·齐奥诺散文三篇》，《当代外国文学》，1984 年第 1 期，第 45 页。
② 罗国林：《让·齐奥诺散文三篇》，《当代外国文学》，1984 年第 1 期，第 47 页。
③ Jacques Mény,《Apocalypse neige》, conférence prononcée lors des Journées Giono de Manosque en 2005, reprise dans Bull. 64, automne-hiver 2005, pp. 103 – 104.

第一章 时间意象符号

火,屋外大雪纷飞,天地万物白茫茫浑然一体,分不清大地和天空、村庄和山岭。在这样一个快要崩塌的、冰天雪地的世界里,到处都是一些摇摇欲坠、寒光闪烁的雪堆堆。(《一个郁郁寡欢的国王》,第7—8页)

这广袤无垠的大雪抹去了世界的外观,它不是使世界变得像伊甸园般纯洁,而是覆盖这个世界的已知面,让其呈现出使人无法理解的奇特性。当我们对比吉奥诺其他作品中的夏天世界,特别是《屋顶上的轻骑兵》中的炎炎烈日,我们发现夏天的阳光与冬天的大雪有着某种共通之处——阳光和大雪都具有强烈的致密感,它们的强度使自然的形状消失,使已知的有序湮灭,构建混沌的无序。

吉奥诺作品中的人物往往具有忧愁寡欢的性格,甚至对他人抱有莫名的敌视情绪。这种敌视可能与地形有关,也可能与气候有关。冬天是无情单调的时节,是极端无聊的源泉。在《人世之歌》有关冬天的描述中,叙述者使用表示持续性或重复性的时间状语、持续性动词和不定人称代词来强调漫漫寒冬的缓慢节奏,如"一直""每晚""雪正下着""每天早晨""人们正醒来"等。《一个郁郁寡欢的国王》也展现出类似场景。不过,文本更多聚焦于大雪对村民团体产生的效应,而此前的小说更多以叙述者或其中某个人物为视角。这种转换体现了吉奥诺对人群的关注,正如研究显示的那样,这种转换自《大山里的战斗》就开始了。在文本中,泛指人称代词"on"的后面紧跟表示持续动作的动词,这样的用法表明冬天对于所有人都是一样的。大家的处境都相同,在令人抓狂的均一性中迷失了自己,人们落满大雪的外衣充分表现了这一均一性。在叙述者的眼中:"一切都覆盖着,一切都消失了,不再有人,不再有声音,什么都不再有。"(III, p. 459)悲剧正是从此拉开了序幕,大雪让一切差异、一切标记、一切生命都消失殆尽。空虚和孤独的感觉,如同身处荒漠,迫使人物蜷缩在自己狭小的空间中,暗自怅惘。

冬天所引发的均一性和孤独的情感也可以由夜晚和荒芜的范围展现。当地形、季节、气候等多种因素交织在一起时,悲剧的表达就达到了顶点。譬如小说《埃纳蒙德》对其主人公埃纳蒙德所生活的高地的表现便是这种情况。这块地方确实非常荒凉偏僻,因为缺乏道路,因为"远离与任何人的交际",因为"经常黑暗的天空",因为桦树"消失在大雪中"的冬天。因此,像大雪这样的气候因素就产生了如同崎岖的地形一般的隔离作用,每一种情况下产生的结果都是相同的。人类则"不得不考虑不可救药的孤独与世界之间的冲突"(Ⅵ, p. 255),以及与随之而来的焦虑之间的冲突。当大自然的生命在落满大雪的外衣下消逝时,每个人都在试图填补空虚,因为这个空虚让人直面自己本性的真实性。于是隐藏最深的本性苏醒了过来,写在"消瘦严酷的脸庞上"(Ⅲ, p. 459)。这就是 V 先生和埃纳蒙德的罪恶只能在这样的气候环境中产生的原因。季节与地形的双重因素,它们彼此紧密相关的唯一原因是这些因素导致的孤独和无聊,这可能是吉奥诺世界中最基本的恶,这也是《一个郁郁寡欢的国王》的主题所在。

在寂静的冬天表现单调的世界,展现复杂的内心,深化对生命本质的思考。白雪皑皑的隆冬时节,看似沉寂的生命形式,其实也是生态循环中必不可少的一个环节,是生态空间在时间维度上的有机组成部分。

在吉奥诺构建的生态空间内,季节的颜色以可见的形式渗入人物的感官,也跃进读者的心灵:春天的"绿色"和秋天的"五彩缤纷"构成了生机勃勃的世界,而夏天闷热的"白色"和冬天冷峻的"白色"让"天地万物消失"。在他对四季细致入微的描写中,不经意便产生了对称的形式美:一面是代表生命的春秋,一面是代表消亡的夏冬。四季在生态空间上留下的独特痕迹,实际上反映了吉奥诺的宇宙观,这也是古朴的世界观的反映——往复循环,生生不息。季节几乎以完美的意象把这种观念呈现在读者眼前。尽管作者身处 20 世纪,这个世纪的人类已经被装点上"现代性"的霓裳,但这亘古不变的自然循环依然强力地存在。

概括而言,大自然在四季更替中所产生的无序主要与人类不完整的感知有关。这种感知其实是人类骄傲感的典型附属品,它促使人物从潜意识中把大自然想象成易于接近的空间和简单明了的秩序。吉奥诺把这称为"简单主义的世界观"①。实际情况正好相反,四季更替所代表的总体有序的自然秩序往往会激起细节的突然变化,比如植物生长引起的外形变化、色彩增加等。这些变化往往会被感知为无序和断裂,尽管它们也可以被当作自然生命力的旺盛表现。因此,吉奥诺作品中的自然变化,绝不是简单的天气变化,而是更为宏观的季节轮回。处在如此宏大的轮回背景下,人类不

---

① Corinne VON KYMMEL-ZIMMERMANN, 《Jean Giono ou l'expérience du désordre》, Thèse de doctorat, Université d'Artois, 2010, p. 67.

得不站在人性的层面审视世界：人们认为自己可以直面可怕的失范，甚至是危险的混沌，而他们亲眼所见的自然现象远比他们想象中的更加复杂，它们其实只是宇宙无尽变化的某些跳跃。

第二章　空间意象符号

我们自然界的所有生命，无论是动物、植物还是微生物，它们的演化和发展都来源于"生命的冲动"，生命本质的多样性与自然空间有着密不可分的关系。正如法国哲学家亨利·柏格森所言："在空间中，也只有在空间中，不同的多样性才是可能的。"①

在小说的故事空间中，存在一些相互对立的概念，如高与低，城市与农村，内部与外部，开放与封闭，等等。这些对立的概念在文本中被赋予了特殊的象征意义。② 空间是一切公共形式的基础，空间是一切权力运作的基础。研究空间是为了明确人们在空间中定位的特定、移动的渠道，以符号化它们的共生关系。③ 当代空间理论认为，空间并不是纯粹物理学或地理学意义上的客体，它具有社会性、历史性、文化性。文学空间的建构是指文学作品以语言文字符号为媒介，以现实景观世界为对象，以思想情感为内容，运用再现、表现、想象、虚构、隐喻、象征等手段，生产出的符号化的表征空间。文学实践的过程也就是"赋予空间以意义的过程"④。

吉奥诺作品中的"空间"意象无处不在，特别是他对自然空间的频繁表现，这可能是吉奥诺创作中最重要的特点，所以他被称为"空间之人"⑤。乔治·普莱（Georges Poulet）认为吉奥诺的空间完整地构成了视觉体验和

---

① [法]亨利·柏格森：《创造进化论》，姜志辉译，商务印书馆，2004年，第213页。
② 张新木：《法国小说符号学分析》，外语教学与研究出版社，2010年，第139页。
③ 包亚明：《后现代性与地理学的政治》，上海教育出版社，2001年，第1—18页。
④ 谢纳：《空间生产与文化表征—空间转向视阈中的文学研究》，中国人民大学出版社，2010年，第81页。
⑤ Alain Romestaing, 《Jean Giono, l'instant: le néant, la plénitude》, in Dominique Rabaté, *L'instant romanesque*, Presses universitaires de Bordeaux, 1998, p.141.

第二章 空间意象符号

领悟世界的根本基础。① 吉奥诺的叙事作品通常都以描写自然空间开始：《山冈》的开篇是麦田、山冈、橄榄树、山泉等自然意象构成的普罗旺斯乡村；《人世之歌》的开篇是夜色中的大河和位于河心的柴岛；《屋顶上的轻骑兵》的开篇是黎明降临时的山谷；等等。他总是需要根据自然空间来安排叙事，其中夹杂着写作的焦灼和幸福。

吉奥诺作品中的"城市空间"和"自然空间"是其构建的主要空间意象。两大空间意象之间存在着关联与区别。从本质上来说，城市空间也属于宏大的自然空间。因为自然的物质、环境是城市空间的主要组成部分，也是城市空间形成的第一背景。城市空间并非是天然形成的，而是人类社会在与自然空间相互作用一段时间后创造的。② 因而我们常言的城市空间，其实体现了人类频繁的活动，具有社会性质；自然空间则体现了自然的物质形态和自然特性。吉奥诺常常比较现代社会与自然世界，于是他的作品表现了基本的空间取舍，将原本属于大自然的城市空间从中抽离，置于与自然空间平行对等的地位进行考察。从更广泛的意义上说，吉奥诺的作品暗含了对社会城市空间与自然乡土空间（在"编年体"小说中是一百多年前的普罗旺斯和意大利）的比较。在对比的叙事中，吉奥诺指明他的价值取向和文明转向，称赞自然的宏伟与生机，鞭挞城市的荒诞与无趣。

吉奥诺作品中的人物大多生活在远离城市的自然空间：《山冈》和《再生草》里的村庄荒无人烟；《愿我的欢乐长存》中的四个农庄都坐落在偏僻的高原上；《人世之歌》中的人物生活在河边；《大山里的战斗》中的人物生活在被冰川崩塌侵袭过的山谷里。即便人物有时住在城镇中，他们也大多隐藏起来，如《屋顶上的轻骑兵》中的昂热洛。《一个人物的死亡》的情节主要发生在一个密闭空间——马赛市中心的一家盲人收容所。此外，吉奥诺小说中的中心人物，往往来自小说主要空间的外部。《一个鲍米涅人》中的"我"——阿梅德，来到鲍米涅村做长工；《屋顶上的轻骑兵》中骑士昂热洛，几乎以流浪者的姿态穿越普罗旺斯，穿越法国南方城市。

打开一张法国地图，我们会发现法国东南部地区的形状类似矩形，罗讷河、地中海海岸线、伊泽尔（省）和与邻国边境线是这个矩形的四条边界

---

① Georges Poulet,《Giono et l'espace ouvert》, *Revue des sciences humaines*, Lille III, p.13.
② ［美］阿里·迈德尼普尔：《城市空间设计：社会—空间过程的调查研究》，欧阳文等译，中国建筑工业出版社，2009年，第35页。

线，它几乎覆盖了吉奥诺小说中的所有地理空间。吉奥诺小说中的空间地点都与他的故乡马诺斯克市或他经常度假的地方不远。吉奥诺对这些地方的一草一木、一情一景都了然于胸。

我们同时注意到小说的空间背景有"从南往北"迁移的趋势，伴随这样迁移的趋势，小说的氛围也变得更加悲怆，斗争也更加残酷（《大山里的战斗》），人物的灵魂也表现得更加黑暗（《坚强的心灵》《伟大的历程》等），我们进入了一个更加严峻、崎岖的自然环境。

此外，鹿儿山和马诺斯克市也是相当接近，两处地点表明城市社会与乡野自然的碰撞。开放空间（翻滚的海浪）和封闭空间（无意识的温柔蔽所）这两者之间的对立也是吉奥诺所领略到的。正如他自己所言："迷失在海上是美食家可以把超验变成最有滋有味的梦境，这个梦境在彻底的安逸中沉睡过去。"（la Pierre，p.108）作者把我们置身于他想象的基本结构中，让我们发现他作品中始终存在的二元性。

吉奥诺的作品对大自然的表现过程似乎呈现出一种对立，一种两个空间之间的冲突。这两个空间就是自然空间与城市空间，吉奥诺通过他的作品，以贴切的主题和手法表达了对现代性的抵抗。人物以流浪的举动将大自然的母体框架据为己有，并且文本还触及主体在类似于避难所的环境中进行冒险的问题。事实上，这体现了冒险者的内心生活，他们深入自然生活，既承载着乌托邦的维度，又体现了向自然寻根的理想主义。这使得主人公在面对城市空间引起的种种不适时，决心奔向更令人惬意的自然空间。

第一节　恐怖与温情交织的城市

文学家在作品中对城市空间的表达，其实往往暗含着对"城市还是自然？"这一问题的回答。自卢梭以降，许多哲学家与文学家均对这一问题提出自己的看法，但大部分都继承了卢梭的观点。首先，卢梭的观点将自然视作"善"，将城市视作"恶"：自然是有益的，安详而平和，承载着真正的价值；城市则是充斥着丑恶、欺骗和挑唆的场所。"善"是保存和促进生命,"恶"是阻碍和毁灭生命。① 在《爱弥儿》的开篇,卢梭这样写道:"人类之所以繁衍,绝不是为了要像蚂蚁那样挤成一团,而是为了要遍布于他所耕种的土地。人类愈聚在一起,就愈要腐化。"② 之后,他的证言更加直白:"城市是坑陷人类的深渊。经过几代人之后,人种就要消灭或退化;必须使人类得到更新,而能够更新人类的,往往是乡村。"③

与卢梭相似,吉奥诺对城市素来不抱好感,与城市生活也是隔膜颇深。郑克鲁认为,吉奥诺否定基于城市的现代文明,肯定自然文明,这与卢梭提出的"回归自然"的初衷有着某种相似之处。④ 吉奥诺早年在《山冈》获得巨大成功后亲赴巴黎,除了与纪德的交往以外,他对巴黎文学界的社交生活几乎无好感,甚至将其比作"豺狼和狐狸"的世界。在他眼里,无论什么样的社会生活,都要求社会对人实施反自然的力量,他甚至认为所有的社会体系都只是谎言编造的。

在《屋顶上的轻骑兵》中,吉奥诺一开篇就展示了酷热阳光笼罩在南部山区的闷热景象。炎热和疫病的双重灾害,已经把大自然蹂躏得奄奄一息。而此时这南方的骄阳也正在改变着城市的面貌:"在马赛,阴沟里冒出了青烟。在埃克斯,中午,全城都在午睡,鸦雀无声,马路上,公共取水处响起了钟声,仿佛是在夜里。在里安镇,早晨九点就有两个人病例……"(《屋顶上的轻骑兵》,第13页)比起曾经的"梦想之城",马赛和埃克斯这样的法国南方大城市正在悄悄地显现出不自然的景象,为以后表现城里人的谵妄和城市本身的垂死挣扎埋下了伏笔。

在吉奥诺的小说中,城市深陷"霍乱"的恐惧,社会网络被撕裂,家庭关系松散甚至断裂。如同《圣经》中那些被诅咒的城市,霍乱下的马赛、土伦、马诺斯克等城市注定要被破坏殆尽,城市空间会"彻底陷入惊慌",连"最卑鄙的行径也被视作正常"(《屋顶上的轻骑兵》,第164页)。城市中的居民已经抛弃了自己的社会属性,夜色中"有如奔进密林中的野兽,动作极其敏捷"(《屋顶上的轻骑兵》,第163页)。人与人之间冷漠异常:

---

① [法]阿尔贝特·史怀泽:《敬畏生命》,陈泽环译,上海社会科学院出版社,1992年,第19页。
② 卢梭:《爱弥儿·论教育》(上卷),李平沤译,商务印书馆,1996年,第43页。
③ 卢梭:《爱弥儿·论教育》(上卷),李平沤译,商务印书馆,1996年,第43页。
④ 郑克鲁:《现代法国小说史》,上海外语教育出版社,1998年,第432页。

人们插上门闩。人们不呼唤帮助。人们都是独自对付。(《屋顶上的轻骑兵》,第163页)身处这片凄凉无助的城市空间,昂热洛不禁问道:

"他们相爱吗?"

"我的上帝,不。"嬷嬷说。

昂热洛似乎并不满意这样的回答,心有不甘地再次问道:

"不过,在这样一个城市里,许多人是相爱的吧?"

"不,不。"嬷嬷说。(《屋顶上的轻骑兵》,第163页)

这部小说中的城市空间,无论是马赛、埃克斯,还是阿维尼翁、马诺斯克,沿途的悲惨构成了"真正的城市大公墓"。表面上看,城市中的人们是死于老鼠传播的霍乱,但嬷嬷几个简单的"不"却道出了这些人死因的实质:人们的内心缺乏爱的情感,并由此而生发出忧郁和自私。这些人心之恶让"社会变成一群活死人,一个地上公墓",使人产生"过分的虚无",甚至使"国家散发臭气,无所事事,走向毁灭"(《屋顶上的轻骑兵》,第396—398页)。对于一生都生活在普罗旺斯马诺斯克小镇的吉奥诺而言,马赛就代表了巨大喧嚣的城市空间,里面充满了梦想和热闹,没有乡村的寂静和孤独。他曾经这样说过:"对马诺斯克的人来说,马赛便是某种程度上的莫斯科。我的意思是这是个梦想之城。"① 但他也毫不留情地指出,山村之所以这般寂静,是因为村民们"都被马赛吞噬了"②。

> 城市像垂死者那样在挣扎。它是在临终时的自私自利的挣扎。墙下有低沉的声音,像是肌肉在放松,肺部在吐气,肚子在排泄,颌骨在格格响。不能再向这个社会躯体要求什么了。它正在死亡。因为要死了,它有足够的事要做,足够的事要思考。(《屋顶上的轻骑兵》,第168页)

吉奥诺形象地借助霍乱的症状来描述垂死的城市,表现出隔膜的城市必将导致人性的分裂。面对霍乱这样的灾害考验,城市如同打开的潘多拉之盒,释放出人内心深处最隐秘的各种恶念,包括自私、谵妄和暴力。在《风暴两骑士》中,地处高地的城市拉朔市(Lachau)以过度的暴力著称。

---

① Jacques Chabot, *La Provence de Giono*, Provence, édisud, 1980, p. 60.
② Daniel Vitaglione, *The literature of Provence—An introduction*, McFarland, 2000, p. 128.

小说花了很长的篇幅去描述这个城市与它好战传统之间的关系。"拉朔，绝色的城市……是战斗的城市。"（Ⅵ，pp.70-86）似乎只有暴力才能显示拉朔市的存在，而拉朔市也只是为了暴力而存在的。那里发生的一切都不正常。这个城市从来就没有"天黑"的概念，而它的近郊则都陷入了昏暗。这个城市一直都异常活跃。它具有战争所具备的壮观和光彩的特征，在吉奥诺的作品中表现为迸发出的光芒，它与周围的昏暗和均一性构成强烈的对比。与其说拉朔是个暴力的城市，不如说它是由城市来具体展现的暴力。它是人们赶去解决自己问题的地方："这是人们相互寻找、相互见面的地方。"野蛮粗暴达到了它的极端，战争的极端和流血的极端。"他们之间相互制造的是战争，没有理由，彼此都很不幸。……血……在人行道上洒了一大摊。"在这段都市场景的描述中，地理和暴力之间的关系就以最简洁明了的方式表达了出来。暴力与地点的特殊性有关，暴力的起因就是暴力产生的地方。相反，我们也看到经常出入拉朔市的人们，或是生活在高地的人们，他们也和他们的环境一样特殊。两者之间是默契贴切的。于是，城市空间和暴力就结成了紧密简洁的关系，城市空间的特殊性加剧了暴力行为，激发了人内心的邪恶。归根到底，"城市是罪恶的渊薮"①。

考量吉奥诺式的城市空间，其实也是考量作者对现代性这一主题的观点。在早期的作品中，吉奥诺旗帜鲜明地反对带有现代性标记的东西，即他认为任何人为的、人造的东西。然而，在他后来的作品中，我们很惊讶地发现许多带有明显现代性参照物，而且这些参照物没有以作为贬义元素的面貌出现。在他早期的作品中很难看到汽车或其他现代物品，但这些现代机器确实已经在一战后大量出现，并获得市场的认同。当然，我们试图在小说中找到现代物品，绝不是想让其成为现实世界技术发展的文本索引。这些现代物品实际上已经成为新的参照物，在小说重要的篇章和画面中起着非常重要的作用，它们也在参与表达，这是毋庸置疑的。例如，在小说《埃纳蒙德》中，埃纳蒙德买了一辆汽车，这使得叙述者得以展示当她和她儿子萨米埃尔从斜坡上滑下来时，她面对"地面的意外情况"是如何漠不关心的。（Ⅵ，pp.287-288）交通工具在这里就用来表现大地与战后人物之间的距离感。像交通工具这样的现代机器，开始侵入原本寂静的农业社

---

① 郑克鲁：《现代法国小说史》，上海外语教育出版社，1998年，第432页。

会，轰隆作响，躁动不安。它们所形成的强大的技术逻辑，力图要颠覆原本农业社会中自然空间的主宰地位，使乡村处于社会的边缘并且依附于城市。① 城市文明中的工业节奏摧毁生命，人本身也成了机器，缺乏个性，丧失灵魂。② 法国当代著名生态学者塞尔日·莫斯科维奇认为，近百年来的工业革命留给人类的一大"遗产"便是城市与乡村的分离，城市与乡村的面貌都在不停地变化，其后果将是自然界的动植物世界变成一片荒漠。③ 面对这样的趋势，人类担负的生态任务就是要扭转城市和乡村共同走向毁灭的趋势，重塑适合人类文明蓬勃发展的生态空间。

我们平素所言的城市空间常常是个笼统、模糊的概念，实际上这一空间是由若干具体细微的空间元素构成的。在吉奥诺的作品中，我们经常看到某些空间元素频繁出现：屋顶、阁楼、家宅、隔离所等。这些空间元素在很大程度上代表了吉奥诺构建的城市空间。因此，对这些空间元素的分析，有助于我们从微观层面探究吉奥诺城市空间的主要特征，了解吉奥诺城市空间的价值取向。

一、屋顶

屋顶是吉奥诺构建的城市空间中的独特一景，它能提供有利的视角，"高处吸引着那些想象像鹰一样鸟瞰世界的人"④。这一点尤其反映在他二战后的名作《屋顶上的轻骑兵》之中。

如同《红与黑》开篇处主人公于连栖身在他父亲锯木厂的梁上，《屋顶上的轻骑兵》中的青年骑士昂热洛也是栖身在马诺斯克的屋顶上，"骑士"与"屋顶"的奇特结合，赋予这部作品无与伦比的美感。从这个意义上说，"屋顶"是这部作品的主角之一。作为独特的建筑元素，它既参与城市空间的建构，又参与文学空间的叙事。年轻骑士昂热洛栖身在屋顶这样的高处，其举动是有象征意义的，这既表明他身心的优越性，又表明他内心的孤独感。当人置身于"屋顶"这样的高处，就置身于"全景式的俯视中的哲学"

---

① 汪民安：《身体、空间与后现代性》，江苏人民出版社，2006 年，第 127 页。
② 姜依群：《让·齐奥诺生平及其创作思想》，《外国文学报道》1982 年第 2 期，第 65 页。
③ [法]塞尔日·莫斯科维奇：《还自然之魅——对生态运动的思考》，庄晨燕、邱寅晨译，北京三联书店，2005 年，第 24 页。
④ [法]莫里斯·梅洛-庞蒂：《可见的与不可见的》，罗国祥译，商务印书馆，2008 年，第 100 页。

"不可能存在与他者的相会",因为"唯我主义的目光在统治",所有的景象都会"通过四面八方入侵到我的视场"①。昂热洛把屋顶当作了观察所,这个有利的地形向他展现了马诺斯克在霍乱时期发生的种种景象,时而让他满腔怒火,时而让他心生怜悯。昂热洛在屋顶上的观察视角,实际上往往也是作者自己的视角,吉奥诺蔑视这群懦弱愚蠢的人,但对他们遭受的死亡威胁又抱以同情。昂热洛不是个冷漠的人,相反他是那么富有人道主义情怀,尽管他面对死亡也会恐惧,面对腐烂也会恶心,但他自始至终都保持着积极向上的心态,真心希望"人类战胜死亡"。

骑士昂热洛的旅途按照"自然—城市—自然"这样的节奏进行,对称的美感凸显了城市空间的主体作用。尽管普罗旺斯在骄阳下成为大自然施虐的场所,但显然城市空间中发生的暴力、死亡、自私、谵妄更令人印象深刻。为了逃避霍乱引发的死亡,也为了逃避龙骑兵们的追捕,昂热洛在途中躲进一间屋子,遇到了波利娜。他有些局促地向波利娜解释他为何躲到这间屋子里,但"屋里有尸体,更确切地说,有一个尸体"(《屋顶上的轻骑兵》,第143页)。实际上,这不仅仅就是一具尸体,而是一具极致的尸体,它代表着死亡,代表着吞噬生命的"嘴":"她依然非常美丽,尽管张着大嘴在空咬,露出了一口洁白的牙齿。"(《屋顶上的轻骑兵》,第143页)昂热洛觉得连房屋也变得不可靠,已经被死亡所占据。他心中非常清楚,他要逃避的正是死亡和它引发的恐惧:"于是我爬上了屋顶。后来我一直生活在屋顶上。"(《屋顶上的轻骑兵》,第143页)在这里,我们看到屋顶——这个位于高处的庇护所,其价值是如此朴素,如此深深植根于无意识之中。巴什拉说:"所有思想在接近屋顶时都变得清晰。"②当昂热洛爬上屋顶时,他的思想也随着视野的开阔而变得深刻。

在现实世界中,吉奥诺对他总是不能走出这虚伪的世界而心情失落,尽管他在这个世界上找到了自己的避难所。我们发现,年轻骑士昂热洛,其实是作家自己的写照,充满希望,独来独往,意图通过占据高地来躲避世间种种之恶。当昂热洛走在马诺斯克的屋顶上,如同踏上了一片"新天地"。他在上面闲逛,"如履平地一般"(《屋顶上的轻骑兵》,第133页),

---

① [法]莫里斯·梅洛-庞蒂:《可见的与不可见的》,罗国祥译,商务印书馆,2008年,第100页。
② [法]加斯东·巴什拉:《空间的诗学》,张逸婧译,上海译文出版社,2009年,第17页。

可见高处的"屋顶"让昂热洛身心惬意。

吉奥诺笔下的人物总有对高地的憧憬，对低地的逃避，因为高处的景色与低处大为不同，他周围的"钟楼、圆顶、小墙、波浪起伏的屋顶，宛若一块新地的树木、树丛、篱墙和山丘；深陷幽黑的内院不过是一个个普通的水坑……街道宛若溪水……"（《屋顶上的轻骑兵》，第133页）。《屋顶上的轻骑兵》中的昂热洛，如同娴熟的杂技演员一般行走在鳞次栉比的屋顶上。他没有像大多数人那样死死固守在自己的一小片土地上，而是不停地在屋顶上奔走，逃避人世间的卑鄙和肮脏。他喜欢广阔的空间，让自己可以从混乱中超脱出来，让自己具有航海家哥伦布的眼光和胸怀。

昂热洛登上屋顶，映入眼帘的便是一番新天地的景象："这不是离奇的梦，而是一个难以摆脱的苦涩的谜。用不着与其斗智，只需逆来顺受，哪怕以后等这新的世界确立了新的本性后再来比试高明。"（《屋顶上的轻骑兵》，第133页）吉奥诺自己的避难所便是写作，他笔下的昂热洛选择生活在马诺斯克的屋顶上，周围被末日的现实包围着——他就这样生活在孤岛上——他的脚下，那些低处，就是深渊：

> 这相对来说并不难，只是有些斜坡向内院倾斜，内院就像井口，黑森森的，像要把你拉下去，使你感到恶心。这些深渊总是突然出现，让你防不胜防。它们在斜屋顶的漏斗中，隐蔽在屋脊后，走到屋脊跟前方能看得见。昂热洛身后突然出现了阴险的深渊，他身子摇晃了，甚至不得不用手抓住瓦片，斜向匍匐前进。这些深渊会把人吸进去……眩晕接踵而来。（《屋顶上的轻骑兵》，第116页）

"眩晕"的产生，是因为处在低处的"深渊会把人吸进去"，让人消失，"眩晕"实际上就是"消亡"的委婉说法。这个"真实"是白色的夏天，是堆积如山的霍乱患者的尸体，是行走在鳞次栉比的屋顶，是俯视周遭不断吞噬生命的深渊。作家对这样的"真实"也心生绝望："当真实与非真实间的界限已经消失，可以从一个自由地进入另一个，这时，与大家认为的恰恰相反，首先感到的是监狱变小了。"（《屋顶上的轻骑兵》，第133页）吉奥诺就此绝望？让自己抑或让昂热洛永远困在高高在上的屋顶上？作家用文学回答了这个问题：要下来，哪怕低处是深渊，是消亡。当昂热洛回到地面，给他的不是恐惧，而是喜悦："我在街上了……我离开屋顶了。不

第二章 空间意象符号

错！"(《屋顶上的轻骑兵》,第152页)。昂热洛从屋顶下到地面的举动,发扬了"我不下地狱谁下地狱"的古典美德和牺牲精神,将传统的骑士风范演绎得淋漓尽致。对此,让·布朗扎(Jean Blanzat)在《费加罗文学报》(*Le Figaro littéraire*)上撰文,认为这部小说继承了"地狱之旅"的传统①:主人公昂热洛完成了下地狱的任务,在地狱中,所有的人物都显示出他们自私卑鄙的本性,特别是他们对死亡的惊恐。但这其实没有丝毫负面的意义,因为地狱之行促成了英雄的形成,死亡的史诗其实是在向生命致敬。

二、阁楼

在城市空间中,存在着一种可以让人独处的空间——阁楼。人们可以在其中"忍受孤独,享受孤独,渴望孤独"。这个空间历经绵延而不会从记忆中消退,即便当它"从现在中消失,当它们从此和所有未来的谎言无关,甚至当我们不再有阁楼,甚至当我们失去了屋顶上的小阁楼时,永远不变的是我们曾经爱过一个阁楼,我们曾经在一个屋顶上的小阁楼生活过"②。巴什拉认为阁楼其实不仅具有外在空间的价值,而且还开启了内在空间价值的多样性,并且阁楼里的每件物品呈现出对阁楼过往的回忆。在《屋顶上的轻骑兵》中,当昂热洛从灼人的阳光和屋顶光滑的瓦片上钻进一个阁楼时,见到的便是如此情景:"他(昂热洛)看见一个宽敞的顶楼,堆满了形形色色的杂物,看见这些东西,会感到心境安宁。"(《屋顶上的轻骑兵》,第137页)此时,昂热洛又瞥了一眼阁楼外面的空间:强烈的光线,白乎乎的山冈,还有焚尸的柴堆,袅袅上升的烟柱。这个高居于整个城市之上的骑士,收入眼帘的尽是窒息的景象,这与屋内的"漂亮顶楼"形成鲜明的对比,使他不禁想往里再看看:

> 漂亮顶楼,里面保留着旧织物、光滑的木球棒、百合花形的铁饰品、小阳伞、穿在柳条模特身上的短裙、波纹绸风帽、精装书、挺胸凸肚的家具、珠色的花彩、橙花束,种种沉睡在蜜糖中的代表着风雅安逸生活的物品。四壁的钉子上,琳琅满目地挂着女式短上衣、连衣裙、女

---

① Michel Gramain, *Le Hussard sur le toit*: Réception du roman (1951 – 1952), Revue Giono, 2010, p.170.

② [法]加斯东·巴什拉:《空间的诗学》,张逸婧译,上海译文出版社,2009年,第8页。

式无袖胸衣、软帽、手套、男式紧腰中大衣、多层领男用外套、大礼帽、三代人的领带。矮柜上放着小巧玲珑的高跟鞋,有缎子的、皮的、天鹅绒的,还有饰着丝球的女用高跟拖鞋和猎靴,不是煞有介事地排得整整齐齐,而是自自然然,仿佛脚刚刚离开它们;更确切地说,仿佛看不见的脚仍穿着它们;仿佛看不见的身子仍压在上面,尽管压力微不足道。(《屋顶上的轻骑兵》,第 137 页)

在吉奥诺早期的小说中,鲜有对家宅空间及其物品的描绘,这段描写其实暗含了作家在二战后创作的一大转变,即转向对"人"的关注。虽然昂热洛是透过顶楼的老虎窗观察这个阁楼,而且里面也无人的存在,但布满狭小空间的这些物品,可以让人联想起这所家宅主人曾经的丰富生活。这些物品在"空间中体现了家庭团体的情感关系及永续存在,它们安宁地生活在不朽之中"①。这些物品大多由自然材料制成:木制的、缎子的、皮的、天鹅绒的等。这些自然材质的物品是让人感伤怀旧又倍感温暖的诱因,因为自然材料具有"吸取体质",把"时间隐含在纤维"中,表达了"一个物质和母性温暖的梦想"②。于是昂热洛迷恋上了这座阁楼,"闻着顶楼的气息"(《屋顶上的轻骑兵》,第 139 页),想象着需要的温情:这美丽的顶楼散发着长眠的味道,肉体平静地衰老的味道,温情的味道,永不腐烂的青春的味道,狂热爱情的味道,以及紫罗兰冲剂的味道。(《屋顶上的轻骑兵》,第 137 页)在这部小说中,昂热洛是个追求幸福的骑士。他的幸福是追求自由,是伸出援手,是策马驰骋,也是渴望在这样的阁楼上温情地生活。"物品身上的过去或是异国情调其实是有社会向度的:(它们代表)文化和收入"③,物品实际上也是"一整套世界观的反映"④。从这一意义上说,阁楼,里面的家居物品,以及这些物品所代表的往昔的丰富生活,就是一种幸福观,原本抽象的幸福如今就栩栩如生地摆在了昂热洛的面前。并且,他还认为,能够过着如此幸福生活的人,必定是心灵高尚的人:"(他)凝视那些女上衣、裙子、小鞋、靴子、马刀;他嗅闻着他想象中的崇高心灵者的气味。"(《屋顶上的轻骑兵》,第 139 页)阁楼让原本普通的

---

① [法]尚·布希亚:《物体系》,林志明译,上海人民出版社,2001 年,第 14 页。
② [法]尚·布希亚:《物体系》,林志明译,上海人民出版社,2001 年,第 40 页。
③ [法]尚·布希亚:《物体系》,林志明译,上海人民出版社,2001 年,第 172 页。
④ [法]尚·布希亚:《物体系》,林志明译,上海人民出版社,2001 年,第 25 页。

家宅从大地走向了天空,甚至成为直达信仰天空的灵魂居所。这个空间"不需要扩大,但它特别需要被占有",无论其空间大小,无论其环境冷热,阁楼"永远给人安慰"①。它让昂热洛既置身于隐蔽的高处空间,又置身于享受所爱物品的快乐的情境。

三、隔离所

吉奥诺后期的作品非常重视对人的境遇的考察,他常常将故事叙述者或主人公置于特殊的城市空间,在不同寻常的背景和氛围中考量人性,正如《屋顶上的轻骑兵》中的昂热洛,他两次走进城市空间,均有待在疫病隔离所的特殊体验。福柯在《不正常的人》中谈到西方在17、18世纪处理两种传染病的方式,进而揭示西方的城市空间是如何发挥统治作用的。他认为西方存在"对个人进行控制"的两大模式:一个是排斥麻风病人的模式,另一个是容纳鼠疫病人的模式。②鼠疫流行时的城市由行政长官管理;城市被分成城区,由各城区负责人管理;城区又被分成街区,由巡视员管理;街区又被分成街道,由监视员、哨兵管理。他们的权力组织具有连续性,呈现金字塔结构。③对于霍乱时期的城市管理和权力运作,《屋顶上的轻骑兵》中有着这样生动的表现:

> 只要隔离所是市镇的公事,由本地一些需要献身才不至于惊慌失措的人领导,谷仓或草料棚便成了隔离的地方。有时甚至安置在树林里、牧场上。人人都逃跑:或用暴力,或贿赂。看守带着旧猎枪来回溜达,却大发其财。人们认为必须堵住霍乱。资产者、手工业者有农民的巡逻队不足以维持公路的治安。旅客越来越有持枪加强自己看法的趋势。政府管这事时,便呼吁省长和驻军帮忙。士兵们穿着制服,在一片慌乱中,显然需要开枪或挥舞军刀。……有医院和检疫站的小城市,则把过路的人堆在这些医院和检疫站里。在其他地方,则动用基督教学校的修士住所、修道院的附属建筑、神学院的风雨操场,有时甚至教堂。(《屋顶上的轻骑兵》,第315—316页)

---

① [法]加斯东·巴什拉:《空间的诗学》,张逸婧译,上海译文出版社,2009年,第9页。
② [法]福柯:《不正常的人》,钱翰译,上海人民出版社,2003年,第45页。
③ [法]福柯:《不正常的人》,钱翰译,上海人民出版社,2003年,第46页。

福柯曾经这样说过，鼠疫是个体解体的时刻，在此，法律被遗忘。他说这其实还是一场政治梦，它是政治权力发挥到极致的美妙时刻。在这个时候建立起对人口的分区控制，直至其最末端，任何危险的交流、不清不楚的社团和被禁止的接触都不可能发生。① 控制监视机构中的管理者，他们的监视没有任何中断，以至于在城市中发生的任何事情都不能逃脱他们的目光。当昂热洛和波利娜行进在去往沃梅尔镇的路上时，便是被一支镇上的龙骑兵部队抓住，关押在沃梅尔圣母献堂会的霍乱隔离所内。"沃梅尔的隔离所安置在城堡里，那里曾是圣殿骑士团的封地……"（《屋顶上的轻骑兵》，第316页）而且这里空气清新，阳光充足，是关押"霍乱嫌疑分子"的理想之地。（《屋顶上的轻骑兵》，第318页）隔离所的四壁"固若金汤，下面的铁栅栏门关得紧之又紧（还有红脸骑士在巡逻）"（《屋顶上的轻骑兵》，第319页），在隔离所工作的修女"过去都是农家女"，她们"善于管理鸡棚里的母鸡，兔棚里的兔子，知道如何关好大门"（《屋顶上的轻骑兵》，第318页）。

透过小说中的霍乱隔离所，我们看到隔离所就是城市空间的一种固定格式，它让人固化，让人静止，让人不能动弹。关押在这个空间中的人都必须受到仔细的检查和观察。于是空间中的个人都被网格化。我们看到，这个井然有序的城市空间，完全被当作一个统治和区分机器。此刻的城市，完全被一种检查的权力所布满，它压抑了城市的其他功能和欲望。作为城市空间特殊代表的隔离所，在这个意义上，仅仅是一种非人格化的物质机器，它将空间的管治能力发挥到了极端。② 对于"隔离所"这样特殊的城市空间，福柯认为城市不是要驱逐它，相反是要建立它、固定它、给它一个位置，为指定场所，确定其在场——被分区控制的在场。对于"隔离所"，城市不是抛弃它，而是容纳它，从而达到权力的个人化、分化和细分化，最终直至与细小的个体连接起来，实现权力对个体的接近与控制。③

四、家宅

吉奥诺的笔下，家宅常常代表着幸福的承诺。即便是将空间描绘得昏天

---

① ［法］福柯：《不正常的人》，钱翰译，上海人民出版社，2003年，第48页。
② 汪民安：《身体、空间与后现代性》，江苏人民出版社，2006年，第106页。
③ ［法］福柯：《不正常的人》，钱翰译，上海人民出版社，2003年，第47页。

黑地的《屋顶上的轻骑兵》,当骑士昂热洛走进一户农民家,面对昏暗甚至有点肮脏的室内环境,温馨之情依然会涌上他的心头:"厨房里只有一个老头,还有许多苍蝇。有一个矮墩墩的炉子,炉火烧得很旺……炉子上,咖啡壶送出浓郁的香味,以至于尽管屋里黑得像炭,昂热洛仍觉得它非常可爱。"(《屋顶上的轻骑兵》,第2页)这正是家宅袭上人心的感觉。吉奥诺笔下的众多人物,他们的个人幸福与家宅有关,因为家宅中有食物的浓香四溢,有家人的温情脉脉。《一个郁郁寡欢的国王》中的希希里阿纳村里,"这些彼此相连的洞穴似的拱形建筑物,都使人们的种种生活景象显得那般纯朴而自然"(《一个郁郁寡欢的国王》,第20页)。在加斯东·巴什拉看来,"家宅在自然的风暴和人生的风暴中保卫着人。它既是身体又是灵魂。它是人类最早的世界"①。因此,希希里阿纳村的村民们认为家宅是他们"最好的保护者"(《一个郁郁寡欢的国王》,第20页)。

在《再生草》中,当青年农民庞图尔和阿苏尔的新邻居德西雷第一次跨进他们家,一幅温暖的景象便绵延不绝地流进了他的心里:

> 屋里面一片清淡而明亮的日光,宛似猫儿身上的毛一般柔和。日光从门窗里流进来,把一切沐浴在它柔和的光辉里。灶膛里,火熊熊燃烧,红艳艳的火苗舔着正在煮汤的锅底,锅里的汤嘶嘶作响。……厨房的桌子上,一个盘子里盛着三颗紫白相间的大葱头,剥洗得干干净净,闪着光泽。一个水罐装一罐清亮的水,淡黄的阳光,在水面闪动。石板地面拖洗得一尘不染,泔水沟旁地面的石板裂了一条宽缝儿,阳光射在里边黑黑的泥土上,隙缝里长出一棵嫩绿的草,尖上已结出饱满的籽儿。(《潘神三部曲》,第399—400页)

庞图尔和阿苏尔这对青年农民夫妇,他们的结合代表了人对自然平衡和真实价值的回归,他们的家宅如同他们的品性,闪耀着人性的光辉与温暖。家宅是揭示内部空间的内心价值的最适合存在。② 在家宅这样的内部存在中,有一股热量迎接存在,包围存在。存在主宰着一个物质的地上天堂,融化在丰裕物质的温柔中。好像在这个物质天堂中,存在沐浴在养料里,周围满是所有的重要财富。正是在家宅这样弥漫着温柔物质的空间氛围中,

---

① [法]加斯东·巴什拉:《空间的诗学》,张逸婧译,上海译文出版社,2009年,第5页。
② [法]加斯东·巴什拉:《空间的诗学》,张逸婧译,上海译文出版社,2009年,第1页。

生活受着存在的保护。面对庞图尔夫妻的家宅，邻居德西雷情不自禁地发出"这才叫生活"的感叹（《潘神三部曲》，第401页）。生活的开始，幸福的发端，都是在家宅"封闭中、受保护中开始，在家宅的温暖怀抱中开始"①。

家宅就是个有序的宇宙，生活的方方面面都可以方便地衡量：房屋的尺寸，家庭的构成，以及家人的职业。吉奥诺的许多文本都对人物所从事的职业劳动进行细致的展示，尽管这些工作不太现代化，也缺乏技术含量，但对工作的描绘除了表现人物的纯朴勤劳，也表现了不同空间之间的联系。比如《再生草》或《愿我的欢乐长存》中的耕地工具，主人们都要细致地保管它们。因为它们是劳动和生活的必需品，它们联系着外部空间（大自然）与内部空间（家宅）。它们既是人们幸福梦想的实现工具，也是自然秩序的系统再现。这些工具把家宅与土地联为一体，"家宅成了自然中的一个存在""它依赖于形成大地的山和水"②。

吉奥诺作品大多以南方普罗旺斯乡村为背景，所以他描写的家宅也是典型的法国南方乡村的民居。他在对这片土地表现出深情的时候，也时时流露出对巴黎等大城市的厌恶。对家宅的眷恋，上文已叙述过，而对大城市的厌恶，则表现在对城市中现代化宅居的排斥。在《一个郁郁寡欢的国王》中，他假借叙述者之口这样评价城市的宅居："有些房屋就不同了，它们那种笔直的墙，那些顶部像硬纸板做成的、既不结实而又不庄重的屋，尽管在1843年被看成是颇具现代色彩的建筑物，但并不能给人以安全感。"（《一个郁郁寡欢的国王》，第20页）在巴什拉看来，大城市的家宅就似层层叠叠的盒子，没有根，只有外在的高度。由于城市的家宅不处于自然之中，所以居所和空间这两者之间结成了人为的而非自然的关联。

总而言之，吉奥诺笔下的家宅大多为法国南部的民居，它们既是在城市空间中的存在，亦是在自然空间中的存在。在吉奥诺的作品中，家宅独特地体现了城市与自然在生态空间中的关系，是整个生态空间中不可或缺的空间元素。

---

① ［法］加斯东·巴什拉:《空间的诗学》,张逸婧译,上海译文出版社,2009年,第5页。
② ［法］加斯东·巴什拉:《空间的诗学》,张逸婧译,上海译文出版社,2009年,第23页。

第二章 空间意象符号

第二节 安乐之所的乡村

吉奥诺在自己40多年的创作生涯中，大多把文学场景中的大自然置于作品的中心位置，自然空间的存在是为了保证崇拜自然、捍卫自然的人们的幸福。吉奥诺十分注重对自然空间的描摹，兼有现实化和小说化的双重特征。"述说，基本上就是把可见的变成不可见的，就是进入一个不可分的空间，进入一个自我之外的内心深处。"① 自然空间作为主体的再现为吉奥诺开辟了一条道路，引导了人与自然发生关系的活动。

在吉奥诺的作品中，自然空间在文学中的再现，实际上是在充分运用空间资料的基础上，将写作的敏感与对现实的指称结合起来。自然空间中的景色，犹如"空间的建筑"② 深深地吸引着吉奥诺。他喜欢描写本质上呈开放性质的自然空间，因为它象征着自由和人性。吉奥诺似乎不太愿意让笔下的人物长时间处在封闭的空间内，他希望他们能拥抱自然。自然空间内的山川平原、河流大海、风雨雷电，都是他愿意描写的对象。自然空间的开放性也可视作吉奥诺本人对激情、对自由无限向往的反映。吉奥诺的一生都植根于普罗旺斯这片土地，这片土地上种有他的成长，种有他的希望。这片自然空间承载的不仅仅是如画的风景，更是梦想的实现和幸福的追求，透过《再生草》中青年农民庞图尔的意愿便能窥见这一点。庞图尔梦想实施他的雄心计划，把他所有的价值都赋予肥沃的土地："我要的是麦子，叫整个舍纳维埃尔冈上全长上麦子，叫奥比涅纳所有的房子全装上麦子，装得满满的，只要那块地能长得出来。"（《潘神三部曲》，第365页）对于加布里埃尔·鲁热里（Gabriel Rougerie）来说，作为母体的大自然表现出的是亲密的情感，因为"生活环境是认知的表达，是和谐的表达。没有交流，就没有认知，也没有和谐。与不被喜爱的事物之间是没有真正的交流的"③。可以说，吉奥诺的一生都在自然环境中生活，与自然万物交流。这也正是

---

① Maurice Blanchot, *L'espace littéraire*, Paris, Gallimard, Folio/Essais, 1955, p.183.
② Alain Romestaing,《Jean Giono, l'instant : le néant, la plénitude》, in Dominique Rabaté, *L'instant romanesque*, Presses universitaires de Bordeaux, 1998, p.141.
③ Gabriel Rougerie, *Les cadres de vie*, Paris, P.U.F., 1975, p.253.

他与某些标榜所谓尊重自然、实则尽享城市物质的虚假生态主义者的最大的不同之处。

吉奥诺生活的自然空间，是 20 世纪初的法国南部乡村。当时这还是一片十分贫瘠的乡土，这与今天灯火辉煌、活色生香的蓝色海岸景象截然不同。自然空间纯朴如初，单纯的农民们不知道拖拉机，不知道化肥，不知道工业，人与自然的和谐是他们乐享的唯一财富。吉奥诺作品中对大自然的处理也显示了这一返璞归真的趋势。因此，这种"原始"立刻表现出对崇尚朴实生活的群体的回归，群体的朴实生活不带有任何对身体和情感舒展的阻碍。学者埃尔万·潘诺夫斯基（Ervin Panofsky）提到了"世外桃源"（Arcadie①）的概念，这一术语通过地点来阐释真正的神话。这些地点设置了大自然向原始起源的过渡，因此它体现了吉奥诺对自然魅力的向往，而不是对文明进步的渴望。埃尔万·潘诺夫斯基认为："世外桃源，如同我们在所有现代文学中所邂逅的那样，如同我们在我们的日常用语中所提及的那样，它属于'温柔'的原始主义，相信'黄金时代'的原始主义。"② 人因此从他所处的时代中被抽离出来，转而被投射到意图达到新的真实性的原始时代之中，这个时代的重点在于强调风景，强调大自然，它是地壳演化发展的见证。风景远不同于文明的其他任何现象，它从本质上驱动着一个自然世界，在这个世界中，壮丽的景色，丰富的情感，都会产生交集，并让人类从物质束缚中解脱出来。基于这种壮观的生命冲动，"正是基于这个原因，我们才能谈到神话的'强烈时代'：这是非凡的时代，'神圣的'，当某些崭新的、强烈的和富有意义的事情全情表现的时候"③。回归自身的生命就会隐约窥见那失落的起源和最初的状态。按照米尔恰·伊利亚德所做的一项不同于其他生命科学的精神分析，"任何生命的开始都是上天的赐福，它们构成了一种天堂"④。

---

① Arcadie：阿卡迪亚州，希腊二级行政区，位于伯罗奔尼撒半岛，人们在此安居乐业。"阿卡迪亚"原文 arkadia，ark 原意为躲避、避开，后指为方舟，adia 指阎王，arkadia 就是指躲避灾难的意思，现在被西方国家广泛用作地名，引申为"世外桃源"。

② Ervin Panofsky, *L'œuvre d'art et ses significations. Essais sur les arts《visuels》*, Paris, Editions Gallimard, Bibliothèque des Sciences Humaines, trad. de l'anglais par Marthe et Bernard Teyssèdre, 1969, p. 281.

③ Mircea Eliade, *Aspects du mythe*, Paris, Gallimard, Folio, Essais, 1963, p. 33.

④ Mircea Eliade, *Aspects du mythe*, Paris, Gallimard, Folio, Essais, 1963, p. 101.

"天地"是构成人类初始状态中最朴素的宇宙观和自然观的重要部分，这也说明天空是自然空间的一大构建元素。吉奥诺也非常重视"天空"这一元素，他笔下的天空往往带有很强烈的暗示意味。吉奥诺在作品中强调它是一个"中介空间"，从大地上可以看见这一"中介空间"上的所有呈现物。

"天空"是宇宙和大自然之间的一扇窗户，是一个人人可见的公共空间，是一个天天仰视的空间元素。作为连接两个世界的窗户，"天空"这个自然空间元素在吉奥诺的写作中进入了叙述方法的行列。实际上天空既是一块屏幕又是一个开口。说它是屏幕，是因为天空另一端发生的事几乎不会出现在上面；说它是开口，是因为从天穹的运动中可以估测宇宙的活动。这样，当吉奥诺描绘天空或云彩时，就是在向读者宣告宇宙的运动会扰乱大地的宁静。

在《人世之歌》中，叙述者这样描述自然力量："临近上午10点，天空怀有的如同一个惊跳，一丝蓝色粉碎了云彩，寒风两三次摇曳着树木，抖出缕缕霜雾。"（II, p.326）从"惊跳"这一词语，我们可以感受到它是宇宙觉醒的首个符号。云彩被"粉碎"，像是要留出通道，这个通道就是天空，宇宙的能量可以从天空这个缺口钻入，进而和世界发生联系。天空的惊跳和寒风之间存在因果关系。凭借直觉，我们认为让寒风四起摇曳树木的，正是这来自天空和天际之外的力量。行为是很细微的，但它的发生是有联系性的，当宇宙力量全面觉醒之时，这样的场景就预示着接下来要发生的一系列事件。

在吉奥诺描绘的自然空间中，我们常常能看到这样的二元对立：封闭与敞开，幽闭的空间和幸福的小屋，阴森的小道和诗意的小路……这就是空间的辩证法，吉奥诺的文本包含了二元对立的设定：一方面是低地的欲望，体现在长满青苔或是布满腐烂物质的低地环境；另一方面是向高地的跳跃，对天空的想象。一方面是封闭的欲望；另一方面则是向巨大空间跳跃的冲动。

吉奥诺的文本中，自然空间和城市空间构成了基本的叙事空间。早期作品中的人物常常处于单一的自然空间。到了二战之后，吉奥诺则让人物时常穿梭于自然空间和城市空间之中。比如在《屋顶上的轻骑兵》中，第八章故事的场景从先前的城市再次回到了大自然，但这里的大自然是经过人类驯化和布置过的。马诺斯克城经过了迁移，与其说它是个城市，不如说它是个大公墓。"景象"的主题再次出现："层层叠叠的山坡上，聚焦着全城百姓，仿佛在观看一场大型比赛"（《屋顶上的轻骑兵》，第 174 页）；"这景象不伦不类，昂热洛驻足观看"（《屋顶上的轻骑兵》，第 175 页）。大自然变得不再"自然"，而像剧院的布景，并且与列于其间的"人"融为一体："他们一动不动，犹如栩栩如生的画中人。"（《屋顶上的轻骑兵》，第 177 页）在大自然中出现小古玩、家具和装饰品，诸如屏风、阳伞、座钟、蜡烛台、咖啡壶、高脚灯等，强化了"非现实的印象"。人们身上一度失去的安详似乎又在这些日常生活的见证物之中体现着，尽管是"露天"的，却"和谐有致"（《屋顶上的轻骑兵》，第 174 页）。在这个非现实的环境中，人只是其中的一个"演员"，伴随着大自然的宏伟景象，以及许多复古物件的出现，图像呈现出具有深刻巴洛克味道的景致，即便宗教也无法逃脱被戏剧化的命运。吉奥诺假借自然场景布置人间舞台，为观众献上了一出宏伟布景下的人间戏剧："大自然是一场伟大的歌剧，它的布景产生视觉效果。"（《屋顶上的轻骑兵》，第 71 页）

在吉奥诺的作品中，大自然的表现不依赖于真实的空间和时间，显示出惊人的独立性。面对造物主神通广大的力量所造就的自然天地时，吉奥诺表达了一贯的双重性。事实上，他的所有作品都体现了人在"恐惧和欲望"（Ⅲ，p. 141）之间的摇摆。他既能抒情地咏唱"大山的友谊"（Ⅲ，p. 141），又能赞叹"走进齐腰深的草丛"（Ⅰ，p. 537）的简单幸福，但他面对"不屈服的世界"（Ⅱ，p. 672）让人无法抵挡的魅力时，他又备受折磨，这是个人类暴力和宇宙暴力不断暴发的世界。

自吉奥诺踏入法国文坛的那一刻起，"乡土作家"的帽子就一直扣在他的头上。虽然他对这个贴在他头上的标签感到不喜，虽然勒·克莱齐奥撰文为他辩护，但"乡土"一词似乎隐隐然与他产生了联系。抛开流派和主义不谈，"乡土"一词实则表明吉奥诺喜欢描绘普罗旺斯的乡村空间，这一点是作者本人并不否认的。西蒙娜·韦伊①以乡村空间作为支点感怀道："……总的来说，村庄里的任何教化，其根本目标都是提高对世界之美的感

---

① 西蒙娜·韦伊（Simone Weil, 1909—1943）：法国哲学家、神秘主义者、宗教思想家和社会活动家，深刻地影响着战后的欧洲思潮。其代表作为《扎根：人类责任宣言》。

悟，对自然之美的感悟。"① 因此，大自然的场景借助视觉感知，构成了视觉直击的愉悦感。在吉奥诺的《再生草》中，春天的到来揭开了万物的萌芽："又是春回大地。南方的天空像一张嘴豁然舒张开了。湿润、温馨的风一口气刮了好长时间。百草已在种子里萌动。圆圆的大地似成熟的果子开始软和起来。"（《潘神三部曲》，第405页）从这里我们可以看出，吉奥诺的作品中带有一股怀念世界起源的气味。这显然是说，自然环境在向人们呈现着心旷神怡的景色，自然美景本身就是世界观的最佳阐释。在这样的背景下，自然环境的问题就是自然空间对它的对立面——城市空间——所造成的情感性关系的问题，以及它在这一问题中所持的立场。事实上，吉奥诺将他作品中的大部分主要人物置于自然空间中，让他们的言行与自然空间融为一体，这既承载着乌托邦的维度，又体现了向自然寻根的理想主义。

打开吉奥诺的成名作《山冈》，我们看到作者以开篇数语便迅速刻画出典型的法国南部村庄——白庄，它"坐落在田园和广阔的荒野之间；田园上收割机喧嚣不歇地轰鸣，荒野则遍地薰衣草，那是鹿儿山的阴影笼罩下风的故乡"（《潘神三部曲》，第23页）这几句话中，"薰衣草"这一植物意象暗示了白庄的地理位置，"荒野""轰鸣""阴影"则勾勒出白庄在自然空间中的"破败"之感，这意味着白庄居民的生活环境非常简陋，甚至简陋到了生存的底线。白庄所处的山冈，其实是鹿儿山的一部分，后者才是雄伟的高山。这座高山在作品中具有象征作用，叙述者是这样描绘这座高山的："鹿儿山苍翠寂静，漠然挺立着它庞大的身躯，挡住了西去的道路。"（《潘神三部曲》，第25页）这座鹿儿山，"寂静"是它最突出的特点，它透过它的外观展现出冷色调——"苍翠"，这一色调进一步强化了它"寂静"的特点。正如叙述者所描绘的那样，这座高山具有"漠然"的"庞大身躯"，这一独特的自然形象渲染了整个叙述场景的寥落寂静。而叙述者眼中的城市则是一派热闹喧嚣的景象：火车的长鸣、当当的钟声……但似乎都与包括"叙述者"在内的乡村人格格不入，他们甚至固执地认为"从城里来的没什么好事"（《潘神三部曲》，第28页），他们不喜欢从城里刮来的"南风"，而更喜欢"从荒凉的鹿儿山刮来的风"。鲁尔·瓦纳格

---

① Simone Weil, *L'enracinement*, Paris, Gallimard, 1949, p.115.

姆①（Raoul Vaneigem）在他的著作《在世界的悲哀与生活的快乐之间》（*Entre le deuil du monde et la joie de vivre*）中这样描述充斥在城市里的压力感："工业厂房只会从虚妄的轰鸣声中回响出恐惧和消极。只要有工作的地方，它就在苟延残喘着。"② 不过，西蒙娜·韦伊能够理解现代性带来的改变确实让乡村发生了变化，这种变化甚至达到了改变其价值观的程度。同时，她认为："对于所有有关思维方面的事情，现代世界使农民们突然脱离了他们熟悉的环境。以前，他们拥有一个人所必需的像艺术和思想这类的东西，这类东西以适合他们的形式、并且以最佳的质量存在。"③

我们通常所说的乡村，它是一种空间和地区的组织形式，是固定的、自然的、一成不变的。这些一个个开放而又封闭的乡村空间，匍匐在大地的每个角落，沉默无声。它们的形成和命运被各自的机缘所限定。但是，这个呆板的空间成为人们的基本依赖，它不仅仅是居住场所，还是生存基础，是人们身体的延伸。这个封闭的相对隔绝的空间，恰恰和人建立了一种独一无二的关联。人们愿意将这个空间——这个充斥着植物、土地、河流的空间——看成自己的财富，当作自己的家宅和根源。他们在居住于这个空间的经验中，对其产生了强烈的寄托性情感。通常，人们不会想到自己更换一个空间，不会无缘无故地搬离这个地方，不会失去同这个空间的联系——一旦失去了同它的经验性联系，就如同丢失了自己的身体一样。海德格尔曾经告诉我们，存在着一个天地人神一体化的空间，在这样的空间中，身体和空间亲密无间。一旦被迫远离这个空间，人们的家园感和故土意识就被反复地激发，返归的愿望就会喷涌而出……人们相信，自己所在的地区和空间是独一无二的。他们在此找到了根据，找到了归宿，找到了家园。乡愁，正是人们离开它之后难以适应的忧郁表达。④ 这也印证了吉奥诺如此重视乡村自然空间的原因。他认为自然空间"和人一样具有高贵的气质，我们只能通过友好的接触和交往去感悟它"（*Provence*, p. 76）。至于如何接触和亲近自然空间，他也给出了自己的方法："没有比步行更有力的接触和

---

① 鲁尔·瓦纳格姆（Raoul Vaneigem, 1934—）：比利时作家，中世纪史研究专家。其代表作为《日常生活革命》。
② Raoul Vaneigem, *Entre le deuil du monde et la joie de vivre*, Paris, Gallimard, 2008, p. 122.
③ Simone Weil, *L'enracinement*, Paris, Gallimard, 1949, p. 115.
④ 汪民安：《身体、空间与后现代性》，江苏人民出版社，2006 年，第 126 页。

交往工具了。"(*Provence*, p.77)大自然遍布万物，充满生机，自然空间不仅是自然、混沌和寰宇的集合，它也是联系者、衔接者，从深层次接通人类学、生物学和物理学。我们只有重返大自然才能重新找到我们自己的自然——本性。①

这就是吉奥诺自认为是自然空间代言人的原因，他以或直接或隐晦的方式不断表达着对城市的放弃，如同我们在《一个鲍米涅人》中所听到的阿梅德的话语，他证实他"所依附的大地，如马里格拉特这片土地，到处是金黄的小麦，苍松翠柏掩映的低矮的农舍，还有那丛生的毛栎树，被太阳晒得枯黄的野草；干涸的小河里，流淌的不是水，而是大车的辚辚声、百里香的芬芳和牧羊女的欢笑"(《潘神三部曲》，第172页)。吉奥诺在这里借阿梅德之言表达了自己渴望逃离城市，向往自然环境中的宁静生活，并希冀借此融入真正的农村生活。不管是自觉还是不自觉，吉奥诺在此以隐含的方式道出了自己对故土的热爱，对隐居之地，即法国南部上普罗旺斯地区的热爱，这是一片不断给他带来高贵思想的土地，而城市给予他的则是完全相反的东西。事实上，大自然给作者带来的最深刻印象，就是朝气，就是天地万物生命的绽放。自然空间与城市空间对比产生的深刻意义便是自然空间价值的重生，城市空间价值的衰落，因为人们在城市空间中的生活不时表现出"不快乐"。因此，《山冈》的叙述者得出了如下结论："从城里来的没什么好事……大家更喜欢从荒凉的鹿儿山刮来的风。"(《潘神三部曲》，第28页)透过吉奥诺的作品，我们确实发现作者倾向于把他笔下的典型人物形象与乡村田园之间构建起一种自然关系，使得人物形象与自然环境非常贴合，然后以此为基础，巧妙地把人置身于城市空间时的烦恼与人置身于大自然时的朴素和理想化状态做出鲜明的对比。

吉奥诺曾经回忆道，他在写作时喜欢参看地图，那么他的作品语言与地理专业术语之间就存在特殊且重要的关联。纵观他的所有小说，他经常使用地理专业术语作为创作手段来构建自然空间。有时他用地理专业术语向读者展示瑰丽的风景全貌，有时他用地理专业术语来标识情节发生的地点，而且往往从叙事一开始就标识。不过，地理专业术语除了起到标识地点的

---

① [法]埃德加·莫兰:《方法:天然之天性》，吴泓缈、冯学俊译，北京大学出版社，2002年，第405页。

作用之外，还具有非常丰富的意义。在吉奥诺的多部小说中，自然空间大致分为两个不同的领域，两者之间存在界限。同时，我们从他的作品中发现了有趣的现象：从前期到后期，吉奥诺作品中地理意义上的自然空间的区分越来越明显地以海拔高度作为标志。在吉奥诺创作生涯前期的两部作品《大畜群》和《人世之歌》中，自然地理空间的对比主要体现为南方与北方的对比，在他后期的主要作品中，自然地理空间的对比主要体现在海拔高度上，即"低地空间"与"高地空间"的对比。

  在自然空间的框架内，"高地空间"与"低地空间"具有重要的对比性，这在《一个郁郁寡欢的国王》中表现得还不太明显，但在《风暴两骑士》和《埃纳蒙德》中则表现得非常突出。实际上在《人世之歌》中就已经有这样的迹象：马特罗的母亲朱妮必须抬起眼睛才能看到陌生的土地。"她朝上看着，在高山和峡谷山丘之间的那片土地"，以辨别出从由"布满树木的山冈……山谷……贴在悬崖顶部的村庄"（II, pp. 206 - 207）所组成的雷拜崖地区冒出的炊烟。另一部作品《大畜群》的主要地点也位于山脉的最高处（I, p. 543）。"高地空间"与"低地空间"的区分在《风暴两骑士》和《埃纳蒙德》中也十分清晰。吉奥诺在这两部作品中把两个地点分别定义为"低地"（《风暴两骑士》中低洼的山谷）和"高地"（《风暴两骑士》中的高岗①）。在这之前，《人世之歌》已经有"低地"或"低处的地方"（II, pp. 207, 307）的影子，《一个郁郁寡欢的国王》中有"高地"（III, p. 481）的说法。这些看似边缘的地点，实则是表达作品主题的重要意象。在另外两部小说中，地点在海拔高度上的区分具有一个基本的特征。如《风暴两骑士》的开篇这样叙述道："确切地说，雅宗兄弟俩不是来自高岗。"又如《埃纳蒙德》中的叙述："道路小心翼翼地环绕着高地。"这里的每个地点都具有自己的特征，具有特定而鲜明的规则，而且每个地点发生暴力的方式都不相同，暴力也因此具有不同的意义。如果《埃纳蒙德》的叙述者说"这里，在上面从未有过犯罪；除了1928年发生过的一件"（VI, p. 255），那么我们不应该就此抠他的字眼。高地上的犯罪也许有另外的名称，也许是找不到作案者，抑或是没有搞清楚案件。同样，在《风暴

---

  ① 小说中"高岗"的法语原文是 les Hautes-Collines，吉奥诺将这个地点大写，意在给这个地点以确定的称谓。

第二章 空间意象符号

两骑士》中,山谷中的斗士和高岗的主人马尔索对角斗的理解存在分歧,所以他们过了一段时间才相互理解。

法国的普罗旺斯地区分为上普罗旺斯地区和下普罗旺斯地区。上普罗旺斯地区靠北,地处内陆,多高地;下普罗旺斯地区靠南,地处海滨,多平地。其中地名中的"上"和"下"在法语中的原文为"Haut"和"Bas",就是"高地"和"低地"之意。从现实的角度来看,吉奥诺在其大部分文学作品中所描绘的普罗旺斯的地理范围非常狭窄,仅仅围绕他故乡马诺斯克周围的一片高地——上普罗旺斯地区。他在自己的散文集《普罗旺斯》中这样描述上普罗旺斯:"我对上普罗旺斯的描写很多,要么是它的景色用于我小说中的背景,要么我感觉需要述说这片原野的美丽。"(*Provence*, p. 261)这段话既表明了作者对上普罗旺斯的喜爱之情,又概括了这个地区与作者创作的关系。而1904年诺贝尔文学奖得主、普罗旺斯诗人米斯特拉尔在他的诗中歌颂的是整个普罗旺斯地区,既有高地平原,也有罗讷河谷,更有蓝色海岸风光。事实上,靠近地中海的下普罗旺斯地区,社会生活更为丰富,这也正是通俗社会文化活跃的地方,却为作者所不喜。他自己曾经说过:"大山是我的母亲,我讨厌大海。"(*Voyage en Italie*, p. 11)在普罗旺斯地区,大山代表着平庸枯燥的乡间生活,而大海则指向布尔乔亚式的繁华。正如吉奥诺女儿指出的那样,吉奥诺熟悉的地区是多山脉的"上普罗旺斯地区","这个我们逻辑上称为下阿尔卑斯省(Basses-Alpes),这片海洋与山脉之间过渡的乡土"①。

吉奥诺作品中的自然空间纯粹是想象的产品,即便他丰富的想象实际源自对现实的参照,但想象和现实在一开始就是完全断裂的。在"编年体小说"的《序言》中,吉奥诺开宗明义,讲述了他的创作活动,并概述了他创作的两个阶段:"我就是要谱写编年史,换言之,我所拥有的这个'想象的南方',它充满轶事和回忆的过去,通过我以往的小说,构成了地理和特点中"(III, p. 1277)。吉奥诺抛弃现实性,创造想象的南方,高地便是这个南方最有代表性的表达。他试图勾勒出属于他想象空间的轮廓,从而把它与现实性很好地区分开来。要理解这一点,只需看一下他所划定的空间。例如,在《埃纳蒙德》中,"道路小心翼翼地环绕着高地"(VI, p. 253),

---

① Sylvie Vignes, *Le Hussard sur le toit*, éditions Bertrand-Lacoste, 1997, p. 122.

如同这块地的边界线。同时，人物很难深入吉奥诺所划定的这些空间，要么是空间的环境不利于深入，要么像《人世之歌》中，这个空间被保护得很好，要么像《一个郁郁寡欢的国王》中，要深入空间必须具有某种精神。作者这样安排的目的，是将小说的整体空间与小说内部某些局限的空间或人物的环境区分开来。这种区分代表了现实空间与虚构空间的封闭和隔离。

另外，我们似乎还需要确定吉奥诺在构建自然空间时所设定的现实与想象的界限。吉奥诺把真实的空间地点引入小说，然后使其变化发展，它们的变化发展不是依据自然世界中的规律，而是依据作者想象世界中的规则。因此，这些来自真实世界的空间很快被从它们原来的背景中抽离出来，吉奥诺将这称为"作家的自由"，尽管这些地点在表面上与原型相像（至少在名字上）。他想摆脱原始素材对他的影响，充分沉浸在想象的快乐之中。因此，现实性的元素一旦被置于创作的空间，它们便丧失了现实性的特点。

当我们在阅读中进入吉奥诺的自然空间时，我们会感到这其实是他个人的空间——一个作者处理自己事务的地点。无论在他的讲话中，还是在他虚构的文本中，当他谈到"乡土"这一概念，读者便能从中发现这一思维的踪迹。在二战期间，这也是他创作生涯中最痛苦的阶段，他感到被所有的朋友抛弃了："我逐渐恨上了你们所有这些人，我的老朋友们，接着又产生了一种鄙视之情，它让我栖居在一片你们从未进入过的乡土上。"① 这片乡土是吉奥诺品尝孤独的空间。我们可以把它想象成冲突的空间，这冲突源自他和朋友们的决裂，表现为内心的暴力倾向。在这片乡土上"进行着只有一个人参与的战斗，这场战斗的喧嚣对其余人而言则是寂静无声"（Ⅲ, p. 3）。吉奥诺小说中的"高地"也是相似的概念。他在个人言辞以及小说中对这一词语的使用情况，证明"高地"是作者用来表露内心暴力倾向的独特空间。因此，在他的作品中，"高地"往往是暴力发生的绝佳地点，是根据人物个性重新定义过的暴力的生发空间。我们在 V 先生或埃纳蒙德身上可以看到作者的态度——不注重周遭的人、物，而注重自我反省。因此，透过吉奥诺的作品和他本人的言辞，我们自然可以得出这样的结论：从作者创作生涯的前期到后期，小说的自然空间越来越成为带有作者个人标记的空间，是强烈表达的空间，是内心暴力的空间。

---

① *Journal, poèmes, essais*, Paris, Gallimard, 1995, p. 426.

第三节 乌托邦中的普罗旺斯

纵观吉奥诺的创作生涯，他几乎所有的作品都在描绘普罗旺斯，或以普罗旺斯为叙事背景。在他早期创作的《山冈》《一个鲍米涅人》《再生草》这三部小说中，普罗旺斯似乎与阳光明媚的度假地相去甚远。这片土地上的大自然像被某些神秘的力量改造过，吉奥诺把这种由大自然激起的恐惧形象化。在他的笔下，普罗旺斯是注定要承受众多灾难的大地，它经历干旱、狂风、暴雨、疾病等。而潘神这个农牧之神对作家而言，体现了天地自然和它令人恐惧的神秘。① 在吉奥诺的普罗旺斯中，一切都产生悲剧，因为自然元素在其中都把动力发挥到了极致。

从地理学的角度来看，法国的普罗旺斯地区包括罗讷河地区、下阿尔卑斯地区和地中海地区，拥有独特的文化和语言。除了灿烂的阳光和饕餮美食之外，人们还拥有从容优雅而又精致的生活方式，这种生活方式可以追溯到罗马帝国时代。普罗旺斯的"身份"也充分体现在它悠久的文学传统中。弗雷德里克·米斯特拉尔、阿尔丰斯·都德、亨利·博斯科、马塞尔·帕尼奥尔和让·吉奥诺，这些作家都从这片土地及其语言和文化中汲取过灵感，创造了具有两副面容的独特的文学体。读者在其一副面容上看到的是幽默和亲切，而在另一副面容上看到的是无孔不入的神秘和悲剧意识。普罗旺斯为这片美丽独特的土地上的小说家、诗人和剧作家提供了一个优雅的舞台，使普罗旺斯文学勾勒出一条从中世纪行吟诗到现代小说的轨迹。

在普罗旺斯漫长悠久的文学传统中，可以看到当地文人的身影。从中世纪的行吟诗人到现代公民，一代代的普罗旺斯人用他们的语言写出了诗歌、小说和剧本。在过去，语言的选择是一种文化身份的彰显，到了近现代，为了吸引更多的读者，拓展写作空间，一些普罗旺斯作家选择用法语来写作，但普罗旺斯文化依然见诸他们的字里行间，正如米斯特拉尔评价都德时所说的那样："他们用法语歌唱普罗旺斯。"不幸的是，追求陈词滥调和

---

① 法语中"panique"（令人恐惧的）一词就是来源于希腊词"Pan"（潘神）。

地方特色的巴黎出版商经常误解普罗旺斯作家的作品,大多数文学批评家也经常忽视给予这些作家灵感的普罗旺斯文学传统。

普罗旺斯的文学从未拒绝过外部文学环境的滋养,实际上和其他地方文学一样,普罗旺斯文学也从这种外部文学环境中受益良多。米斯特拉尔欣赏拉马丁,并将自己的名声归结于他;都德一直对福楼拜心存感激,因为福楼拜帮助他成为知名作家;吉奥诺在出版小说时得到了纪德的帮助,吉奥诺本人很喜欢司汤达的小说,而马里昂(Pierre Magnan)常年沉浸在普鲁斯特的世界之中。诸如此类的影响都不应该被轻易忽视,但其作用一般仅限于几个技术层面。真正在寻找灵感时,普罗旺斯作家还是转向了他们的故土,特别转向了他们故土上的前辈们。米斯特拉尔认为自己是一名现代行吟诗人,他的天资启迪了一代代的普罗旺斯作家,无论是都德,还是博斯科。从本质上来说,吉奥诺是一位生活在马诺斯克的普罗旺斯人,他的作品相继启迪了同为普罗旺斯作家的帕尼奥尔和马尼昂。不过和许多普罗旺斯作家不同的是,作为土生土长的普罗旺斯人,吉奥诺的想象世界却不局限于普罗旺斯这片土地,他的想象世界具有宇宙的维度。

像《蓝衣老让》里的小让一样,对于所有尝过撒上盐、涂上橄榄油的黄油面包片的人来说,普罗旺斯一直保有这种来自人们童年记忆的不可比拟的味道。作家为了重新描绘他大地的"真正面容",着力为自己开辟多样的文学途径:散文、新闻、多少带有虚构的自传、抒情性或史诗性小说、编年体小说……正如我们所见,吉奥诺不排斥任何一种文学体裁,甚至并不介意为旅游书籍作序。他是"高地"的社会学家、地理学家,甚至是人种学家,他是把他的升华至《蓝衣老让》的作家,他是通过超现实的风景让想象驰骋的小说家。要为著作颇丰的他确定一种身份,着实不是件容易的事。吉奥诺的散文中所渗透出的气味、色彩和味道,使有地方生活经验的读者可以从中辨认出某个特定的地区的特色,但吉奥诺的作品所展现的其实是漫无边际的虚幻世界:"这是虚构的普罗旺斯;这是虚构的南方,正如福克纳虚构的南方一样。我虚构了一片乡土,让上面充满了虚构的人物,我赋予这些虚构的人物以虚构的悲剧。"①

吉奥诺小说的每个情节都发生在拼凑的地形图中,《吉奥诺小说全集》

---

① Julie Sabiani, *Giono et la terre*, Paris, éditions Sang de la terre, 1988, p.178.

(*Oeuvres romanesques complètes*)的编委会对此进行过深入研究:他(吉奥诺)从真实的地点出发,这些地点均可在地图上找见,但他把这些地点改换名称,改变距离,从容洒脱地将它们搬移、转换,乐此不疲地把山坳改成山脉,把森林改成村庄。(II, p. 1272)为什么《山冈》中的白庄会离开平原,来到鹿儿山的边上?吉奥诺回答道:"我得有个原始的地方,于是我把它挪到了更高处。"(I, p. 939)村庄的名字——白庄——也恰好与让人心生畏惧的大山投下来的"阴冷的影子"形成意义的对比。不过,其他景致满足了这位不太重视是否忠实于现实的作家的深层意愿。这样,构成他许多作品空间的高地与低地的对比,最终不会只是阿尔卑斯与普罗旺斯的对比。其实,主宰了这些命名的更多是道德价值,比如《一个鲍米涅人》中的阿尔班这样说道:"这件事情就是两个家乡,即我的家乡和另一个人的家乡的相互较量。我的家乡正直而庄重,另一个人的家乡则代表着邪恶和腐朽的灵魂。"(《潘神三部曲》,第153页)鲍米涅村有着"湛蓝的天空"(《潘神三部曲》,第156页),在"摩接云天的高山之上"(《潘神三部曲》,第155页),来自马赛的腐朽之味令人难以接近,于是这个村庄成为追求纯洁的乌托邦式的隐蔽所。

> 我自己的体验发生在一个不为人所知的普罗旺斯,它贫瘠,远离公路,幸好没有游客的一片土地,还被大洪水的水湿润着。就它的地理界限来说,它处在杜朗斯和鹿儿山之间,我的故乡马诺斯克,坐落在平原的边上。(III, p. 103)

吉奥诺把自己的一生都放在了这片法国南方的土地上,对于家乡自然空间的深刻理解,使得他的作品具有不同凡响的深度和广度。走进他作品的自然空间,我们首先就会到达他的故乡——马诺斯克(虽然这一文学空间与真实的马诺斯克未必完全等同),再往北一些,群山有雄壮巍峨之美;人们要努力去征服它,为了生活,抑或是为了证明自己的力量。人们之所以对此乐此不彼,是因为他们总是带有征服者的感觉。此外,登上这样的高山,人们的眼前会展现一望无际的美景——普罗旺斯。它是小说的基本要素,与"人"相当。人们可以用自己的双脚走遍这片法国南方的土地,亲自感受脚下的山冈与山谷,群山与溪流。而且这片大地物产丰富,给予人们非常丰厚的回馈。普罗旺斯所承载的东西,都呈现出人格化的姿态。世界上也许只有普罗旺斯的阳光才会让万物如此欣喜地生长。

当然，这片土地也有它严苛的性格，但是它善意友好的存在，它丰富亲切的面容，使得吉奥诺可以流畅地把他笔下的人物融进大自然之中。

普罗旺斯也是一片古老的土地，在这片土地上，农民世世代代都与大地亲近异常，他们按照古老的仪式拥有、耕种着他们各自的一小片田地。许多村庄的经济模式依然以手工劳动为主。在作家生活的年代，当地的人们生活贫苦，甚至很多人因食物缺碘而患上了甲状腺肿：因为来自马赛的鳕鱼一年中只有两次被运至上普罗旺斯——这个与世隔绝的高地。然而，这片贫瘠的土地依然滋养着吉奥诺的创作源泉。他很少杜撰自然场景，往往从真实中截取样本：一座山冈，一片植被，一条河流，或是一场风暴。他的描写不是游客的所见所闻，他会选择一个元素、一种生物、一个现象作为描写对象。他的想象力都生挥在"自然主题"中。如果想要在他的作品中找出真实的地点，那是徒劳的。他通过描写地形、氛围、光线、人们的生活、人们的言行等来展现所描写的地区，但如果仅从描写中抽出几个词，那么对普罗旺斯地区不熟悉的读者是很难定位小说中的地点的。

对吉奥诺而言，普罗旺斯只是一个起点。无论从自然的方面而言，还是人文的方面而言，大地对他是个现成的材料库。他用这个材料库来构建他自己的世界。吉奥诺不是一位乡土作家。他不是在描绘他的故乡普罗旺斯，而是在重塑他的故乡。他并没有通过与世界其他地方的对比来描绘他的故乡。壮美是现实主义的顶点，它要求创作者选择现实中或是回忆中让人印象深刻的内容来表达现实的束缚性。别致具有实用性目的，它的过程有助于记忆。之所以吉奥诺的文学空间会转向普罗旺斯，那是为了忘却普罗旺斯的特殊性，从而能从中读出整个世界的共性。吉奥诺曾经说过："没有普罗旺斯，爱它的人要么爱全世界，要么什么都不爱。"（*Provence*，p.149）

吉奥诺逝世多年之后，他的女儿在一篇文章中这样谈及他对普罗旺斯的创造和改编：

> 我父亲的普罗旺斯与其说是真实的，不如说是臆造的，这是他的权力，正是他自己所申明的那样。按照他的路线去访问普罗旺斯，没有人能够做到，或是说具有丰富想象力的人才能做到。但是，访问他的普罗旺斯是那么吸引人，而且看起来似乎也简单。因为地名都在地图上，山丘、山谷、村庄及很多地方，甚至是农庄。但是最神奇最炫目的描写不

第二章 空间意象符号

总是与现实相符,原因很简单,因为呈现在我们眼前的现实对他而言只是一个支撑点,一个他想象力的框架。他要在里面加上景象,然后把景象转移、转变,如同陶瓷工在揉捏陶土,做成各种形状的陶艺作品。

……他认识他自己的普罗旺斯!特别是上普罗旺斯,这个我们逻辑上称之为下阿尔卑斯省(Basses-Alpes),这片海洋与山脉之间过渡的乡土……①

吉奥诺的普罗旺斯既是想象的,又是现实的,是地理上真实存在着的。这样的普罗旺斯向我们所展示的神秘,是想象与现实之间存在着准确关系的神秘,抑或是艺术家让其存在的想象与现实之间准确关系的神秘。吉奥诺只是在开拓这种神秘。简言之,在他的作品中,想象中的普罗旺斯叠加在享有盛誉的现实版普罗旺斯之上。吉奥诺的文学作品基本上不属于神话故事或政治小说之类的宏大叙事,也与真正的行吟诗人的口语体保持着距离,但他总能在现实与想象中保持平衡,在细微的叙事中透露出自然的诗意,折射出人性的光芒。

吉奥诺在他的创作中常使时间停滞,以凸显空间之美。确实,他一生都生活在普罗旺斯,直到 1970 年去世,但是他喜欢的普罗旺斯和他向我们讲述的普罗旺斯,其实都是他少年时期的普罗旺斯,是 1914 年第一次世界大战之前的普罗旺斯。因此,每当他向我们讲述一个故事,他大多会把这个故事的时间设定在一战之前,进而自"编年体"小说开始,故事的时间背景便定格在 19 世纪。从各个方面来说,吉奥诺的普罗旺斯都不是历史的,它代表着吉奥诺以个人视角对自己的回忆。我们在他作品中看到的普罗旺斯,是用文学这一载体构建起的乌托邦式的普罗旺斯。诚如同为法国普罗旺斯作家的勒·克莱齐奥所言,吉奥诺用文学创作"打开了一个简洁明亮的通道,直达普罗旺斯的某片土地,一处遍布草木、遍布人群、遍布动物的真实高地,一个繁忙大地的真实地域,这片神秘的地方充满了所有的温情和忧伤,到处都是生机勃勃的山冈,我们就诞生在这样的地方"②。

---

① Sylvie Vignes, *Le Hussard sur le toit*, éditions Bertrand-Lacoste, 1997, p. 122.
② Roland Bourneuf, *Les Critiques de notre temps et Giono*, Paris, Garnier, 1977, p. 177.

第三章 自然意象符号

纵观法国文学史，18世纪浪漫主义哲学家让-雅克·卢梭是首位在文学作品中直接描写大自然的作家，他曾经这样说过："我在人们脸上看到的只是敌意，而大自然则永远向我露出笑脸。"[①]他强调自然景物对人的影响，强调自然元素对人的品性的影响，这在当时的法国文学界甚至世界文学界都是具有开创意义的。卢梭在《环境对文明的影响》中这样说道："气候、土地、空气、水以及地上和海里出产的东西，将塑造他的体质和性格，决定他的爱好、他的欲望、他的工作和各种行为。"[②]由此可见，卢梭对于自然景物不仅仅是直抒胸臆式的笼统描写，他能够透过宏大的景象看透每个自然元素对人的影响，人与自然于是不是简单的二元对立，而是互相影响、互相转换。他最早提出"回归自然"，虽然这只是生态主义的萌芽，但他这朴素的生态观已经较为系统和全面地阐释了当代众多重要的生态思想观点[③]，并且"深深地影响了后世几乎所有重要的生态思想家和生态文学家"[④]。

受卢梭"回归自然"思想的影响，"人"与"自然"的主题也见于吉奥诺的作品中。[⑤]吉奥诺自童年起就与大地亲近，与天地间的自然力量亲近。他的一生都生活在他的故乡马诺斯克市。这是个由古代城墙围绕着的普罗旺斯小城，市井之中全是一派农村气息。儿童时期的吉奥诺会陪同当

---

① 卢梭：《漫步遐想录》，徐继曾译，北京十月文艺出版社，2005年，第146页。
② 让-雅克·卢梭：《卢梭散文选》，李平沤译，百花文艺出版社，2009年，第253—254页。
③ 根据王诺教授的研究，卢梭生态思想的全面性和深刻性主要体现在以下六个方面：1. 征服、控制自然批判；2. 欲望批判；3. 工业文明和科技批判；4. 生态正义观；5. 简单生活观；6. 回归自然观。详见王诺：《欧美生态文学》，北京大学出版社，2003年，第92—96页。
④ 王诺：《欧美生态文学》，北京大学出版社，2003年，第92页。
⑤ 郑克鲁：《法国文学史》（下卷），上海外语教育出版社，2003年，第1355页。

第三章 自然意象符号

地的牧羊人去附近的鹿儿山下放牧。农民的土话填充着童年吉奥诺的心灵。农民质朴话语中的无政府主义、抒情主义,以及人与大地神秘而珍贵的融合,都给这时的吉奥诺留下了不可磨灭的印记,这是他的"黄金时代",这是他的"绿色天堂"。但是这个"黄金时代"和"绿色天堂"既非神话,也非乌托邦,它们就是吉奥诺的"此时此地"——二战前的法国农村。这是一片必须辛苦劳作才能生存的土地。当地的这些男女老少,尽管他们在艰难地生存着,却乐于享受人与自然的亲密关系,这也正是今天的城市居民所极力追寻的东西。我们可以透过吉奥诺在普罗旺斯近乎隐居的生活,看到自然景观对他思想的孕育作用。为何这位离群索居的"静止不动的旅行者"会如此深刻地描绘出自然的本来面貌?也许卢梭的话正好可以解释这一切:在隐遁中的沉思,对自然的研究,对宇宙的冥想,都促使一个孤寂的人不断奔向造物主,促使他怀着甘美热切的心情去探索他所看到的一切的归宿,探索他所感到的一切的起因。① 这段话的思想深刻反映在吉奥诺前期的文学创作中:由《山冈》《一个鲍米涅人》《再生草》组成的《潘神三部曲》,其风格是"抒情"的,歌颂大自然和乡村生活,整部作品自始至终贯穿着对"自然母亲"②的赞美,对"宇宙快乐"的享受,他甚至因此被称为"大自然的荷马"③。

吉奥诺是行文的行家,我们不得不接受他所描写的这些自然现象。火灾、洪水、冰川崩塌,都会在他的笔下发生。他很会营造氛围。文字的叙述,人物的话语,一切都让我们预感到事件的发生。随后,作家栩栩如生地描绘发生的事件,氛围随即变得恐怖,在我们内心深处也逐渐生发原始人类的恐惧感。

吉奥诺说过,作家使用自然现象是为了使小说丰满,不过他对自然现象的使用与众不同。他强调人与自然不能分离,也无法分离。因为"大地的面容就在人的心中"④。吉奥诺为了表达人与自然的互动关系和融合关系,对自然与"我"所代表的人做了如此勾勒:"我与树木、动物和元素融为一

---

① 卢梭:《漫步遐想录》,徐继曾译,北京十月文艺出版社,2005年,第29页。
② Marceline Jacob-Champeau: *Le Hussard sur le toit-Jean Giono*, France: Editions Nathan, 1992, p.11.
③ Michel Gramain,《Le Hussard sur le toit: Réception du roman (1951–1952)》, *Revue Giono* (2010), p.176.
④ Colette Trout et Derk Visser, *Jean Giono*, New York, éditions Rodopi B.V., 2006, p.29.

体；我周围的树木、动物和元素既是我本人，也是它们自己。一切都承载着我，一切都支持着我，一切都驱使着我……春天的花朵走进了我身上，还有它那长长的、充满甘甜汁液的白茎……"（*Les Vraies Richesses*, p. 16）

我们生活的自然世界活色生香，它是鲜活的载体，载有所有的生物。自然就是所有元素、所有生物和它们之间复杂关系的集合，以及将它们联系在一起的生命。吉奥诺是自然的咏唱者，没有谁比他更了解他所处的自然世界。

如果说自然大体上提供了食物和和平的话，那么它有时则会作为单一元素介入人物活动中，以实施有利或不利的行为。它具有小说功能，甚至是道德功能。这两个功能的本意都是良好的，都具有纯粹性，反映出自然愿意表达它的善意，提供它的帮助。在《再生草》中，当庞图尔向奥比涅纳村所在的高原乞求丰收时，他种植的小麦真的获得了不错的收成。

不过，当人们不再以和谐的方式生活，或是表现出他们的恶意时，自然也会以突然的方式表达它的敌意。泉水干涸，山火爆发，《山冈》中的村民们才又学会团结在一起。在《潘神三部曲·序幕》中，为了惩罚伐木工人及接待他们的村庄，上帝通过一场暴风雨将整个世界拖入可怕的狂欢。因此，我们认为吉奥诺把世界的主宰想象成具有朴素道德的造物主。它的表现不属于自然现象，而是属于意愿的表达。

青年时期的吉奥诺由于家庭贫困，曾经进入银行做过几年职员。为了在银行的非人性天地中生存，为了面对现代社会的平庸，吉奥诺实际上发现了"诗人的必要性"（III, p. 1565）。他私下里阅读的维吉尔，就如同"先知和导师"，使他的灵魂得以超凡脱俗："只要他一说话，奇迹似乎就掷地有声，让田园生活迸发出光芒。"（III, p. 1054）诗意语言的优美向世界释放出"存在的理由"（III, p. 1055）。从人类到动物，从动物到树木，从树木到大地，这表现了吉奥诺创作思想的复杂性，人类的生活也因此扩大至可以融入整个自然的生命。无论是文学创作，还是现实生活，吉奥诺总以行动践行着自己热爱大地、尊重自然、敬畏生命的承诺。对此，勒·克莱齐奥有过这样的评价：

> 对于吉奥诺来说，一个人，无论他是谁，无论他身处何方，永远都不会与大地的真实相分离。他属于活生生的世界，他是创世的意外之一，一个和其他形象并列的形象。也许，这是最可接受的形象，但他绝

不与世界的其他部分相分离,绝不高高在上。这就是吉奥诺的写作力量,为此,他的梦想在这一程度上存在于我们身上:生命的力量总是自然的。吉奥诺创造了我们的根基,恶的起源,我们的苦难和激情的演进;他在大地自身上发现了它们,在昼夜交替中发现了它们,在季节变换中发现了它们,在草的愿意中,在岩石、云层、昆虫的鸣叫和动物的发情中发现了它们。他的真实既是卢梭的真实又是荣格的真实。①

吉奥诺早期的诗歌、散文,如《笛子伴奏曲》《田园》等,都饱含神话的记忆。维吉尔、忒奥克里托斯②、埃斯库罗斯③,他们笔尖萦绕着的超自然景象确实对他的创作观形成了一定影响,但这种影响也只是文学层面上的,且往往止于模仿,因此,他的创作观形成还受到个人经验的巨大影响:日常散步,上班路上,周末去山冈或高原上远足(鹿儿山、瓦朗索尔山或勒旺杜山)。在他眼里,这些山脉的奇特性颇似中国的青藏高原:高耸的山峰与天际相连(I, p.938)。人在这些荒凉的地方,如同独自在"广袤大地的扁舟"上(I, p.535),自然力量的爆发往往引起作者内心的恐惧。

大自然的面容千变万化,"大音希声,大象无形"。为了准确地捕捉自然意象并加以表达,吉奥诺使用"潘神"这个人身羊蹄的自然之神的形象。潘神是"阿卡迪亚(世外桃源)"的农牧神。潘神(Pan)在词源学上的起源颇具争议。一些语言学家认为它与希腊语中表达"击打"的动词有关。潘神的形象是半人半羊,下身是公山羊,上身是人,头上长着公山羊的一对犄角,表明潘神的双重特性。它会演奏由芦苇和蜂蜡制成的排箫。据说潘神吹奏这样的排箫是为了促进动物之间的交配。在希腊语中,"神"和"万物"是同音词,这从一个侧面表明潘神这一神灵的重要性,它象征了宇宙的秩序。潘神在吉奥诺的笔下已经不同于它在民间神话中的通俗形象,它在作品中所代表的自然具有双重的真实性,吉奥诺经常在小说序言或杂文中提及这一点:"我觉得潘神是由这种恐惧和这种残酷构成的,我希望人们和我一样,一看到这个神的特征就有印象。接着,我必须谈谈大地的仁

---

① Roland Bourneuf, *Les Critiques de notre temps et Giono*, Paris, Garnier, 1977, p.176.
② 忒奥克里托斯(约前310年—前250年),古希腊著名诗人,学者。西方田园诗派的创始人。
③ 埃斯库罗斯(前525年—前456年):古希腊悲剧诗人,与索福克勒斯和欧里庇得斯一起被称为是古希腊最伟大的悲剧作家,有"悲剧之父"的美誉。

慈,谈谈存在于世界法则中的任何人性,谈谈春天的美妙过程,谈谈那些会服从伟大服从的人所获取的和平。"(I, p. 949)吉奥诺用他的作品向我们表明了"潘神"的两面性是如何协调的:《潘神三部曲》是朝着人与宇宙的和谐方向发展的;《阿芒丁小姐的生活》向我们透露,叙述者和他的人物一定得穿越绝望才了解生命真正的意义;《愿我的欢乐长存》则委托博比来治愈悲伤格列蒙特平原上的居民,教导他们"世界的欢乐就是我们唯一的食粮"(I, p. 605)。激情的体验于是就可以开始了,"人类希望的抒情"已经在路上(III, p. 568)。从中我们可以看出吉奥诺所宣扬的"潘神精神",实际上是对大自然心怀恐惧的崇拜。① 这也是尊重自然、敬畏生命的典型表现。

在吉奥诺的首部成名作《山冈》中,作者通过雅内的话语描绘自然景色,强调了解朴素原始的自然元素的重要性,进而通过行动找回失去的根源:"你想知道该怎么办,却对你所生活的这个世界一点也不了解;你知道有东西在与你作对,却不知道是什么……动物、植物和石头的巨大力量。"(《潘神三部曲》,第90页)从这段描述中,我们看到人与大自然的关系被追溯到了根源,揭示了作者本人对大自然神秘面纱背后的本质观察,即所有朴素的自然元素都是披上泛神论的外衣而具有了神秘性,让人感到恐惧。这也是《山冈》《一个鲍米涅人》《再生草》被统一合编为《潘神三部曲》的原因。在罗歇·达瓦尔(Roger Daval)看来,只有通过"走进大自然",人们才会意识到"大自然造就了人类,并让人类获得自由,这是所有财富中最为珍贵的东西"②。

大自然的神秘双重性在吉奥诺后期的小说中同样存在。它不再以潘神的面容出现,作家以其他形式来表征自然意象。比如在《屋顶上的轻骑兵》中,大自然以霍乱的面貌出现,其行为颇具有人格化特征。有时大自然显得非常仁慈宽厚:昂热洛和波利娜在"一棵大山毛榉树下扎起营来",它下面的枯叶"又厚又暖"(《屋顶上的轻骑兵》,第367页),营造了一种亲切热情的氛围;有时大自然显得冷漠无比,"和霍乱一样令人可怕"(《屋顶上的轻骑兵》,第370页),毫不关心人类的命运。

---

① 郑克鲁:《法国文学史》(下卷),上海外语教育出版社,2003年,第1356页。
② Roger Daval, *Histoire des idées en France*, Paris, P. U. F., *Que sais-je?*, n°593, 1965, p.64.

第三章 自然意象符号

在吉奥诺后期的作品中,自然意象具有另类的面容。"吉奥诺颠覆了传统。因为这个在白垩色和灰白色阳光的照耀下显得可怕的地方是地中海,它本是温柔迷人的地方。这个恬静之地的特点不是缺失,而是这些特点一展示就立刻被否定……众多否定,其证据就是难以言说的恐怖不能被描绘成快乐的反面。吉奥诺的普罗旺斯不是,或者说不再是世外桃源的形象,阳光捎来的不是安详,而是残酷。"

吉奥诺并不满足于阅读前人的田园作品,正如我们所见,他决定颠覆我们在文学中所见到的等级现象。他除了重视人的心理之外,还非常重视"大地心理,植物心理,河流心理和海洋心理"(Ⅰ,p.537)。"人(人物)"从以往的中心位置迁移出来,然后又重新融入他周遭的自然环境,这样,"人"就只是"自然美丽居民的一分子。他不孤独。大地的面容在他的心中"(Ⅰ,p.538)。这属于可见的自然世界外表下的不可见的部分,吉奥诺的这种心理也揭示了文学的一项基本功能:"文学……是对不可见的探索,也是对观念世界的揭示。"①

在揭示自然世界意象的基础上,吉奥诺提出了涉及人生价值的"社会问题"(Ⅱ,p.603),他提出要把人与权力分开,认为人的幸福是建立在"世界的简单、纯粹和普通"基础上的(Ⅱ,p.605)。他认为政治学和心理学都无法根治我们的罪恶:我们实际上就是"自然元素"(*Les Vraies Richesses*, p.12),和他小说中的人物一样,都是由土和水组成,融合了树木和花草的特质,与代表纯洁性和简约性的动物相类似。

纵观吉奥诺各个时期的作品,鲜有作品不涉及与自然元素有关的暴力活动:打架、斗殴、追击、战斗,甚至包括与自然元素的斗争。《山冈》里的人们与"火"斗争,《大山里的战斗》中的人们则与"水"斗争,《屋顶上的轻骑兵》中年轻的主人公昂热洛,则一刻不停歇地与霍乱、死亡殊死搏斗。

吉奥诺的一生都在不停地对自然进行思索,从前期的"潘神"到后期的"霍乱""普罗旺斯",书写对象不断变化外表却始终有着相同的本质。他脚下的普罗旺斯地区浓缩了他想要表达的自然世界。不过,他汪洋恣肆的想象世界绝不局限在普罗旺斯那片土地,他的想象世界所占据的空间具

---

① [法]莫里斯·梅洛-庞蒂:《可见的与不可见的》,罗国祥译,商务印书馆,2008年,第184页。

有宇宙的维度，整个自然就处在不断运动的宇宙法则之下，哪怕是最细微的事物也是如此。吉奥诺作品中的自然元素既是有形的，也是超验的，对元素的操控似乎就会对自然中所有生命产生影响：是活跃生命还是威胁生命，这其实就是"生命冲动"的本质问题。

第一节　生物的自然属性与人类意象

霍尔巴赫有句名言："人最崇拜自然。"① 人从学会站立之初，就睁大双眼看着被洗去所有罪恶的原始天地，试着与景色融为一体。人开始陷入无尽的沉思，内心充满了寻求自然万物本质的冲动。自然的力量起先被认为是个"不可理解的存在"，是个"无生命的巨物"，但它确实存在着，完整而广泛，无处不在。它是高山流水，它是花草树木，它也是飞禽走兽。自然空间不是经典物理学简化法则一统天下的空间，它是有序与无序辩证统一的空间，生命是这个空间中"一个多功能机器复合体"②。纷繁多样的生命对生态环境非常依赖。所有生命所构成的整个生物圈就是一个"妙不可言的对立、竞争与互补的生物整体现象"③：阳光是所有生命的动力机，生命离不开阳光，阳光哺育植物，植物哺育食草动物，食草动物哺育食肉动物，食肉动物的尸身哺育土地，土地哺育受阳光哺育的草木。④ 在吉奥诺的作品中，生物是自然界的神奇精灵。他曾经说过，野兽是美妙的，鸟的心是个奇迹。身处这样的生态空间，吉奥诺认为人生最重要的价值不是金钱财富，而是"同动植物和谐友好的相处"⑤。

一、动物

如果要打开一幅完整的大自然的画卷，那么对动物的展现是必不可少

---

① ［法］霍尔巴赫：《自然的体系》（下卷），管士滨译，商务印书馆，1977年，第352页。
② ［法］埃德加·莫兰：《方法：天然之天性》，吴泓缈、冯学俊译，北京大学出版社，2002年，第401页。
③ ［法］埃德加·莫兰：《方法：天然之天性》，吴泓缈、冯学俊译，北京大学出版社，2002年，第401页。
④ ［法］埃德加·莫兰：《方法：天然之天性》，吴泓缈、冯学俊译，北京大学出版社，2002年，第401页。
⑤ 郑克鲁：《现代法国小说史》，上海外语教育出版社，1998年，第432页。

第三章 自然意象符号

的。在吉奥诺的作品中，动物积极地参与自然世界的构建，这种天赐的生灵是自然世界的普遍存在，是生态空间的灵动元素。在《山冈》中我们随处能捕捉到野蛮动物的身影："若姆抬起头，瞥见对面场院的边缘，一个黑影正从橡树的阴影中溜过：一头野猪！大白天的，野猪闯进白庄来了！那畜生擦着橡树叶子，向泉边走去，嗅一嗅干涸的水池，用蹄子刨着泥土。"（《潘神三部曲》，103页）

不过在帕斯卡尔·基尼亚尔（Pascal Quignard）看来，动物生活的世界不同于人类生活的世界，它们的世界类似于一个连续不断的梦："动物梦想着站起来，如同它们睡觉时做梦一样。动物不是一直在一个我们进不去的现实之中的；它们一直在另一个世界中（它们一直处在渴求的状态中）。"① 然而，动物世界与人类世界的并存不是没有交集的，相反这两个世界相互融合，难以区分彼此。事实上，《再生草》创造了一个自由的、与开放的自然空间融为一体的动物界意象：

> 听得见画眉在刺柏间飞来飞去。一只棕色的野兔惊愕地在灌木丛中停一停，然后拉长身子猛地一蹿，贴着地面飞跑了。几只乌鸦在互相聒聒叫唤着。阿苏尔三个想找它们，但看不见。（《潘神三部曲》，第403页）

在吉奥诺的笔下，动物的活动往往受到生理需求的驱使，比如口渴的动物会努力寻找水源："那畜生擦着橡树叶子，向泉边走去，嗅一嗅干涸的水池，用蹄子刨着泥土。"（《潘神三部曲》，第103页）尽管池水明显干涸了，但那"畜生"依然用力刨着地，渴望找寻到解渴的水。动物毕竟是兽类，它们会情不自禁地表现出兽性的一面。在《山冈》中，尽管"野兽"或是"畜生"时常让巫师雅内心生恐惧，但他对这自然的生灵也是心怀敬意的："野兽可倔强了，尤其是幼兽。它独自在草窝窝里睡觉，独自睡在这世界上。独自躺在草窝窝里，世界就在周围。"（《潘神三部曲》，第93页）

此外，吉奥诺不光对动物本身进行描绘，他还用动物的意象隐喻大自然的暴力。他善用比喻赋予大自然生命，但是这种比喻也让大自然具有某种残酷性，即动物的兽性有助于再现的可怕性。我们在《山冈》中可以看到

---

① Pascal Quignard, *Vie secrète*, Paris, Gallimard, 1998, p.180.

更多的自然与动物的相似之处。小说中的一位主人公若姆问道:"这大地……要是它是一个生物,是一个躯体呢?"(《潘神三部曲》,第51页)不光如此,这个生物可能还要采取可怕的行动:"等会儿它就要报复我啦,它会把我抛到高空,抛到连云雀也透不过气来的高空。"(《潘神三部曲》,第52页)小说中的大自然具有很强的动物性,以至于人们都要拿起武器与之抗争。

为了进一步考量动物是如何参与吉奥诺自然空间构建的,我们将选取他作品中的一些具有代表性的动物意象进行分析,探讨这些灵动的生物是如何成为生态空间的主角的。

(一) 鸟

在吉奥诺的作品中,动物拟人化的现象随处可见,尤其是鸟类。不过这种人间的精灵往往以凶恶神灵的面貌出现,意图主宰人的命运。在《屋顶上的轻骑兵》中,当骑士"昂热洛走近一个小塔楼,忽然,他被一块厚厚的黑布围住,那黑布叽叽喳喳,围着他飞舞。那是一大群刚刚起飞的小乌鸦。那些乌鸦毫不害怕。它们并不离开,笨拙地围着他转圈,用翅膀拍打他。他感到千万只金灿灿的小眼睛在凝视他,即使不居心叵测,也是冷若冰霜。他挥动胳膊自卫,但是,他的两只手,甚至脑袋,被几只乌鸦狠狠地啄了几口"(《屋顶上的轻骑兵》,第116页)。在被"冷若冰霜"的乌鸦之眼"凝视"之后,主人公昂热洛突然受到了燕子的攻击,它们像食肉动物一样变得凶猛异常:"他闭着眼睛不知过了多少时间,蓦然,他感到什么绒绒的东西在掴自己的耳光,拳头打在太阳穴周围,非常疼痛,他觉得有人在抓他的头发,像是在他头上耕种似的。他满身是燕子,它们在啄他。……'它们把我当死人了,'他想,'这些无拘无束的小动物,瞪着漂亮的黄眼睛瞅着我,想把我吃掉。'"(《屋顶上的轻骑兵》,第128页)在第十章中,波利娜也受到了一只乌鸦的攻击,她的眼睑被啄得"有一点点皮破了"(《屋顶上的轻骑兵》,第267页),于是反手将它击毙。实际上,在《屋顶上的轻骑兵》这部小说中,除了马具有忠实的形象之外,其他被提及的动物都是以负面形象出现的,而且行踪和行为都飘忽不定,昂热洛做的公鸡的梦便是一证:萦绕在这个梦里的始终是污秽和窒息(《屋顶上的轻骑兵》,第129页)。纵观整部小说,一种不健康的氛围始终在借助霍乱肆意弥漫着,如同大自然在窥伺人类任何的细小错误,连母鸡都变得傲慢

第三章 自然意象符号

起来。

另外,吉奥诺通过鸟的意象强化自然对人类的攻击。波利娜非常喜欢鸟儿的咕咕声:"从那棵圣栎树及其他松树上传来的鸟鸣声中,伴有一种劝服的温柔,一种爱的力量,亲切而又坚定地迫使对方服从。'这甚至是一种迫切的讨好,'她说,'它们似乎满怀希望。'"(《屋顶上的轻骑兵》,第264页)但当她独自面对这些鸣叫声时,她感觉像"恐怖的歌声",进而"屈从"地被它啄了一下(《屋顶上的轻骑兵》,第267页)。面对鸟儿的进攻,波利娜毫无准备,似乎在被动地接受着传染和死亡。鸟儿进攻波利娜的景象既带有病态意味,又带有情色意味,把疾病与诱惑这两大主题连接在一起。相比其他出现的霍乱患者尸体的描写,鸟儿的景象强化了霍乱的戏剧化色彩。

吉奥诺很少描写飞翔中的鸟儿或是正准备飞翔的鸟儿,但他会描写正飞向大地的鸟儿:"鸟群转而飞到一个屋顶的山墙后面,它们的爪子像冰雹似地落在屋顶上。"(《屋顶上的轻骑兵》,第116—117页)在《愿我的欢乐长存》中有个令人印象深刻的场景:一群鸟儿正猛扑向博比播撒的谷粒。因此,作家用孔雀来象征普罗旺斯也不是偶然的。孔雀生来不是飞翔的,它是大地的鸟儿。其他鸟类及蝴蝶翅膀的颜色太过丰富,却无法在蓝天翱翔。

当然,如果说乌鸦、小嘴乌鸦或猫头鹰(《屋顶上的轻骑兵》,第79页)只是在彰显它们作为腐食动物的本性或是不祥之物的本性,我们对此尚能理解,尽管作者在它们身上加入了某些诸如"坚韧"或"好斗"的特点。但让我们感到惊奇的是,吉奥诺把上述"腐食"或"不祥"的鸟类特点也赋予某些讨人喜欢、安静祥和的鸟类,如鸽子、云雀、燕子和夜莺等:

> 昂热洛听见无数夜莺在树丛之间互相呼唤。在这空洞洞的黑夜里,它们的歌声清亮悦耳,非同寻常。他突然想起这些鸟是食肉动物。他对它们,对它们可能吃的腐烂的尸体,对在黑暗的岩壁上回响着的犹如金光灿灿的啼鸣,产生了奇怪的想法。(《屋顶上的轻骑兵》,第57—58页)

一说到这些鸟儿,浮现在人们脑海中的都是积极正面的形象。作者在这部作品中对它们"恶"的描写则颠覆了它们以往"正"的形象。

吉奥诺小说中"鸟"的"不健康",甚至是"令人恐惧"的形象,都刻画得如此生动。作者的描述使读者光凭借文字便能想象出令人不寒而栗的恐怖场景。作者对鸟的意象的表现甚至影响了后来的艺术家。著名导演希区柯克1963年拍摄的电影《群鸟》①正是借鉴了《屋顶上的轻骑兵》中刻画"鸟"的某些场景。可以说,鸟是吉奥诺作品中构建最为成功的动物意象之一。

(二) 马

作为自然界的重要组成部分,动物在吉奥诺的小说中普遍存在。不过与一般的田园小说或乡土小说不同的是,吉奥诺笔下的动物几乎是死亡的载体和信使,是人类的天然敌人。纵观吉奥诺所有的作品,他只对一种动物采用了完全正面的描写,即人类的忠实伙伴——马。

小说《屋顶上的轻骑兵》这一标题带给读者两个明显的意象:"屋顶"和"轻骑兵"。而"轻骑兵"实际隐含着两个意象:马和骑士(昂热洛)。可以说"马"是与英雄的主人公联系最为紧密的动物,带有灵性,某种程度上"马"是昂热洛的影子,是他的另一个"自我":"马立刻感觉到新来的骑士非同凡响,严守游戏规则,跑得很欢。"(《屋顶上的轻骑兵》,第83页)当昂热洛认为马"可能已经逃走了"(《屋顶上的轻骑兵》,第87页),马却在屋外安静地等着自己的主人,对主人始终忠诚如一,不离不弃。

在18世纪法国博物学家布封眼里,马是一种生来便能舍己为人的动物,它会毫无保留地奉献自己,不拒绝任何使命,尽一切力量为人们效力。②它还会以自己的"超能力"来预知灾害,效力人类。在《屋顶上的轻骑兵》中,当昂热洛来到马赛,全城的人们都陷入了对霍乱的无尽恐慌之中,因为人们无法预见霍乱病菌会不会污染自己的食物、水源,但马的超常反应,似乎给深陷霍乱恐惧中的人们在马赛这地狱般的城市中指明了一条逃出黑暗的道路:

> 马拒绝一切。它们拒绝燕麦,拒绝水,拒绝马厩,拒绝平时照料它们的人照料它们,即使这个人健健康康,无病无恙。此外,人们注意

---

① 《群鸟》是由阿尔弗雷德·希区柯克执导,蒂比·海德莉、罗德·泰勒主演的恐怖电影,于1963年3月28日在美国上映。该片讲述了富家女米兰妮来到律师米契位于小镇的家中,却遭遇了鸟群的攻击,小镇的一切也都因此而改变。

② [法]布封:《动物素描》,刘阳译,江苏人民出版社,2005年,第3页。

到，哪个人或哪个家的马拒绝一切，对这个人对这个家庭，总是不好预兆。尽管疾病尚未表露，但它旋踵而来。(《屋顶上的轻骑兵》，第205页)

昂热洛与波利娜之间带有爱慕之情的友谊也是从马开始的，马在他们关系中起着重要的作用。马不仅仅是运输工具，更是一种生活方式，一项准则，一套识别符号。对马的喜爱巩固了他们诞生不久的友谊。波利娜说："我热爱生命，但我决不放弃我的马来拯救生命。"而昂热洛对马的喜欢则更胜一筹："我死也要带着我的马。"(《屋顶上的轻骑兵》，第253页)自此以后，与穿着骑士装的波利娜的相遇变成了标志性事件。昂热洛是男轻骑兵，波利娜则是女轻骑兵，他们的靴子、马鞭、马鞍都是骑兵自身的组成部分。

美丽的骏马也确定了两位主人公彼此之间经过重重困难考验的友爱关系。非常有意思的是，当波利娜被乌鸦袭击受伤后，昂热洛看着"饱含泪水""浑身发抖"却又"充满温情"的她，感觉在马的身上"见过这种情景"，进而"非常熟练地抚摸她"(《屋顶上的轻骑兵》，第267页)。在整部小说中，这是唯一一处描写昂热洛与波利娜的亲密举动的段落。他们两人自相识以来，一直相敬如宾(他们相互称对方"您")。昂热洛从未对波利娜有过亲密举动，"熟练"一词看似矛盾，但实际上表明他对波利娜的爱犹如他一直以来对马的深爱。因而这次对波利娜的爱抚也是那么自然，那么"熟练"，丝毫没有引起双方的尴尬。如果说昂热洛的坐骑"粗壮的农民"并不缺乏灵性的话，那么波利娜的半纯种马则更聪明，"更能领会事物的实质"。人与自然在马的身上得以融合地展现。马也是他们深入谈话内容的开端：当昂热洛如同对待"一个二级骑士"那样面红耳赤地向波利娜提问有关骑马事宜时，波利娜便很直率地谈到她自小就陪她父亲骑马，甚至提到了骑马时在裙子下面穿着的"皮马裤"(《屋顶上的轻骑兵》，第283页)，而昂热洛也兴致勃勃地谈到他的母亲也穿"皮马裤"。

吉奥诺为《屋顶上的轻骑兵》写下了这样一段意味深长的结尾：

> 有一匹马非常勇猛，昂热洛欣喜若狂，买下了这匹马。这匹马让他着实狂喜了三天。他老是惦念着它。……每天，他都亲自给马喂燕麦；出发的那天早晨，昂热洛立刻纵马驰骋。……他幸福极了。(《屋顶上的轻骑兵》，第249页)

这段看似波澜不惊的描写，一方面充分肯定了马的特质，它与人一样兴高采烈，它会分享人的快乐。它不但服从于骑手的操纵，而且似乎还探询察看他的意愿，会按照主人的表情留给它的印象而奔跑、缓行或停步①；马立刻感觉到新来的骑士非同凡响，严守游戏规则，跑得很欢（《屋顶上的轻骑兵》，第83页）；另一方面再次强调昂热洛的"骑士"身份，高贵聪明的马始终是他身份构建不可或缺的一部分，更是他幸福意识的具体体现。可以说马是主人公昂热洛在自然界的一个影子：孤独、智慧、勇敢，敢于在荒芜的大地上画出自己进行的轨迹。马是人与自然和谐共处的纽带，它让干燥乏味的普罗旺斯具有了骄傲的"骑士风范"。

（三）昆虫

我们在吉奥诺的小说中很难一下子发现昆虫这个细小的物种，它们如同影子一般难以捕捉，但实实在在地存在着。翻开《屋顶上的轻骑兵》，小说开篇处有段描写昂热洛躲避野蜂群攻击的文字，作者通过类比的手法将昆虫与死亡主题联系在一起。之后出现的各种昆虫及它们的化身都不具有友好的形象，甚至连中立都算不上。"毛毛虫"象征着恶意的改变，它们在蹂躏着植被，以致"方圆数百法里，树木瘦骨嶙峋"（《屋顶上的轻骑兵》，第14页）。在同一段中，吉奥诺的一个比喻又再次用到了"昆虫"形象："（城墙）宛若一个爬满白蚁的牛胸廓。"（《屋顶上的轻骑兵》，第14页）即便此时"昆虫"的贪吃只是盯着植物和动物，但这种贪婪已经足以让人心生恐惧。随着小说的深入发展，我们发现"昆虫"开始吞噬起人类的血肉来。这些"昆虫"不光有苍蝇（《屋顶上的轻骑兵》，第52、125、132、152、266、311页）、马蜂（《屋顶上的轻骑兵》，第266、311页），还有蝴蝶（《屋顶上的轻骑兵》，第310—311页）：通常让人"悦目"的"昆虫"如今要贪吃人的眼睛。吉奥诺花了几页篇幅描写这令人厌恶的特殊现象——一种想象的现象。另外，吉奥诺依据有关霍乱的前巴斯德理论而生发出自己对霍乱的医学看法，即"数不清的小苍蝇，呼吸时吞进肚里，就会得肠绞痛"（《屋顶上的轻骑兵》，第22页）。

不过在吉奥诺早期的小说中，昆虫是大自然和谐的表现之一。《人世之歌》中，杜桑把昆虫的交配形象地描绘成"痛并快乐着"的过程，把自然

---

① ［法］布封：《动物素描》，刘阳译，江苏人民出版社，2005年，第3页。

生命的生生不息表现得淋漓尽致：

> 你看那些金龟子，它们正在交配。它们早已吸足了大地的芳香，现在被它们拱动的泥土，像铁锤般纷纷落在它们的头上。你瞧它们交配的情景，是那样气喘吁吁又是那样庄重……它们是无意识的，而是完全受着生命规律的支配。（《人世之歌》，第156页）

昆虫体形微小，却无处不在，像自然界隐形的精灵。它们虽然没有大型哺乳动物的勇猛健壮，但若没有它们，大自然便会了无生气，缺乏生命的厚重感。正是这些种类繁多、几乎隐形的昆虫，装点着吉奥诺笔下多姿多彩的生态世界。

（四）猫

18世纪法国著名博物学家布封曾经这样描述猫：猫是一个不忠实的家仆。[1] 布封认为，猫与人接近是想让人来抚摸它，猫对亲热的抚摸很敏感，只是因为抚摸给它带来舒适。[2] 猫在《屋顶上的轻骑兵》中最初的出现，便是以讨人亲热的动物形象出现，博得主人的阵阵欢心：

> 他（昂热洛）看见那只猫来了，真是喜出望外。他无法知道这畜生是如何来到他这里。兴许是跳过来的。不管怎样，从此刻起，它像狗那样寸步不离昂热洛，一歇下来，它就乘机在他的腿上乱蹭。它和昂热洛一起在这个街区转了一大圈。昂热洛在一堵稍有阴凉的矮墙脚下坐下来，猫跳到他膝盖上，用它独特的方式向他表示亲热。（《屋顶上的轻骑兵》，第136页）

当昂热洛步入城市、踏上屋顶，时常陪伴他的便是猫，而且是只公猫，这是个重要的细节。登上屋顶这一通往高地的路程伴随着公猫对母猫的替换。他表达的结构在于通过双重性在高地上扭曲对自我的欲望，使之免于在低处被阉割的危险。正如雅克·沙博所指出的，（公）猫"在屋顶上陪伴着昂热洛，如同一件复制品，如同另一个自我"。更确切地说，（公）猫不完全是昂热洛的另一个自我，这件"复制品"也不完全与原品（昂热洛）相符。它是从"畜生"转化而来，这种转化的成功使它具有了让昂热洛感

---

[1] ［法］布封：《动物素描》，刘阳译，江苏人民出版社，2005年，第21页。
[2] ［法］布封：《动物素描》，刘阳译，江苏人民出版社，2005年，第21页。

到快乐的价值:"那畜生一直陪伴着他(昂热洛),给了他多少快乐,他却把它忘得一干二净。"(《屋顶上的轻骑兵》,第147页)"猫"从畜生转化成了通灵的生物,它处处跟着昂热洛,因为它看出昂热洛"是个温和的人"(《屋顶上的轻骑兵》,第142页)。另一方面,(公)猫依然保持着它原始的威胁力,昂热洛对此也感到惊吓,因为它的"皮毛可能传染霍乱"(《屋顶上的轻骑兵》,第149页)。这种转换机制一直持续,因为它是文学的本质所在。对于昂热洛而言,这种转换也体现在他母亲和波利娜身上。

当昂热洛孤独地身处城市屋顶的时候,因为有猫的经常陪伴而心感慰藉,但这种动物依然不能洗清其"吃人恶魔"的嫌疑。比如,当昂热洛向村庄的几座屋子走去时,"从那些房屋里飞出许多鸟儿,蹦出几只动物,昂热洛以为是狐狸,其实是几只猫"(《屋顶上的轻骑兵》,第36页)。此时的昂热洛对"猫"已经产生了奇怪的感觉。当他在马诺斯克遇到一只大灰猫时,就很合情合理地对他所观察到的现象提出了疑问:"它肥滚滚的,既不害怕,也不粗野。它吃什么了?……不,窗子半开着,它可能想出去,到地里偷东西吃。"(《屋顶上的轻骑兵》,第105页)事实上,猫虽然优雅漂亮,但它"同时又有一种前所未有的狡猾,一种虚伪的性格,一种作恶的天性"[1],而且猫在"做坏事方面具有同样的灵巧、同样的聪明、同样的趣味,也同样有小小掠夺的习性,隐藏它们的意图、窥伺时机,等待着选择攻击的时刻,然后逃脱惩罚,逃走并待在远处,直到有人唤它"[2]。于是,当昂热洛寻找猫时,"猫就在里面,躺在一条压脚被上,咕咕地呼唤他,那声音甜美而伤感,和消亡的世界的声音很相像"(《屋顶上的轻骑兵》,第136页)。

事实上,尽管这个带有禁忌的问题得到了否定回答,昂热洛脑海中的疑惑依然没有被完全消除:他多次对猫产生怀疑,心生恐惧,特别是在波利娜的家里,猫甚至把他"吓得浑身冰冷",因为"猫在那座扇子里呆的时间很久,不仅那金发姑娘死在那里,而且至少还有另外两个人死了。它的皮毛可能传染霍乱"(《屋顶上的轻骑兵》,第149页)。对猫的怀疑已经开始"折磨"昂热洛,完全没有了先前有猫陪伴时的快乐感觉。于是,昂热洛不

---

[1] [法]布封:《动物素描》,刘阳译,江苏人民出版社,2005年,第21页。
[2] [法]布封:《动物素描》,刘阳译,江苏人民出版社,2005年,第21页。

由自主地抛弃了它,并且把它"忘得一干二净"(《屋顶上的轻骑兵》,第147页)。

从吉奥诺撰写小说伊始,猫已经作为不祥之兆徘徊在作者的笔尖。在《山冈》中,猫的出现被视作凶兆:"每回猫一露面,不出两天,大地准要发怒。"(《潘神三部曲》,第56页)当若姆带领村民监视周围自然到底出了什么岔子时,他特别提醒村民们要注意猫:"尤其见到了猫,千万别开枪。"(《潘神三部曲》,第63页)当村上的泉水干涸,村民陷入了恐慌,而猫又在此时出现,它的出现"使大家胆战心惊"(《潘神三部曲》,第97页),而且更为可怕的是,猫的这次出现不到五分钟的时间内,"大地和天空顿时变得面目狰狞"(《潘神三部曲》,第98页)。在《山冈》这部小说中,猫出现数次,几乎每次都是"一副趾高气扬的样子,根本不把人放在眼里"(《潘神三部曲》,第99页)。它的出场预示了大自然即将展示其暴虐的一面,广阔无垠的大自然用猫来警示人类准备接受即将要到来的惩罚,但猫终究是人类驯养的"家仆",是人类家庭的"小动物",本身就具有捕捉某些小害兽的特性。所以吉奥诺在《山冈》的结尾处,特意借若姆的话语为猫"正名",为它恢复勇敢的声誉:"哦,你知道,那只猫我们留下了。它是大庄的。还记得夏巴苏给我运来一车草料吗?猫就睡在草里面,自己钻了出来。那是夏巴苏的猫。它可勇敢了,是只好猫,会抓耗子。"(《潘神三部曲》,第142页)

总之,在吉奥诺笔尖徘徊的猫的形象,始终是个"不忠实的家仆",亦正亦邪,同时承载着善的精神与恶的念想,这在作者精心打造的生态空间中,显得相当特立独行。

(五)其他动物

吉奥诺的小说可以说是个"文学版的动物世界"。除了上面所提到的鸟、马、猫和昆虫之外,作者还对其他许多动物进行了生动的描绘。它们大多是猪、狗、老鼠等哺乳动物。它们与人类接近,而且大多接受了人类的驯化,但是,这种接近和驯化并没有使它们对人类更温和。比如老鼠吃人的尸体(《屋顶上的轻骑兵》,第36页),昂热洛和小法国人必须杀死发疯的、具有攻击性的猪(《屋顶上的轻骑兵》,第42页)……但最让人恐惧的不是这些"肮脏的畜生",而是作者把平时最与人亲近、最让人喜爱的动物——狗——变成了吃人的恶魔。第二章中,昂热洛"愤怒"地杀死了一条狗,它的眼睛"既温情又虚伪",与鸟儿一样充满了可怕的诱惑。(《屋顶上的轻骑兵》,第33页)"狗"在这部小说中的形象不再是温存的人类之友,这些原本"以依恋为乐事,以讨人欢心为目的"① 的家犬由于主人的病逝而成为"丧家之犬",内心恢复了凶猛、嗜血的兽性。它会吃人类的尸体,具有傲慢的气质:

> 有些狗家里的人死了,它们到处游荡,吃食尸体,却不会死去,相反,它们长得肥肥胖胖,它们趾高气扬,它们不再想当狗了;应该看到,它们正在改变模样;有些狗长出了胡子;这看起来实在荒唐。可是,你从大街上经过,它们守在街上不让你过;你威胁它们,它们赫然而怒;它们要人尊敬。(《屋顶上的轻骑兵》,第206页)

环境把这些动物变成吃人的恶魔,因为它们被拟人化了从而具备了"恶念",从而在面对昔日的主宰者——人类时变得高傲,进而与之进行激烈的对抗,或是化身为虚伪的诱惑者,以便吃掉人类。动物以这样的面容呈现了大自然之恶。从宏观的角度来看,大自然的"恶"本身也是大自然的真实面容之一。因此,动物的某些"恶念"其实也是大自然生态世界的真实写照。

二、植物

在自然界中,动物需要奔走寻找食物,因而在进化过程中具有丰富、明晰的意识;而植物往往固定在土地上,就地摄取营养,因而缺乏感觉。所以人们往往会给两者机械地贴上标签:动物是有意识的,而植物是无意识的。② 不同于我们日常的感觉,吉奥诺自然空间内的植物则会显示出意识觉醒的态势,强劲体现着自然界的蓬勃生机。在这里,我们选取他笔下的橄榄树、草木、薰衣草等普罗旺斯典型的植物意象来进行分析,从而一窥作者构建的植物世界。

(一) 橄榄树

植物意识的觉醒在文学史的范畴内也是其来有自,在无声的生命世界

---

① [法]布封:《动物素描》,刘阳译,江苏人民出版社,2005年,第18页。
② [法]亨利·伯格森:《创造进化论》,姜志辉译,商务印书馆,2004年,第96—97页。

中,树木通常占据着相当重要的位置。首先,我们来看一下法国作家米什莱眼中的"树"的意象:

> 树木呻吟,叹息,宛如人声。……树木,即使完好无损,也会呻吟和悲叹。大家以为是风声,其实往往也是植物灵魂的梦幻……古代从不怀疑树有灵魂——也许是模糊的,隐秘的——但确是灵魂,同任何有生命的造物一样。①(《山》,第110页)

> 树是宇宙的生命,从天、地和夜中汲取生命力。②(《山》,第111页)

米什莱直言树是宇宙的生命,而吉奥诺则借《山冈》中的巫师雅内的神秘话语透露了大自然的秘密,道出了树作为"宇宙生命"的重要特征:"树可倔强了,它硬是靠弯弯曲曲的枝桠,千百年来顶起了沉重的青天。"(《潘神三部曲》,第93页)从"橡树""栎树"到"苍松翠柏",吉奥诺作品中的树木种类繁多,无处不在。这些树木是大自然最伟大的精灵,从来不会"提防人",但现在"伤痕累累"(《潘神三部曲》,第92页)。在《潘神三部曲·序幕》中,伐木工人被人视作谋害树木的"凶手":"森林不是他们(伐木工人)的伙伴,因为他们是砍伐森林的。"(《潘神三部曲》,第11页)吉奥诺的怜悯——我们也称为"面向弱者的冲动"——表达出人道主义,甚至体现了超脱任何宗教的自然主义意识。这种美好的情感不光体现在作者笔下的人物身上,它更扩展至包括植物在内的所有生物身上。在吉奥诺的眼里,"砍树"表现了人类违背生态系统的运行规律,强行征服、主宰自然界的不良企图,是人类自我膨胀、缺乏理性也毫无想象力的表现。

在所有植物形象中,有一种植物时常出现在吉奥诺的作品中,那就是橄榄树。橄榄树在希腊神话中与女神雅典娜有关,传说雅典娜在与海神波塞冬争夺阿提卡的控制权时创造了这种植物。③在现实中,地中海地区到处长有这种植物,包括吉奥诺生活的普罗旺斯地区,因为它本身具有很高的实用价值。《山冈》中有一段对龚德朗要去的橄榄园进行了描写,寥寥几句便点明了橄榄对于人的实际用处:

> 橄榄园位于莱亚纳地界内,非常偏僻。不过,他没花多少钱就买到

---

① [法]儒勒·米什莱:《山》,李玉民译,上海人民出版社,2011年,第110页。
② [法]儒勒·米什莱:《山》,李玉民译,上海人民出版社,2011年,第111页。
③ [德]汉斯·比德曼:《世界文化象征辞典》,刘玉红等译,漓江出版社,1999年,第85页。

了手，而且树上结的果卖了就够本了。算起来，只要花点力气，吃油烧柴就不用愁了。(《潘神三部曲》，第47页)

作为生于斯长于斯的普罗旺斯人，吉奥诺对橄榄树的认识绝不是凭空想象的。在现实生活中，他打小便继承家庭传统，每年都参加橄榄的采摘活动。在他看来，通过采摘中的传统姿势所透露出的"令人肃然起敬的古老文化"①，采摘橄榄将古希腊的神圣延续到今天的普罗旺斯。烤饼淋上新榨的橄榄油——这一荷马时代的味道本身就在马诺斯克的街道上弥漫开来。②自然和文化在"橄榄的文化"中得以深刻地融合（III, p. 645），这与吉奥诺的童年经历别无二致。橄榄树是非常通人性的树，是专门为人类的劳动和快乐而生长的树。③ 橄榄树不仅是普罗旺斯特区独特的装点，其实也是表现人与自然融合的联系纽带，是人与自然和谐相处的典范。《屋顶上的轻骑兵》中，昂热洛所到之处，几乎都是恼人的骄阳和横陈的尸体，空气还飘荡着作呕的气味，但就在这"人间炼狱"之中，橄榄树林为由于恐惧而奔忙的人们撑起了一片天堂：

> 有条路爬行在梯田之间。在这些由矮石墙的层层梯田上，是一片片橄榄林，弯弯曲曲的树干静静地发出巨大的黑色光芒。它们披着一层比水花还要轻的浓叶，叶子背面残留着一点儿乳白色，在阳光的烤灼下正在消失。在这透明如丝巾的荫凉下，临时居住着一群群人。这时他们正在吃午饭。差不多是中午了。(《屋顶上的轻骑兵》，第181页)

橄榄树是奥林匹亚山上的圣树，也是罗马和平神的圣物。它能够在骄阳似火、土地贫瘠的地中海地区茁壮地生长，其生命力之顽强不言自喻。巴洛克诗人霍伯格曾经在诗中这样写道："山脉尽管贫瘠，橄榄树依然耸立。"④ 在霍乱肆虐的法国南方，一片橄榄林耸立在那里，庇护着来来往往渴望生存的人们，也是结束这场人类与瘟疫的战争的希望。橄榄树在吉奥诺这样土生土长的普罗旺斯人的眼里，它是"光明之树"和"文明之树"，

---

① Jean Giono, *Arcadie... Arcadie...* (in *Le Déserteur et autres récits*), Gallimard, 1973, p. 176.
② *Ibid.*, p. 187.
③ Jacques Chabot, *La Provence de Giono*, Provence, édisud, 1980, p. 58.
④ [德]汉斯·比德曼：《世界文化象征辞典》，刘玉红等译，漓江出版社，1999年，第85页。

第三章　自然意象符号

普罗旺斯的文明某种程度上也是"橄榄的文明"①，它体现了蛮荒之中的人性之光。

橄榄树对吉奥诺而言，不仅仅是乌托邦式的文学空间的构建元素，也是深刻影响着他青少年时期阅读氛围的神圣植物。我们在他 1935 年 11 月 27 日的日记中，已经看到了一些想象中的花园；吉奥诺把它们称为"……地狱。希腊意义上的地狱，即休息之地，灌木之地，和平之地和人类秩序之地"；在他 1943 年 11 月 7 日的日记中，我们又看到他青年时代的橄榄园——他当时在这片橄榄园中阅读维吉尔的作品——"从此成为我的阿尔米德花园"。皮埃尔·西特龙说这是吉奥诺第一次提到他的这片橄榄园。当吉奥诺为《维吉尔选集》(*Pages choisies de Virgile*) 撰写序言时，他觉得他会把这称为阿尔米德花园，但是在现在的《序言》中，这个花园只是"遍布山丘的广阔的橄榄园"(Ⅲ, p. 1020)。吉奥诺在他逝世前一年给朋友的一封信中又回忆了阿尔米德花园："我想保护这些阿尔米德花园"；这些种满橄榄树的花园，从他儿时所见的真实情景变成了成年后文学的想象。在他的文学世界中，橄榄树是他营造普罗旺斯氛围不可或缺的元素，它的生长便是作者现实生活经验与丰富想象力结合的体现，橄榄树所蕴含的文化实际上是自然和谐的生态文化。

（二）草木

吉奥诺《潘神三部曲》系列的第二部《再生草》一经出版便广受赞誉，荣获英国诺特克利夫文学奖。小说题目"再生草"，形象明了，寓意深刻。根据法语词典《小罗贝尔词典》(*Petit Robert*) 的解释，"再生草"是一种"经过第一次刈割之后还会再次生长的草"，并且有"恢复"之意。虽然题目的解释简单，但这部短篇的叙事作品所引起的阐释是深远的，它强调了人类在自然环境中对自身定位的重要性，这种定位最终会证实自己的客观存在。"再生草"这个单一的植物形象其实暗含了循环往复的自然秩序和生态规律。对人类而言，要恰当地融入自然秩序的话，首先要理解大自然，尊重生态规律，这样才能在大自然中找准自己的位置，进而与之和谐相处。

《再生草》这部小说借草木之题，讲述了一个普罗旺斯村庄——奥比涅纳村的村庄，从荒凉到复兴的故事。吉奥诺曾经说过："我总是想写些有关

---

① Jacques Chabot, *La Provence de Giono*, Provence, édisud, 1980, p.58.

荒芜村庄的东西。"① 在故事中，庞图尔，他在这个荒芜的村中独自一人生活；玛梅什，一位具有巫师天赋的老妇人；阿苏尔，一位不幸的姑娘。他们三人构成了小说情节脉络的基础。生活从破坏中重现生机。过去献给了充满希望的未来。玛梅什成了庞图尔和阿苏尔之间的说情者，这样他们两个人可以相遇、相爱，组建新家庭："这些生命中的女人如同小溪，草地重新变绿，男人长得更健壮，这就是枯萎大地上的再生草。这让再生草生长"。② 到叙事的高潮部分，故事的主人公之一、朴素善良的村妇玛迈什遵照远古人类的仪式，将自己的一切——包括自己的孩子和丈夫——都奉献给大地，最终她的自我牺牲也是为了新生命的诞生。因此在小说的最后篇章中，怀孕的阿苏尔想象着她的孩子很快就会在草地上玩耍，而这片草地正是玛迈什死去的那片草地。这也正好体现了小说"再生草"的主旨——生命生生不息，永不停滞。

《再生草》是吉奥诺表现草木形象的典型作品，作者借植物形象寓意生命的恒久价值，生和死其实并非完全对立，死亡也并不可怕，"生""死"都是自然秩序中必不可少的环节，是不可拂逆的生态规律。同时，吉奥诺通过一部又一部作品揭示了现代社会中不再流行的死亡概念，让我们可以重新接触米尔恰·伊利亚德所分析的原始信仰："死亡被视作种子，它埋葬在大地母亲的胸怀中，即将成长为一棵新植物。"③ 当吉奥诺对着一根掉入水中的树枝深思时，他也欣然接受了这种大地宗教："被它的枝叶簇拥着，它（树枝）漂浮着，航行着，它不停地注视着太阳。它转变后就成为种子，树木和灌木重新在沙土中生长出来…… 一切都未死亡。死亡不存在。"（II, p.465）死亡是一种存在方式到另一种存在方式的过渡，是宇宙变化的往复循环。所以，自然法则需要我们对生命和死亡拥有"全部的认识"，知道它们会永不停息的循环产生。

（三）薰衣草

普罗旺斯地区产有一种特殊植物，这种植物不仅代表着它本身，也是普罗旺斯地区色彩和气味的体现，在现代大众文化中更象征一种优雅宁静的

---

① Notice à *Regain* établie par Luce Ricatte, tome I, *op. cit.*, p.989.
② Julie Sabiani, *Giono et la terre*, Paris, Éditions Sang de la Terre, 1988, p.57.
③ *Mythes, rêves et mystères*, Gallimard, collection《Idées》, p.232.

第三章 自然意象符号

生活方式,这便是被吉奥诺称为"普罗旺斯灵魂"①的薰衣草。在吉奥诺作品里的植物世界中,薰衣草算不上是非常突出的一种植物,它只是偶尔、零星地散布于作品的细小角落。但即便是细微的描写和零星的在场,薰衣草依然是这法国南部的大自然不可或缺的部分。吉奥诺作品中的普罗旺斯与英国作家彼得·梅尔的普罗旺斯相去甚远:后者笔下的普罗旺斯具有"看庭前花开花落,望天上云卷云舒"的闲适意境;前者笔下的普罗旺斯则更多是见证人间悲剧的自然空间,读者阅后会有"念天地之悠悠,独怆然而涕下"的悲悯情怀。在这般悲怆的自然空间中,具有典雅气质的薰衣草的不时出现会让读者在悲剧之间看到一丝光亮,让人透过文字想象迎风绽放的紫色薰衣草和地中海的骄阳共同交织成的普罗旺斯气息。如果"薰衣草"在吉奥诺小说中只是无声的装点,无法用心情诉说自己生命意义的话,那么吉奥诺则在他的散文集《普罗旺斯》中以"薰衣草"为题,以寥寥数笔刻画了这种植物用色彩和气味交织成的壮美,点明了它的实用价值,更揭示了它作为"自由、清新和宏伟"的化身对人的心灵的升华作用:

> 薰衣草是上普罗旺斯的灵魂。无论我们到达的地方是德龙省、多菲内地区还是瓦尔省,都是一片广袤荒芜的大地,漫山遍野的紫色和芬芳。在鹿儿山的寂静中,薰衣草一望无垠地开放着。在收获的季节,夜晚也是浓香四溢。夕阳的颜色就是采摘后落在地上的花的颜色。安装在罐槽边上的蒸馏器在夜色中吹出红色的火焰;它们的烟雾中带有风吹来的焦糖味,让隐居者们沉醉在这份僻静中。当我们经过这些日日夜夜,我们就与这些香草的灵魂紧紧维系在一起。接着,只需一束薰衣草,它就会向你倾诉——用具有奇特密度的语言——倾诉这些基本的自由,这些自由是这些高地的魅力所在。于是你就逃遁进远方的美洲、中国或俾路支地区,迷失在严肃的书籍中,抑或沉没在个人的、社会的或宇宙的悲剧中。正是上普罗旺斯的自由、清新和宏伟,降临在你身上,猛然间把你引向它们,让你焕发光彩。对于来自这片乡土或是居住在这片乡土上的人,不是作为游客,而是作为人,即是让自己的心灵和思维参与这片乡土的人,这是触手可及的最庞大的资源。如此多的力量凝聚在一种芬芳之中,不会显得夸张,除了那些从来不必通过触摸故乡的灵魂来振

---

① Jean Giono, *Provence*, Paris, Gallimard, 1995, p. 268.

作心灵的人以外。(Provence, p. 268)

对于法国南方人来说，薰衣草除了作为生活香料之外，它还具有草药的功能。在《山冈》中，当白庄的泉水意外干涸后，村民们便按字母顺序拟了张打水名单：阿尔波、龚德朗、若姆、莫拉。本该第一个去打水的阿尔波却由龚德朗代替了，因为阿尔波的女儿玛丽由于天气炎热喝了脏水而一病不起，"躺在床上，像耶稣像那么清瘦，连抬手赶苍蝇的力气都没有"（《潘神三部曲》，第84页）。她的母亲巴贝特"翻遍了所有盒子，从中找出报纸包着干草药，其中……（就有）薰衣草"（《潘神三部曲》，第84页）。她相信她女儿的康复全靠这些草药。过了几天，玛丽的病情再次加重，"浑身抽搐起来"（《潘神三部曲》，第100页），瘦骨嶙峋的她几乎让父母都认不出来："本来像玫瑰一样粉嫩，本来胖乎乎的竟变成这副模样！"（《潘神三部曲》，第102页）于是，玛丽的父母用"带薰衣草和海索草味的醋，擦着那个蜡黄的、可怜的小肉体"（《潘神三部曲》，第102页）。薰衣草的功效终于发挥了疗效，"他们的闺女回来了""危险过去了"（《潘神三部曲》，第102页）。在霍乱横行、几乎无药可救的时代，昂热洛路上偶遇的男孩却不经意间道出了自然的"秘密"：那些草药能彻底治病。（《屋顶上的轻骑兵》，第207页）表面上吉奥诺在描写薰衣草等植物可以入药并且疗效不错，实则他刻画了大自然作为治愈者的形象，既治体病，又养心灵。

三、微生物

《屋顶上的轻骑兵》中有一种非人类的"生命"扮演了非常重要的角色，它既非植物也非动物，它贯穿整部叙事，自身却不发一语；它的身影无处不在，充分营造了小说中的恐惧氛围，并且直达人的内心。它就是自然界的微生物——霍乱病菌。作者在小说中借昂热洛之口给霍乱下了这样的定义："霍乱病不过是一些比苍蝇还要小得多的动物导致的。"（《屋顶上的轻骑兵》，第138页）这一朴素的定义已经形象地指明霍乱的主要特征——微小。

按照生态学的定义，生态系统可以分为无生命物质（无机环境）和有生命物质（生物群落）。前者包括地、气、水、火等元素，我们将在下章分析；后者则还可以分为三大类：植物、动物和微生物。微生物是整个生态中的分解者和转化者,是生态系统中必不可少的一种生物。① 微生物的典型代表之一便是病菌。

数千来以来,像霍乱、鼠疫这样的疫病一直对人类的生存构成威胁。它长时间都被认为是上天对人类的惩罚。皮埃尔·米格尔(Pierre Miquel)比较了从古至今的大型传染病所造成的恐慌,包括当今社会肆虐横行的艾滋病。② 他发现12世纪令人恐慌的是麻风病,鼠疫则在数个世纪之中都会周期性出现,让人们觉得这是"天谴",18世纪甚至之后都一直有鼠疫出现。人们在面对传染病时之所以会出现恐慌反应,实际上与当时社会缺乏有效的治疗手段密不可分。

早在古希腊时期,历史学家修昔底德③就在自己的著作《伯罗奔尼撒战争史》中讲述过公元430年初夏时节发生在希腊雅典的一场鼠疫。离我们相对较近的有关鼠疫的描写,则见于丹尼尔·笛福出版的以1665年伦敦大瘟疫为内容的《大疫年纪事》,因为1722年法国马赛发生瘟疫,笛福出版此书恰当其时,迎合了当时市民的关注,具有较强的文献参考价值,颇受当时市民的欢迎。1665年袭击伦敦的鼠疫在一年内共造成7万人死亡:"整个伦敦都沉浸在悲痛之中。"④

文学作品中偶有疫病的表现,但如果有疫病的表现,它往往会呈现出"决定性的时刻",因为它会"打破社会/社团的平衡"⑤。霍乱病菌称得上是文学史上最著名的微生物,这种在人类历史上臭名昭著的可怕瘟疫让吉奥诺沉醉不已。⑥ 他创作后期最著名的作品《屋顶上的轻骑兵》,便以书写霍乱的题材而获得嘉誉。他花费多年时间收集大量医学档案,这些具有医学知识的历史学家或档案学家们的文字有很丰富的文献价值,对于研究疫病发生的机制具有极强的科学价值。这些材料中有关临床症状的记录支撑起他的《屋顶上的轻骑兵》的创作,准确到位的细节描写也赋予这部小说

---

① 陈敏豪:《生态文化与文明前景》,武汉出版社,1995年,第34—35页。
② Pierre Miquel, *Mille ans de malheur. Les grandes épidémies du millénaire*, Paris, Michel Lafon.
③ 修昔底德(公元前460年至前455年间—约公元前400年),古希腊历史学家,以《伯罗奔尼撒战争史》传世,该书记述了公元前5世纪斯巴达和雅典之间的战争。全书共8卷,100多万字。书尚未完成作者就被暗杀。他在书中讲述自己曾经得过黑死病(鼠疫)的经历。
④ Daniel Defoe, *Journal de l'Année de la Peste*, Paris, Gallimard, 1982, p.50.
⑤ Ferenc Fodor,《L'imaginaire de l'épidémie》, p.1.
⑥ Jacques Ibanès,《Abécébête》, *Revue Giono* (2008), p.118.

以现实主义的基质和维度。

《屋顶上的轻骑兵》一经问世,法国文学评论界就对它不吝溢美之词,并且积极地将这部作品与加缪于1947年出版的《鼠疫》进行比较分析,因为这两位法国作家的小说都以疫病作为故事主要背景,并且在当时都获得了巨大的成功。当然加缪的小说出版更早,但他并不是第一个处理此类主题的作家,在他之前有卢克莱修①和笛福。疫病的主题并不容易处理,它甚至是"小说文学中最棘手的主题之一"②。人类迈入21世纪,瘟疫大流行的时代似乎已经过去,鼠疫和霍乱仿佛只是医学名词,但是它们还是会萦绕在人们的脑海中,因为人的想象力越来越丰富细腻,会构思出其他的死亡方法,因此在"过往危险的阴影"之下,在"现实冲突的面具"之中,每个人要面对的正是自己的危险,无论如何恐惧,都要试着去克服危险、驯服恐惧。加缪的《鼠疫》和吉奥诺的《屋顶上的轻骑兵》,看似在讲述一则疫病故事,实际上是想借此表现人类直面战争时的集体恐惧症的主题。而把两位作家的疫病主题小说进行褒贬不一的评论分析,成为当时法国文学评论界一道有趣的风景。对此,法国评论家莫里斯·雷纳尔(Maurice Reinhard)比较中肯地指出"疫病"在两位作家笔下的不同形象:这里(指《鼠疫》),是鼠疫和一群老鼠;那里(指《屋顶上的轻骑兵》),是霍乱和一大群阴森恐怖的苍蝇和乌鸦。在这两个不同的形象之上,是人物处理手法的不同:加缪作品中研究的是社会悲剧,而吉奥诺更关注个人的反应。③

在《屋顶上的轻骑兵》中,对疫病的展现伴随着对鼠疫所造成的末日景象的描写,这实际上继承自欧比涅④的代表作《悲歌集》的传统。在文学史上,

---

① 提图斯·卢克莱修·卡鲁斯(Titus Lucretius Carus,约公元前99年—约公元前55年),罗马共和国末期的诗人和哲学家,哲理长诗《物性论》(De Rerum Natura)为其一生唯一传世著作。

② Michel Gramain,《Le Hussard sur le toit:Réception du roman (1951 – 1952)》,Revue Giono (2010),p.172.

③ Michel Gramain,《Le Hussard sur le toit:Réception du roman (1951 – 1952)》,Revue Giono (2010),p.172.

④ 欧比涅(Théodore Agrippa d'Aubigné,1552—1630):通称陀比澳,法国作家。他是文艺复兴后期最早具有巴洛克风格的诗人。他出身于信奉新教的贵族家庭,自幼学会多种外国语言。他的著名诗集《悲歌集》(1616)共7卷,9274万行,描写宗教战争蹂躏下的法兰西,揭露王室和法院的腐败,抨击天主教会对新教徒的迫害,宣扬上帝对善恶必将加以赏罚,是一部全面描绘宗教战争时期法国社会的史诗性作品。《悲歌集》感情真挚,气势雄浑,堪与但丁的《神曲》相媲美。

第三章 自然意象符号

吉奥诺可以说是"第一个将疫病主题进行得如此无情表现的作家"①。双曲线式的词汇有时模仿了圣经中的词汇和热罗姆·博世（Jérôme Bosch）的滑稽视角。这一切都是为了达到圣经的声调，这其中又融合了巴洛克的宏伟画卷和悲喜剧。如同洛朗·福柯（Laurent Fourcaut）所言：吉奥诺的天地是个极其庞大的杂糅，其中各种力量在永恒的爆发中摧毁了所有障碍。力量存在于宇宙元素中，也存在于过度的发酵而激情澎湃的人之中。②

从词源学的角度来看，吉奥诺对"灾难"有着某种偏好。"灾难"意味着"神的启示"，"灾难"一词本身就是《启示录》（《圣经·新约》的末卷），并且具有"世界末日"的引申义。不过，如洛朗·福柯（Laurent Fourcaut）③ 所言，"灾难"可能是吉奥诺最为喜欢的创作源泉。神话浸润着他所有的作品，并在作品中表现为多种形式：灾难，洪水，火灾，战争，鼠疫……总之，是破坏力量和黑色力量的迸发。吉奥诺作品中"灾难"的中心思想显然是"世界末日"的思想，但是它也映射其词源上的意义，并且呼应它"启示录"的意义，这样的意义来源于大自然隐秘的深处，时常奔向这可怕的世界。

在《屋顶上的轻骑兵》这部小说中，霍乱几乎是个完整的人物，至少在作者的想象中是如此。吉奥诺曾经在他的手稿中使用大写来指定它的人物功能：我在单独一张纸上写下了"霍乱"一词，如同它是一个新人物。（《昂热洛》"后记"）比如他在工作笔记中，"霍乱"一词总是大写，且不加冠词（CHORéLA），就像在书写人名，说明作者要强调它的人格化特征。这个"人物"类似于吉奥诺早期小说中的自然灾害（火灾、泉水干涸、冰川崩塌等），它很早就在作者的脑海中萦绕，远早于作者对昂热洛这个人物的构思。在他的脑海中，霍乱是暴虐、残酷、可怕却又是令人着迷的人物。正如蒂博（Maurice Thiébaut）所说："《屋顶上的轻骑兵》是部霍乱的史诗。霍乱是这部作品中的伟大人物。"④ 吉奥诺对出生于皮埃蒙特的祖父很崇拜，

---

① Michel Gramain,《Le Hussard sur le toit：Réception du roman（1951 – 1952）》, *Revue Giono* (2010), p.172.

② Béatrice Bonhomme, *Jean Giono*, Paris, Éditions Ellipses, 1998, p.60.

③ Laurent Fourcaut, Avant-propos au 6e volume de la Série Jean Giono, *Revue des Lettres modernes*, éd. Minard, printemps 1995.

④ Maxwell A. Smith,《Giono's Cycle of the Hussard Novels》, *The French Review*, Vol. 35, N°.3, 1962, p.290.

祖父曾经在阿尔及利亚经历过传染病的爆发，这对吉奥诺产生了深刻的影响，同时妈妈对他讲述1884年发生在普罗旺斯的霍乱疫情，也让他印象颇深。所有这些长辈口中的轶事都成为吉奥诺构思的源泉。

就文本本身的表现力而言，吉奥诺这部小说最大的成功之处，就是对于霍乱病的临床症状的描写十分丰富和到位。在所有"意象"的表现之中，无论是人物的、自然的、主要的、次要的，只有对霍乱的表现最能体现小说中现实主义的作用和界限。他参考过迪克罗（Ducros）撰写的有关霍乱的医学手册，以及洛吉耶（Laugier）和奥利弗（Olive）合著的《1865年马赛霍乱的研究》（*L'étude sur le choléra de Marseille en 1865*），他还参阅过祖父在阿尔及利亚经历过一次游行病时记录的本子。他能够非常准确地描绘霍乱每个阶段的症状：呕吐、腹泻、皮肤青紫、霍乱症面容等，他甚至逐字逐句地记录某些医学观察，但是他悄悄地把疾病的不同阶段突出表现为典型症状：霍乱病人死后的神经松弛，病人会喷出牛奶大米粥状的东西，等等。吉奥诺选择以悲剧的形式来表现霍乱：这种疾病可以加剧临终的挣扎，加重对生命的蹂躏，扩大死亡的数量，甚至达到一种大屠杀的规模，比起黑死病来有过之而无不及的。

事实上，参阅详尽的医学档案，是吉奥诺创作"霍乱"这个"人物"的基石。比起医学档案的科学记录，吉奥诺的描述则具有巴洛克的视角，以夸张的手法生动体现了霍乱对生命的咆哮和对人类的攻击。对于传染病原因的推测，吉奥诺将其放置于一个对病菌知之甚少的时代背景之下，采用"对巴斯德理论的考古学漫画手法"去表现这一传染病，即传染是由一种"小苍蝇"引起的。为了准确地描绘霍乱的临床症状，他借鉴文学大师福楼拜和左拉的做法，并且参阅了大量医学书籍，但是他并不局限于这些书籍。以现实主义为基础，他笔下的"霍乱"形象具有鲜明的"吉奥诺"特征，即给人以强烈的冲击力。这些特征具体表现在：首先，吉奥诺提高了霍乱的死亡率。昂热洛经过的被霍乱感染的村庄都是尸横遍野，几乎没有幸存者。而霍乱病人的实际死亡率为25%～50%。同时作者加快了霍乱传播的速度："死亡犹如一颗子弹击中了躯体。他们（霍乱病人）的血在血管里迅速分解，正如太阳落山时，阳光在天空中迅速分解一样。"（《屋顶上的轻骑兵》，第231页）其次，吉奥诺还创造了霍乱的某些症状，如糊状的呕吐物，而事实上糊状的呕吐物是霍乱病人的排泄物，现实中，导致人的

第三章 自然意象符号

呕吐物呈糊状的疾病是非常少见的。作者的描写试图把霍乱的症状戏剧化,让被霍乱侵袭的人体呈现超越悲伤的奇特景象:

> 他四肢的肌肉和骨头继续向四方乱动,好像在造反似的,想冲出皮肤,犹如老鼠想钻出口袋。(《屋顶上的轻骑兵》,第 87 页)

> 一个年轻漂亮的女子有着发青乳房,死后一小时,尸体依然温热,踢蹬着,颤抖着,必须像裹包鳗鱼一样把她裹包起来①。(《屋顶上的轻骑兵》,第 155 页)

霍乱原本只是存在于医学文档上的枯燥说明,但吉奥诺通过挪移、转换、夸张等文学手法,把枯燥的医学说明变成了神奇的浮世绘画卷,让骑士昂热洛既充当末日场景的导演,又充当着救世主的角色。作者借助阵痛式的方式来表现霍乱景象,强化了霍乱在这部小说中的符号特质和象征功能。这种戏剧化证明了吉奥诺对"残酷"的品位。他在评论自己的这部作品时,曾这样强调自己的品位:"我的创作是残酷的,吸引我的正是残酷。……这里,我看到了对夏天的残酷描写。"

此外,吉奥诺并不只将霍乱进行夸张的拟人化,他还用那充满幻想的风格把霍乱表现为猛兽,天地间似乎没有任何东西能够阻挡它凶猛而富有破坏力的前行:

> 霍乱就像头狮子,在各个城市和树林里漫步。(《屋顶上的轻骑兵》,第 241 页)

> 他(昂热洛)想起了霍乱在偏僻的村子里突然袭击那位骑兵上尉,使他落马而死。(《屋顶上的轻骑兵》,第 343 页)

> 您(昂热洛)看见它(霍乱)在这地区蔓延。(《屋顶上的轻骑兵》,第 402 页)

吉奥诺在整部小说中不遗余力地描写霍乱,显然不是为了记录疫病的可怕,也不是炫耀自己的描写天赋,而是借助霍乱症状的表现形式,表明霍乱真正的作用就是在于"揭示"和"谴责",揭示人类的境遇,谴责人群的懦弱,凸显少数人的英雄主义。在小说第七章中,如果说嬷嬷是"古老智

---

① "[…]必须像裹包鳗鱼一样把她裹包起来"为笔者根据原文直译,此处吉奥诺原文为"[…]et qu'il fallait empaqueter comme une anguille",潘丽珍意译为"[…]裹包起来必须格外小心"。

慧的化身"(《屋顶上的轻骑兵》,第160页),那么马诺斯克的大部分居民都是深陷恐惧的"畜生"。在恐惧的效应下,社会网络被撕裂,家庭关系变得松散甚至断裂。如同《圣经》中那些被诅咒的城市,霍乱下的马诺斯克注定要被破坏殆尽,这个城市"彻底陷入惊慌,最卑鄙的行径也被视作正常"(《屋顶上的轻骑兵》,第164页),它像"垂死者那样在挣扎",在"临终时的自私自利的挣扎"(《屋顶上的轻骑兵》,第168页)。亲人之间的举动也变得像冷漠异常,急于把得病而死的家人像扔垃圾一般扔掉:"黑夜为大家的利己主义提供了方便。人们把尸体弄到街上,扔在人行道上。他们急于把尸体甩掉。有人甚至把他们扔到别人的家门口。只要能摆脱他们,怎么干都行。对大家而言,最要紧的是尽快和尽量彻底地把他们从家里赶走,然后赶快回来躲在家里。"(《屋顶上的轻骑兵》,第163页)昂热洛是蔑视这群人的懦弱和冷漠,但他也理解他们面对死亡威胁时的这种非常举动,因为他知道"瘟疫初始",有些人选择"围着病人,尽心尽力",他也知道有些人选择"躲起来",出来时却"精神饱满"。在霍乱造成的混乱之中便产生了一种高级逻辑:选择是在别处做的(《屋顶上的轻骑兵》,第164页)。霍乱的蹂躏让每个人都迫使自己做出新的选择,昂热洛也在做着自己的选择:和嬷嬷一起完成"毫无用处,但需要高度勇气的工作",整个城市也只有他们在做。他对自己有着清楚的评定:喜欢超凡脱俗,讨厌矫揉造作,但他并不只是为了这种评定而挺身而出。对他来说,霍乱也是考验良心的机会,这种考验贯穿着整部小说。嬷嬷平凡而令人钦佩的行为,让昂热洛也有了思考自己行为的缘由,思考自己在革命事业中应该具有的担当。尽管很"孤独",尽管社会在"死亡",但这反而让喜欢独孤渴望正义的人更好地去思索,去行动。

虽然这部小说中的"霍乱"不似加缪的"鼠疫"那般具有明显的哲学价值,但在对霍乱的阐释中,我们显然也看到了其哲学意义。小说中对霍乱的阐释从人体的展现出发,驱动着人们从最高尚的行为——"我给您制造了奥古斯都的宽容,以至于不再知道用胃液来做什么了"(《屋顶上的轻骑兵》,第406页)跨越到最卑鄙的行为——"我杀死了菲阿尔代和保罗-路易·库里埃。我贩卖黑人,我解放他们,我把他们做成肉糜或旗子,送给协商会议"(《屋顶上的轻骑兵》,第404页)。性格的沉淀足以通过最细微的举动来确定人性,人体小宇宙可以映照出没有医生只有航海家的大宇宙：哥伦布、麦哲伦、马可·波罗，没有人体解剖，只有人类地理："肝脏如同一个非凡的海洋。"（《屋顶上的轻骑兵》，第 403 页）毫无疑问，这里招待昂热洛和波利娜的医生实际上是吉奥诺的代言人，对作者而言，人体的海洋映照海洋的深渊，映照超验的寻觅，在这种超验的寻觅中，捕杀鲸鱼已经成为《莫比·迪克》①中的隐喻。

至此，霍乱不再是折磨肉体的生理疾病，而是煎熬心灵的精神疾病，如同吉奥诺在他另一部小说《一个郁郁寡欢的国王》中所表现的主题：忧郁、谵妄和虚无。吉奥诺借医生之口道出了这三种性格特质对人类的危害甚于霍乱："忧郁尽管不如霍乱富有戏剧性，却比霍乱造成的受害者更多……忧郁使某个社会变成一群活死人，一个地上公墓……甚至使阳光熄灭，……此外，使人产生一种所谓无用的谵妄……驱使患忧郁症的人变得过分的虚无，会使整整一个国家散发臭气，无所事事，从而走向毁灭。"（《屋顶上的轻骑兵》，第 397—398 页）霍乱患者没有快乐可言，他们的注意力只是被一具具尸体堆成的死亡所吸引："忧郁症患者最终几乎总要致力伟大的事业，即把全体民众拖入不比瘟疫或霍乱更讨人喜欢的大屠杀中。"（《屋顶上的轻骑兵》，第 398 页）

总的来说，吉奥诺笔下的灾难有种符号价值，但如果认为这种价值仅仅是单义的，那就误解了它。法国众多文学评论家在霍乱中看到了战争的再现，在《屋顶上的轻骑兵》出版的年代有这样的理解是完全正确的，而且吉奥诺当时的思想状况也认同这样的解释，这甚至解释了《屋顶上的轻骑兵》与加缪 1947 年出版《鼠疫》的巧合。其他的评论家认为吉奥诺的作品是对世界末日的重新书写，或是对《圣经》中被毁灭的索多玛与蛾摩拉城的重新书写，因为吉奥诺明显使用了宗教上的指称②，但是这些观点不能排斥其他阐释。我们注意到吉奥诺自己对霍乱进行了非常发散的符号性解释：霍乱如何能够既是"恐惧的瘟疫"（《屋顶上的轻骑兵》，第 395 页）又是"骄傲的惊跳"（《屋顶上的轻骑兵》，第 406 页）？说它是"恐惧的瘟疫"，是因为它使人退回到动物状态，甚至是丑陋得难以形容的更低的状态；说它是"骄傲的惊跳"，是因为它是对自我的一种肯定。正如让·隆巴尔

---

① 吉奥诺是这部书的法文版译者。
② 在《启示录》第六章记录了四位骑着白马、红马、黑马、灰马的骑士，传统上被解释为瘟疫、战争、饥荒和死亡。

(Jean Lombard)所认为的那样,像霍乱这样的传染病不是疾病,而是一个复杂的集合,"有其自身的规则和自身的演化,与其他传播的疾病明显不同。它试图成为独立的生物,成为整体的真实性,超越它所有的部分之和"①。霍乱甚至是一种残酷的臆造,且作用很大,它是一种大家都会为之扭打在一起的力量。在吉奥诺看来,霍乱还是一种"试剂",可以衡量所有的生灵,可以"突然组织新的生活"(《屋顶上的轻骑兵》,第155页)。因此,在小说中作者借人物之口道出了看似非常矛盾,甚至是非常让人震惊的观点:"他(昂热洛)对霍乱有了好的看法"(《屋顶上的轻骑兵》,第162页);"唯有霍乱是真的"(《屋顶上的轻骑兵》,第344页);"总而言之,霍乱万岁!"(《屋顶上的轻骑兵》,第250页)

福柯曾经说过,世上存在一种"关于鼠疫的文学",看似平常的"文学梦",深层里是想叙说"政治梦"。② 对吉奥诺而言,霍乱这种病菌象征着战争,甚至是广泛意义上的"恶",即人们在面对霍乱时所表现出的自私、恐惧和贪婪。③ 这是不可否定的客观存在,是人性在自然天地间不自觉的表现。

从更为宏观的生态空间角度来看,自然是美好和壮丽的,但认识自然的过程则是一条充满荆棘的道路。最宝贵的生命成为最低级生命的牺牲品,吉奥诺作品中的霍乱便是这种"最低级生命"的最好例证。对此,环境伦理学的创立者、法国哲学家阿尔贝特·史怀泽④认为,由于生命意志神秘的自我分裂,生命就这样相互争斗,给其他生命带来痛苦和死亡。自然教导包括人类在内的生物爱与帮助,也教导残忍和利己主义。⑤ 抛开"生态"字眼中传统的褒义性质,这一词汇实际上也指生命在黑暗与光明的更替中,在争斗与互助的交织中,共同实现生命的存在价值。

---

① Jean Lombard, *L'épidémie moderne et la culture du malheur. Petit traité de chikungunya*, Paris, L'Harmattan, 2006, pp. 26 – 27.
② [法]福柯:《不正常的人》,钱翰译,上海人民出版社,2003年,第48页。
③ Pierre Citron, *Giono*, Editions du Seuil, 1995, p. 113.
④ 阿尔贝特·史怀泽(Albert Schweitzer,1875—1965),又译为史怀哲。哲学家、神学家、医生、管风琴演奏家、社会活动家、人道主义者。具备哲学、医学、神学、音乐四种不同领域的才华,提出了"敬畏生命"的伦理学思想。1913年他来到非洲加蓬,建立了丛林诊所,从事医疗援助工作,直到去世。阿尔贝特·史怀泽于1952年获得诺贝尔和平奖。
⑤ [法]阿尔贝特·史怀泽:《敬畏生命》,陈泽环译,上海社会科学院出版社,1992年,第20页。

第三章 自然意象符号

第二节 非生物的自然元素与想象隐喻

吉奥诺的自然空间不仅遍布花草树木和飞禽走兽，而且遍布地、气、水、火等传统观念中无生命的元素。如果说花草树木和飞禽走兽是自然空间生动的外在表达，那么地、气、水、火则构成了自然空间的本原物质。吉奥诺在《天空的力量》中这样定义物质的概念："生命是一种和谐的现象，是平衡不断终止的过程，这产生对平衡的不断渴望。这是物质的表达手段。物质表达的理由，就是表达宇宙。宇宙只能是生机勃勃的。"① 这种结合了终止平衡和渴望平衡的动力，构成了吉奥诺许多小说中的叙事背景与框架。因为从这原始的运动中才能产生其他东西，因此一切都遵循"世界永动"这一规律。当然，这种对永动律的遵循包含着某种灰色调的宿命论。不管怎样，吉奥诺把一个丰富的想象世界嵌入了自然进化过程中形成的各种元素之中。

在文学研究领域，对文本中所描绘的元素进行考量并不能简单套用现代化学对元素的定义。在古代西方文明中，从"积极"和"消极"两种特性混合衍生而成四种元素：土、火、气、水，往往也与四季相连。② 古希腊哲学家恩培多克勒认为一切事物都是借"爱"与"恨"，由土、火、气、水这四种元素构成。③ 鉴于他"第一个明确地理解和划分过（这些）普遍的物理形态"④，所以他的这一观点被认为具有哲学史上的伟大意义。古希腊另一位伟大的哲学家亚里士多德也在其著作《天象论》中指出，构成物体运动本原的四种物质是"火、气、水、土（地）"，它们组成了宇宙的全部，并且亚里士多德还意识到这四种物质不是静止不动的，而是可以互相转化的。⑤

从吉奥诺早期作品开始，在所有带有"潘神"标记的文本中，首要位

---

① Le Poids du ciel, in Récits et essais, p.454.
② ［德］汉斯·比德曼：《世界文化象征辞典》，刘玉红等译，漓江出版社，1999年，第412页。
③ ［德］黑格尔：《自然哲学》，商务印书馆，1986年，第627页。
④ ［德］黑格尔：《自然哲学》，商务印书馆，1986年，第143页。
⑤ 亚里士多德：《天象论·宇宙论》，吴寿彭译，商务印书馆，1999年，第28—29页。

置都用来表现这位自然之神所带来的恐惧:"无限的独居,可怕的残酷和无尽的天际"(Ⅱ,p.464),山冈"广阔的生活,非常缓慢,但让人受不了"(Ⅰ,p.149),等等。这些构成了几乎纯自然元素的世界,几乎没有人类的存在。当水、地、气、火等这些宇宙元素混合在一起时,便向人们发动了一场无情的战争,比如《山冈》中的农民,他们被神秘的现象所震惊,不禁像若姆一样自问道:

这大地,要是它是一个生物,是一个躯体呢?

要是它也有力量,也有恶念呢?……它冲垮了他的全部理智。它使他感到痛苦。它使他产生幻觉。(《潘神三部曲》,第51—52页)

若姆的这一问题道出了吉奥诺希望表达的主旨:不光动物、植物有生命,平素看似无生命而受人忽视的物质元素,其实也有生命。这些元素不断参与着自然的演化,时时刻刻都在不停地变换:天空"宛似一片沼泽地,一摊摊污泥之间闪亮着清澈的水"(《潘神三部曲》,第41页),火则像"狂涛怒浪般腾跃"(《潘神三部曲》,第118),气流"像河水般在空荡荡的房屋里呼啸"(《潘神三部曲》,第78页),大地在"喷溅着生命"(《潘神三部曲》,第120页),山冈"像牛轭一样起伏的山梁"(《潘神三部曲》,第120页)。以地、气、水、火为代表的基本元素在这"完整生命的巨大卤水"①中混合着,毫无保留地欢迎作者的入侵和读者的想象。古希腊思想曾把四大元素作为"万物的基础",似乎过去已然存在着一种历史的潜意识。法国当代哲学家加斯东·巴什拉开创性地把题材的元素意象引入批评的手法,使这些朴素的元素在文学意象的基础上焕然一新。②吉奥诺笔下的这些自然元素不是"现实的重复",而是"原型的升华",它们既可以上溯到语言和形象思维的起源,同时又表达凝聚于事物内部的情感世界。

在吉奥诺的眼里,大自然是个具有元素内核的强烈实体:急风骤雨的暴力,河流的力量,火焰的破坏力和净化力,大地令人恐惧的神秘,这些都是大自然创造性活动的表现。吉奥诺笔下的自然景物呈现出末日景象,他刻画的人物都要直面自然和超自然元素,这些元素或是从人的外部攻击人

---

① *Le Serpent d'étoiles*, Grasset, 1962, p. 20.

② [法]让-伊夫·塔迪埃:《20世纪的文学批评》,史忠义译,河南大学出版社,2009年,第89页。

第三章 自然意象符号

类，或是从人的内心攻击人类。这样，无论是人与自然的斗争，还是人与自然的和谐，都能得到淋漓尽致的表现。《圣经》极大地影响了这种表现，因为它是吉奥诺诗意世界的创作源泉。他在《燕之城》（*La ville des hirondelles*）中说他和他父亲在一起时多次读过《圣经》中的《福音书》。所以，《山冈》就假借一位垂迈的巫师的话语，揭露事物平静的外表下涌动着的末日景象。在《大畜群》中，大自然也与夺去人生命的灾难紧密相连。从开始到结束，吉奥诺一直把他的叙事冠以死亡和灾难的标志，从一些章节的标题可见一斑：《它们要吃你们的公羊、母羊和绵羊》《毫不怜悯》《第五位天使吹小号》。这些标题都相当程度地言说了作者的预言意图，表达了对斗争行为的赞美，以及使之化身为灾祸的意愿，这才是上天诅咒的真正标志。在炮弹横飞的现代末日景象中，战争成为灾难，成为铁与火引发的完全破坏的灾难。

我们试图通过元素的主题分析来阐释这一破坏运动，分析水、火、地、气这四大主要元素。这也是巴什拉创新性的研究思想，把自然科学领域内的元素引入文学批评。① 巧合的是，吉奥诺的作品中恰恰遍布着这些元素的踪迹。这些元素构建起的各种自然灾难，首先涉及的是人类与自然世界之间艰难共存的现实问题。自然常常会让人身处险境，具有恐怖的一面，这个维度会凸显大自然中的各种力量，以及这些力量向超自然力量转换的过程。

"与天斗，其乐无穷。与地斗，其乐无穷。"与大自然的斗争一直是一场与自然元素的斗争，这是生命的冲动使然，也是这场与自然元素的斗争为何如此庞大和戏剧化的原因所在。人类必须直面自然界的种种元素：《山冈》里的火，《天堂的碎片》里的水，《大山里的战斗》里的泥浆，《大畜群》中吞噬肉体的大地，《人世之歌》和《风暴两骑士》里的暴风雨，《屋顶上的轻骑兵》里的烈日，《一个郁郁寡欢的国王》里的大雪……似乎只有埃纳蒙德生活的高原没有受到战争的纷扰，高原上天气糟糕却"非常迷人"（VI，p.254）。所有的自然元素都在小说中积极活动，作用非凡。即便它们不以拟人化的形象出现，它们也会与人物如影随形，或明或暗地启发

---

① [法]让-伊夫·塔迪埃：《20世纪的文学批评》，史忠义译，河南大学出版社，2009年，第87页。

他们的行为。在吉奥诺的小说中，人物与人物所处的环境之间总有一种略显隐秘的关联与呼应。一道闪电，一缕阳光，一抹清风，一声犬吠……这些自然环境都会对其生存非常依赖大地的人产生影响，会触发他们内心最细微的活动。自然元素虽然没有生命，但是它们"都有爱情"。"空气带来欢乐，大地和太阳降福"，人与这些无生命的自然元素照样"其乐融融"。（《人世之歌》，第 155 页）这也恰好是勒·克莱齐奥对吉奥诺作品中自然元素的评价："察看每块石头，察看每片山冈，察看每条河流，都是为了从中获得生命的奥秘！"①

一、地

吉奥诺在《真正的财富》中说过这样一句话："我们的元素，就是大地。"（Les Vraies Richesses, p. 148）这句话似乎一直统领着吉奥诺文本的发展，直到 1939 年他发表当时颇具争议的号召农民革命的文本。他觉得这片土地上刻满了对战争（个体战争和集体战争）和死亡的伤痛经历，也充满了对幸福和快乐的无限渴望。我们生命的律动，鲜血的流淌，愿景的开启，都在暗示人类可以融入自然秩序。对于人类而言，生活在其上的土地就是人类生活的根本要素。②

早在 18 世纪，法国浪漫主义历史学家儒勒·米什莱③对大地就有过这样的叙述："大地的生命，就是扩张，从深邃的中心出发，穿过结实的部分，加工、改造那些受高温而激变液化、气化的元素，使之充电之后，携上地表，以便获取生命，完全动物化了。"④ 根据当代生态学者的说法，土地代表着世界的一个元素，它在很大程度上被视为决定我们行星特征的

---

① Jean-Marie Gustave Le Clézio, Les écrivains meurent aussi …, Le Figaro littéraire, 19—25 octobre 1970.
② [荷]托恩勒·迈尔:《以敞开的感官享受世界:大自然、景观、地球》,施辉业译,广西师范大学出版社,2009 年,第 20 页。
③ 儒勒·米什莱(Jules Michelet, 1798—1874),法国"最早的伟大的民族主义和浪漫主义的历史学家"。曾任巴黎高等师范学院哲学和历史讲师,法国国家档案馆历史部主任,法兰西学院历史和伦理讲座教授,著有《法国史》(19 卷)、《法国大革命史》(7 卷)等数十种经典历史研究著作,被誉为"法国史学之父"。除了史学研究著作之外,他还善于撰写散文。他的散文歌颂大自然与人类,充满馥郁的人文气息,笔意隽永,又兼具历史思辨的磅礴气势。
④ [法]儒勒·米什莱:《山》,李玉民译,上海人民出版社,2011 年,第 68 页。

因素。①

　　元素作为客体意象在文学作品，尤其是象征主义的诗作中并不罕见，其基础都是基于某（几）种自然元素的想象：地、水、火、气。这些元素在相当程度上确定了带有象征主义的作者风格特色，并以某种方式丰富着这种象征主义，让意象具有色彩，拥有分量。因此我们可以说波德莱尔是个"物质"诗人，雪莱和拉马丁是"空气"诗人。对吉奥诺而言，显然他是个"大地作家"，并且比起对"乡土作家"标签的拒绝，他比较乐于接受"大地作家"这一称谓。

　　大地作为哺育者的"母亲"形象，往往是作品中人物品性培养的最关键因素。如果说人物的高尚品格是吸引我们的一个因素，那么养育这些人物的大地也不应被忽略。《一个鲍米涅人》便是这样的明显例子。故事的叙述者阿梅德说：

> 虽然我不是本地人，但归根结底是大地养育了我，是大地培养了我的思维方式，我为此自豪。为什么呢？只要你来干干我这一行，天天与土地打交道，干得腰酸背疼，你就会明白了。（《潘神三部曲》，第172页）

　　这对于作者是个很好的发现。大地及其景致对于生活在大地上的居民具有养育作用，这正是吉奥诺创作中一直秉持的主题。这段独白也可以视作吉奥诺本人对自己脚下乡土的敬仰之意和感恩之情。作者之所以被称为"大地抒情的伟大专家"② 也是其来有自。从某种意义来说，"大地"这个意象其实也是吉奥诺整个自然空间的代名词。

　　吉奥诺另一部重要著作《再生草》的主题结合了大地与人：他们的和解，他们相互之间的信任，他们和睦的荣耀。这部小说通过展现春天欢快的力量，突出了人与自然元素之间的默契。《再生草》是《潘神三部曲》的最后一部小说："潘神既神秘又善良，它的形象并不完整。神……在耕种着它的大地……因此，再生草想成为一本书，讲述这个春天，讲述这个让鲜花和野兽回归的力量，讲述这个在世界上建立一种注定要经受潘神的恐怖

---

① ［荷］托恩勒·迈尔：《以敞开的感官享受世界：大自然、景观、地球》，施辉业译，广西师范大学出版社，2009年，第20页。

② Michel Gramain,《Le Hussard sur le toit : Réception du roman (1951–1952)》, *Revue Giono* (2010), p.173.

与残酷的新生活的力量。如此这般，一切又重新开始。"①

当吉奥诺从事地狱构想时，他也为他所处的 20 世纪创新着"大地母亲"的意象：它是生命和死亡之神，是痛苦和快乐之神。从这两组反义词的矛盾结合中，吉奥诺想进行了多方面的阐释，其中他在《再生草》的准备材料中的阐释颇具意味："庞图尔在寻找玛迈什尸体的过程中找到了春天（水仙的芬芳）。"（Ⅰ，p.993）从这一点来看，我们发现吉奥诺早期的潘神作品与后期的"轻骑兵系列"并没有完全断裂。比如在《屋顶上的轻骑兵》中，霍乱患者的尸体所激发出的茉莉花的清香吸引了成千上万五彩缤纷的蝴蝶，它们叮在尸体上如同叮在鲜花上一样，蝴蝶象征的生命与尸体展现的死亡形成鲜明的对比，"生"与"死"同时定格在同一幅画面上。

吉奥诺有农民生活的"现实"，自给自足的、封闭的和非机械化的经济，更多是建立在农民的体力和肥沃的土地之上。尽管当时的农民远没有生态意识，但他们的生产选择不由自主地表达出朴素的生态和谐观。我们可以在《天空的重量》中找到相关描述，这也正是吉奥诺对大地现实性的认识：

> 土地的性质本身就要求土地小所有权的形式。有葡萄地，但是小块的；边上的小块地，是种植蔬菜，或是堆放饲料，或是种植水果。农庄就建在这些土地之中，这些土地供养着这个农庄，相互紧挨着一直沿到它的墙根。这适合人，适合他的家庭，因此是完全自然的且毫无例外……因此，在痛苦的年代里，一个人通过他的劳动，首先争取的是他自己生存的权利……但更重要的在其他地方：他可以让自己控制规律的自然性或人为性……他与围绕技术问题不停爆发的政治斗争完全脱离。对他而言，和平……就是自然性。（*Récits*, pp. 488 – 493）

吉奥诺虽然并不把其所认识到的大地的现实性直接反映到小说中，但"大地"作为文学元素存在于他的每部小说中。小说中的"大地"具有宽泛的含义，不是单指柔软的泥土，它还包括所有"坚硬的""具体的""沉重的"物质。如果不让"大地"物质化，如果不赋予"大地"具体的形式和重要性，那作者就无法表现"大地"这一元素。"山"便是"土地"的一

---

① *Les Nouvelles littéraires*, 20 décembre 1930, p.9.

第三章 自然意象符号

种独特表现形式,是大地的凸起,使人类更接近天空。一方面,"山"是压缩的土地,紧密而沉重;另一方面它有点脱离土地,高耸入云,好像更接近神和非尘世的世界。①对"山"的描绘和表现也正是吉奥诺作品的一大特色,他认为一座山不仅是以其高和大而存在着,它也有重量,有气味,有动作,有魅力,有语言,有感情。②

　　纵观法国文学史,直至19世纪末,鲜有作家以描写自然山川著名。卢梭则把山川的描写放进了《新爱洛伊丝》。在这部小说之前,"还没有哪部作品把大自然的美丽风光写进小说"③。所以除了哲学领域的贡献以外,卢梭对法国文学的贡献便是"把对山川、湖泊和幽谷等大自然景物的描写纳入了文学作品"。从他的文学创作中,自然环境开始被纳入叙事,但是他的名篇《新爱洛伊丝》对大山的描写充满了文学式的回忆,而非感官的直接体验:"有时候是高高悬挂在我头上的重重叠叠的岩石。有时候是在我周围喷吐漫天迷雾的咆哮的大瀑布。有时候是一条奔腾不息的激流,它在我们身边冲进一个深渊,水深莫测,我连看也不敢看。我有几次在浓密的树林深处走迷了路。有时候在走出一个深谷时,看到一片美丽的草原,顿时感到心旷神怡。"④事实上,卢梭其实并不熟知山川,书中的阿尔卑斯山区景色只是被他用来作为底色,一幅展示他情感的背景画卷。在小说《新爱洛伊丝》中,卢梭没有分析风景;他几乎没有看见风景,他在感觉风景。⑤诚如卢梭的崇拜者兼挚友休谟所言:"他的一生只是有所感觉。"⑥他确实对"关于大自然的新感觉的兴起和普及做出了贡献"⑦。这个"阿尔卑斯山的

---

①　[荷]托恩勒·迈尔:《以敞开的感官享受世界:大自然、景观、地球》,施辉业译,广西师范大学出版社,2009年,第21页。
②　让·吉奥诺:《人世之歌》,罗国林、吉庆莲译,外语教学与研究出版社,1982年,第1页。
③　孙笑语:《卢梭小传》,见卢梭:《社会契约论》,孙笑语译,江西人民出版社,2010年,第199页。
④　Paul Claval,《Le thème régional dans la littérature française》,Espace géographique,Tome 16 n° 1,1987,pp. 60 – 73.
⑤　T. Phythian Margaret :《Les Alpes Françaises dans les romanciers contemporains》,Revue de géographie alpine,1938,Tome26 N°2,p. 233.
⑥　[英]罗素:《西方哲学史〈下卷〉》,马元德译,商务印书馆,1982年,第236页。
⑦　[荷]托恩勒·迈尔:《以敞开的感官享受世界:大自然、景观、地球》,施辉业译,广西师范大学出版社,2009年,第76页。

哲学家"①自己在心醉神迷,他看到了自然环境下本性纯朴的农民,但是他并没有看透背景,也没有看透农民。因此,法国有文学评论家认为卢梭作品中描写自然的最精彩的篇章甚至还比不上吉奥诺的某些篇章。②当卢梭登上阿尔卑斯山的高峰时,看到了"平原的景致和阿尔卑斯山的景致配合得十分神奇",让他"心中恢复了宁静",赞赏"这些毫无知觉的事物对……激动的情欲产生的镇定作用",进而主观地认为哲学一无是处,对"心灵的影响"甚至"还不如这些没有生命的东西"。③由此我们可以看到,卢梭攀登阿尔卑斯山,远不是简单地欣赏自然美景,赞叹自然的雄壮,而更多把自然景色作为回想自己在交际社会种种不平等待遇、表达愤懑之情的依托。他"生动地描绘大自然的景色,表明只有在优美的田园风光和大自然的水光山色之中,他备受痛苦的心灵才能够得到净化和升华"④。

然而在卢梭之后,几乎鲜有作家愿意描写阿尔卑斯山。乔治·桑很会描写风景优美的贝里省,但对阿尔卑斯几乎一无所知。《坎蒂妮小姐》是她唯一一部描写阿尔卑斯山区尚贝里山谷的小说,但只有寥寥两小段。夏多布里昂描写天分举世无双,他对阿尔卑斯的描写却着墨不多。在维克多·雨果的《阿尔卑斯和比利牛斯》中,阿尔卑斯的景色只是枯燥地、零星地见于大段大段的历史叙事之中。司汤达倒是阿尔卑斯人,但他忙于描写心理分析,不屑于描写他熟悉的壮美河山。至于巴尔扎克,他也就是在《乡村医生》中略有对阿尔卑斯的描写,除此以外,他的其他作品鲜有相关描述。⑤

作为和卢梭同样亲近自然的作家,吉奥诺对自己的故乡普罗旺斯有着非常透彻的了解。这位"静止不动的旅行者"要发现的不仅是他的故乡——普罗旺斯,还有整个阿尔卑斯山区。文学评论界一直有人指责吉奥诺的态度,认为他"倒退至大地,倒退至风景,倒退至普罗旺斯和阿尔卑斯的人

---

① [荷]托恩勒·迈尔:《以敞开的感官享受世界:大自然、景观、地球》,施辉业译,广西师范大学出版社,2009年,第76页。
② T. Phythian Margaret,《Les Alpes Françaises dans les romanciers contemporains》, Revue de géographie alpine, 1938, Tome26 N°2, p.233.
③ [法]让-雅克·卢梭:《新爱洛伊丝》,李平沤,何三雅译。南京:译林出版社1993年,第43页。
④ 吴岳添:《法国文学简史》,上海外语教育出版社,2005年,第78页。
⑤ T. Phythian Margaret,《Les Alpes Françaises dans les romanciers contemporains》, Revue de géographie alpine, 1938, Tome26 N°2, p.233.

第三章 自然意象符号

们",认为他是"乡土作家"。但这显然是误读了吉奥诺的作品和他的创作思想。其实他既不是普罗旺斯的行吟诗人,也不是普罗旺斯的乡土作家。我们对他的研究应该超越文学史的墨守成规和地域风格的简单化趋向,从而研读出其作品的复杂性和真实性。对此,勒·克莱齐奥认为吉奥诺的作品具有"大地母体"的高度:

> 吉奥诺远不是一位乡土作家,他的宇宙观碰巧诞生于普罗旺斯,因为这片土地离他最近,这片土地的面貌与他自己的面容最相似。我们无法想象吉奥诺生活在弗朗德勒,也无法想象福克纳生活在新墨西哥州。不过,他们的真实性显然有另一种深度;这种深度汲取自大地母体自身。①

在吉奥诺的故乡马诺斯克,一条山脉横亘在天际,那是巍峨的鹿儿山。这座高山象征着上普罗旺斯的阿尔卑斯山区的地理风景。吉奥诺作品中的自然力量博大宽宏却又难以驾驭。鹿儿山在吉奥诺的童年记忆中刻上了富有魅力但又令人生畏的印记。这对他而言是个"令人恐惧的自然",让人心生惧意,令他不禁联想到代表原始自然力量的潘神。这座巍峨的大山也是贯穿《潘神三部曲》的元素,虽不明显,却处处存在,始终作为故事的背景默默存在。在实际生活中,每当吉奥诺从马诺斯克眺望远方山脉时,它提供给吉奥诺的是"持久的脱困之计"②。在文学作品中,远方山脉里发生的神秘而宏大的情节,映射的是人性的苦涩与激情的冲动。

在《山冈》开篇中,白庄"坐落在田园和广阔的荒野之间;田园上收割机喧嚣不歇地轰鸣,荒野则遍地薰衣草,那是鹿儿山的阴影笼罩下风的故乡"(《潘神三部曲》,第23页)。白庄所处的山冈,其实是鹿儿山的一部分,后者才是雄伟的高山。它在作品中具有象征作用,叙述者是这样描绘这座高山的:"鹿儿山苍翠寂静,漠然挺立着它庞大的身躯,挡住了西去的道路。"(《潘神三部曲》,第25页)这座鹿儿山,"寂静"是它最突出的特点,它透过它的外观展现出冷色调——"苍翠",这一色调进一步强化了它"寂静"的特点。正如叙述者所描绘的那样,这座高山具有"漠然"的"庞大身躯",这一独特的自然形象渲染了整个叙述场景的寥落寂静。相反,叙述者眼中的城市则是一派热闹喧嚣的景象:火车的长鸣、当当的钟

---

① Julie Sabiani : *Giono et la terre*, Paris, éditions Sang de la terre, 1988, pp. 23 – 24.
② Sylvie Giono, *Jean Giono à Manosque*, Paris, éditions Belin, 2012, p. 39.

声……但似乎都与包括"叙述者"在内的乡村人格格不入,他们甚至固执地认为"从城里来的没什么好事"(《潘神三部曲》,第 28 页),他们不喜欢从城里刮来的"南风",而更喜欢"从荒凉的鹿儿山刮来的风"。

在《屋顶上的轻骑兵》中,高山作为背景在远处若隐若现,存在感不如在前期的几部小说中那么强,但作者依然借一位路人的叙述表达了高山对于人的重要性:"据说,过了某一高度,传播霍乱的苍蝇就飞不上去了。只要可能,人们便躲到高山上去。"身处霍乱恐慌中的人们,没有其他事比躲避瘟疫来得更重要,人们必须"尽一切努力避免死亡"。(《屋顶上的轻骑兵》,第 360 页)无论是早期的《潘神三部曲》,还是后期的《屋顶上的轻骑兵》,高山一直都是吉奥诺的喜爱之地,它是大地元素的特殊体现和高贵表达。吉奥诺的内心空间充满了"真正的高地神秘主义"[1],因为他认为"高地可以达到平原不曾有过的纯洁秩序"[2]。他在 1928 年写给法国作家让·格和诺(Jean Guéhenno)的信中这样写道:"之所以我只去大山,那时因为归根到底,我所喜爱的是我大地上的初始的寂静,在高山上,我找到了这份寂静。"[3] 相较于高地,普罗旺斯的平原地区,即下普罗旺斯地区,"充斥着平庸、邪恶和各式卑劣。更糟糕的是海滨地区:大海在港口处拍打着人性的渣滓,而大山检验着纯粹的心灵"[4]。

二、气

"气"是传统四大元素之一,通常情况下,它无形、无色、无味,它赋予生命以最基本的呼吸。缺少气的传递和循环,一切生命活动都无从谈起。"气"和"火"一样,它是主动和雄性的元素,而"地"和"水"则往往视为被动和母性的元素。"气"这一元素无法看见,难以捉摸,它象征着灵性和活力。它盘踞在天与地之间的空间中,维系着这两个世界的联系。[5]

维系生命的重要元素,"气"的流动一刻也不能停息。所以"气"的第一要义就是生命,它是生命存在的基石,是生命的吐故纳新。在《人世之

---

[1] Sylvie Giono, *Jean Giono à Manosque*, Paris, éditions Belin, 2012, p.39.
[2] *Ibid*.
[3] Sylvie Giono, *Jean Giono à Manosque*, Paris, éditions Belin, 2012, p.7.
[4] Sylvie Giono, *Jean Giono à Manosque*, Paris, éditions Belin, 2012, p.39.
[5] Miguel Mennig, *Dictionnaire des symboles*, Eyrolles, 2005, p.15.

第三章 自然意象符号

歌》中,乡村医生杜桑在自己的诊所中为一位孱弱的老者检查,这位老者看上去骨瘦如柴,气息奄奄,但杜桑在听诊时却震惊于他强烈的呼吸声:

> 不可思议的是这种巨人般的呼吸。这个可怜的躯体,只剩下一个风箱般的空壳,几乎没剩下什么肌肉,没有必要供给它多少养料。这大口大口吸进的空气,又有什么用处呢?是什么东西在支配着这种呼吸?空气被吸进去又被吐出来,有如淋漓中的漩涡一样急速。什么东西需要如此大量的维持人体生命的空气?(《人世之歌》,第199页)

这位垂垂老者临死前竟能迸发出如此强烈的气息。虽然他已经无法说话,但体内气息的流动明明白白地告诉杜桑,他渴望生命。没过多久,杜桑的手"猛然一震动",老者体内的气息戛然而止,"什么也感觉不到了"。既然"气"的第一要义是生命,所以这一要义的背面也暗含了死亡。随着"气"在体内的消逝,杜桑触摸到的是"潜伏在老者体内的死亡"。(《人世之歌》,第199页)

除了盘踞在包括人在内的生物体内之外,"气"也盘踞在天与地之间的中间空间中,它在吉奥诺的自然空间中担当着中介者的作用。它把自然的味道与徜徉其间的人的感官建立联系,把无法触及的自然芬芳沁入人的心脾,让人充分感受不可见的自然之美。对此,《一个鲍米涅人》就是一个很好的例证,当主人公徜徉在田园美景中时,大自然所散发出来的气息便阐释了这种外在性形式:"空气似浓汤——带着树木气味的浓汤——一样甘美,被夜露打湿的树叶和茂盛的青草,散发出阵阵芳香。"(《潘神三部曲》,第251页)对于艾米勒·夏蒂埃①而言,在发现世界的背景下,感知大自然的过程中产生的好奇心,可以从外在性而非内在性的角度塑造生活的艺术。

当吉奥诺作品中的人物漫步在自然空间时,景色映入眼帘,而气味则渗入心脾,气味充分展示了大自然无处不在的主宰之力,它的和谐将它对世间万物的恩惠展示得淋漓尽致。这悄悄流淌的气息隐含着寂静和美丽,让这乡野之间的散步变成了何等的诱人!于是人与大自然的联系就建立了起来,这种回归自我的形式暗含了人与自然场景之间的关系——自然场景被类

---

① 艾米勒·夏蒂埃(Emile Chartier, 1868—1951),别名阿兰(Alain)。法国哲学家、社会学家。代表作有《幸福论》《教育论》等。

比为生灵栖息于其间的避难所。

"气"在吉奥诺的作品中除了富含生命的自然气味以外，还会时时散发出"死亡的味道"，这尤其体现在他表现生死主题的《屋顶上的轻骑兵》中。在这部小说中，"气"在描写死亡中扮演着独特的作用。由于感染的缘故，"气"为瘟疫流行推波助澜。吉奥诺的想象力赋予"气"以外形，以颜色，以气味，以味觉，这些都是作家希望在其作品中传递出来的价值。① 读者从而能感同身受地接触到"气"所营造的氛围，体会自然对生命造就的一份沉重。

"气"代表着死亡，死亡也像"气"一样无处不在。"气"这一元素的特征强化了死亡的主题。在《屋顶上的轻骑兵》中，当昂热洛骑着马行进在午后的法国南部山区时，一股炽热的死亡气息扑面而来：

> 粉末状的阳光摩擦着小树，小树渐渐消失在污浊的空气中，那空气粗粗的纬纱颤动着，将黏稠的金色斑点，同暗淡的赭石色和大片的白垩色混在一起，平时的东西已经无法辨认了。被雀鹰抛弃的窝窠发出腐臭味儿，沿着高耸不平的巨岩往下流淌。山坡将远处山丘中的一切腐败的臭味注入这个山谷。……被稠密的空气扶着站住的树木，倒在被烈日烧烤的橡树枝丛中的鸟，在暑气熏蒸下，从野生花楸树树干的缝隙中散发出来的刺鼻的浆液味儿。(《屋顶上的轻骑兵》，第12页)

此处整个段落都处在疾病与腐化的征兆之中：矮橡树，污浊的空气，发出腐臭味的窝窠。一切似乎都在腐烂。太阳照耀着呈现死亡气息的大自然：死苍蝇，死刺猬，野猪尸骨。吉奥诺在这里变换笔触来描写自然气味："苦涩""腐臭""刺鼻""浆液味"，突出气味来让读者感觉此时大自然的味道，呈现的场景也逐渐向幻景过渡。这处上普罗旺斯地区的山谷宛如人间地狱，大自然以往的"形"似乎消失得无影无踪，投入眼帘的只是些残败的影子。空气变得稀薄，色彩也失去了光泽。

在后来的几章中，死亡的气息总是与主人公的穿越活动伴随在一起，始终萦绕在他周围，久久挥之不去。吉奥诺主要通过主人公沿途闻到的气味来表现霍乱："臭鸡蛋的味道""轻微的肉焦味""硫黄的味道"等。这些

---

① 杨柳：《由吉奥诺笔下的"气"说起——兼谈中西美学审美观照》，《湖北师范学院学报（哲学社会科学版）》2010年第5期，第34页。

第三章 自然意象符号

气味构成了这些篇章的背景,虽不可见,却实实在在地存在,地狱的气息也随之真实地扑面而来。

在吉奥诺的文本创作中,每种元素似乎都有特殊的价值。如果说"大地"是哺育天地的万物之母,那么作为"气"的一种特殊形式——"风"的情况则更加复杂。一般情况下,"风"的举动通常是有益的:"风"把阿苏尔引向庞图尔。并且多亏有"风",阿尔班在他钦慕的姑娘安日尔的窗下吹奏的口琴声传入人们耳中,它使人销魂,让人闻到清香。(《潘神三部曲》,第231页)这位鲍米涅人的口琴声借助着夜风向人"劈面而来"(《潘神三部曲》,第229页),具有某种奇特的力量,它会停落在"心灵的一角",来医治心灵的"创伤":"这是用来医治大地上的男人、女人和姑娘们的创伤。用来医治所有属于大地的人……"(《潘神三部曲》,第225—226页)

在对自然空间的描绘中,我们可以看到吉奥诺非凡的笔下功力,如《再生草》中对"风"的描写,作者笔下的"风"仿佛具有意识,具有某种自然意识:

一起身上路,就得与风搏斗。风迎面刮来,以温暖的巨手堵住他们的嘴巴,似乎不准他们呼吸。(《潘神三部曲》,第316页)

11月的风,羊群般急驰着,刮得橡树叶子纷纷飘落。这风冷飕飕的,冷得彻骨,一下子使所有的山泉都冻结住没有声音了。各处的树木子里但闻风声大作。(《潘神三部曲》,第278页)

吉奥诺借助风强劲和粗暴的自然特性来具体表现自然的暴力。在《人世之歌》中,风伴随着夜晚的降临。风不仅仅是个陪伴者,它具有的不可见的和非正式的性质,使它非常适合充当宇宙能量载体的角色。风可以在黑暗的尽头去搜寻黑夜,并将黑夜笼罩在茫茫大地上。此外,我们注意到这里的黑夜除了时间上的突然性之外,只是逐渐笼罩在大地上,"首先直到河边,然后……至淤泥上"。夜色伴随着狂风的各种变化,持续不断,风则与物质发生着碰撞、摩擦,"把它的肚子在泥浆里拖曳着"。

我们需要在尊重文本意义的基础上理解大风与黑夜的关系。意义存在于现实,因为场景中的所有动作都源于风的力量,黑夜则缺乏力量,处在吉奥诺想象世界之外。不过吉奥诺在创作中使用模糊性的表现手法:借助性质的转移——"风"和"夜"的性质转移——来表明联合宇宙各种元素的不可分割的关系。这些元素既包括天空、自然，也包括人类。

在自然界的生态圈中，"风"是游走于天与地的使者。因为"风"的关系，我们就可以从天空来到大地。我们在这里并不是要列举自然力量赋予世间各种元素的方式，我们只是跟踪力量的演变，从而阐明吉奥诺自然活跃表现的运转机制。"风"也是游走于人与自然的精灵。它把世界的信息吹在人的脸庞和身体上，让人感知着自然世界的一切。在《埃纳蒙德》中，主人公埃纳蒙德颇像漂泊者，"能够感受最细微的风声""能够（向风）说出从奥玛格到诺瓦耶是一辆车，两辆车，还是大巴车……她甚至能说出汽车的牌子，因此也能说出车主的名字"。她把感觉、知识和智慧融合在一起。她的能力源自她在高地生活的长期历练，源自她身边性格与她相仿的人们，她分析并学习他们身上最精妙的为人处世之道。这些人物于是就可以体会到这种感觉给他们带来的快乐，遥远的距离并不妨碍发挥这一感觉。这样，埃纳蒙德很享受她那位于海角上的木屋别墅，享受整个高地的气味和声音，这是风对她的善意。正是风吹过了"数千亩盛开的薰衣草，吹过了牧草，吹过了苜蓿草，吹过了粪水沟，吹过了没有下水道的村庄，吹过了工地上的茅房，吹过了柴油汽化器"，才使她始终能认清方向。这也是她感觉的力量。

三、水

"水"是文学创作的经典意象，从古至今喜爱这一文学意象的中外作家不计其数，吉奥诺也毫不例外。作家们如此喜爱"水"的原因可能与各民族对于宇宙的形成的观念有关，特别是与创世神话和哲学世界观有关，同时也与"水"与生命密不可分有关。一些古代先贤的哲学世界观也有认为世界是发源于"水"，例如古希腊的哲学家泰勒斯（Thales）就认为"水生万物"。至于如此重视"水"的现实原因是"水"形态柔美，滋味甘甜，滋润万物，与人类和万物的生活息息相关，有着决定人和万物命运的重要价值。①

---

① 参见《试论中学经典诗文中"水"意象的多元意义》，http://chinese.cersp.com/sJxzy/cYywz/200909/7388.html（2012.7.5）

第三章 自然意象符号

虽然吉奥诺生活在普罗旺斯山区，大海算不上他喜好的意象，但"水"的意象依然在他的每部作品中有迹可循。法国学者克洛德·布伊格（Claude Bouygues）曾经对吉奥诺的代表作《山冈》中主要元素的出现频率做过统计调查，其结果表明水在作品的地位举足轻重，它的出现频率比地、气、火等其他元素的出现频率要高。①

"水"这一元素在数字统计上具有决定性的优势，这使我们觉得有必要从功能层面对小说进行重新解读，以直达小说的结构和意义。首先，我们觉得吉奥诺的代表作之一《山冈》可以被解读成一部有关"水"的传奇——这个"传奇"并不是神话意义上的，而是基于对符号"水"的文本解释的。其次，这部小说也可以被解读成对"水"元素想象物的经验场。②虽然《山冈》讲述的是山冈愤怒或大地愤怒的故事，但这个故事的铺陈主要是围绕"水"这一符号来展开的，它的神秘与演变是将所有元素（包括村民在内的"人"）结合在一起的主因。

在《山冈》这部小说中，对"水"进行分析的意图，首先可以将其分析为序列层面的功能，或者仅仅是矢量层面的功能（和其他功能相比，具有前后联结性的关系），接着也可将其分析为真正的因果功能。从作品的这两个层面出发，"水"可以被理解为一种叙事元素，即行为方式的催化剂。尽管这部小说的发展还受到人物性格、内心活动及他们所处环境的影响，但是这些因素还是直接或间接地受到"水"的影响。

我们知道《山冈》开启了吉奥诺的《潘神三部曲》，在这三部小说中我们习惯性地听到地狱之声。不过，小说的开篇却向我们展现如此情景：

> 橄榄树下，驴食草花似一摊摊殷红的鲜血；桦树皮溢出芳香的液汁，引来群群蜜蜂绕着树干翩翩起舞。
>
> 一眼山泉流出两股泉水，叮咚歌唱，从山崖上跌落下来，被风刮得四处飞溅，淙淙流过草地，然后汇合起来，潆源于灯芯草的河床上。
>
> （《潘神三部曲》，第23页）

---

① 根据克洛德·布伊格的统计，水、地、火、气这四种元素在《山冈》中的出现频率分别是：39.8%，22.1%，15.9%，22.2%。需要指出的是，她的元素分析不光是统计"泉水""河流""小溪"等具体词汇，也包含对"潮湿""流动"等巴什拉概念中表达意象或想象的词汇的统计。

② Claude Bouygues,《Colline：Structure et Signification》, *The French Review*, Vol. 47, N°. 1, 1973, p. 25.

在这段简明的情景描写中,"一摊摊""溢出""液汁""山泉""流出""飞溅""淙淙""潺源"等多处表述提到了水或水源,它们以动词、形容词等形式客观存在,并在文本层面上存在于作品所构建的自然空间中。这些标识的词汇或使人联想到与水或水的流动相关的概念,它们在此处起到重要的指示作用。在下段空间描述中隐身为惬意的自然环境之后,泉水又重新显现,颇似自然万物的召集者:

野兽和白庄人相遇在山泉边:那从岩石里流出的清泉,喝一口那样甘甜,洗一洗那样清爽。

一到夜间,荒野里毛茸茸的腿爪,便爬到这叮咚、清凉的泉畔。

白天,野禽兽焦渴难忍之时,也会来到这泉边。

一头离群的野猪朝村庄一路嗅去。

…………

瞧,它冲了出来,躺在水里打滚……

清凉之感从它的肚皮渗透到脊背。

它嘴里含满了泉水。(《潘神三部曲》,第24页)

我们看到在白庄这个自然空间内,无论是村民还是野兽,都会自然地聚集在泉水周围,泉水因而在此具有崭新的意义——处在借代关系中的水,此刻具有高效的戏剧功能。水的次序被置于更广阔的层面,这个层面是人、自然和动物的和谐共存。以这一广阔的功能性为基础,继而显示出第二层功能性,即清晰的水的功能性:它是万物生命的来源,是万物生存的命脉,同时也是万物的召集者。水的存在其实也在向我们映射着其他东西:水是万物的代表,是自然的化身。

当村民们对泉水的干涸感到不解甚至恐惧时,便向村里的巫师雅内请教:

他话多起来。

像泉水滔滔不绝,像从山底下深深涌出来的山泉源源不断。(《潘神三部曲》,第34页)

他讲的那些稀奇古怪的事,也不知道从哪来的。他那脑瓜和一般人的不一样。你们都想象不出。就像那小溪一样长流不断。(《潘神三部曲》,第41页)

雅内话语中"水"的意象已经不是客观的存在，而是对于"水"这一物质的想象或遐想。第一句中"泉水隐秘"的主题与第二句中"雅内神秘话语"的主题联系如此紧密，因此，我们完全有理由把它们看作同一件事的两面，或是看作分为两个单调的相同主题。如同神秘的巫师雅内和他神秘的话语，泉水也是在"下面"活动。它的力量来自地下，只有白庄人才瞧得见。于是"泉水隐秘"与"话语神秘"这两个主题的结合具有了超验的价值，它置于包含这一结合的换喻关系的内部。泉水在这里体现了象征的高级功能价值：它反射出大地黑暗力量的巨大秘密。这个秘密被村民们丢失了，现在他们发现理解自己生活着的山冈，不知道该与它保持何种关系才能安详地在其间生活。泉水不再喷涌，成为不可见的隐秘物，人们的意识中充斥着大地神秘的在场。泉水丑恶的在场是零在场。泉水在故事中具有维系自然与人类之间的关系的作用，注重表现大地的"意识"及与其大地的关系。接着是更注重形式的功能，这种功能在于成为某种步骤的形象或缩影，这种步骤是小说的要素，是中心主题，它保证小说内部结构的严谨一致：展现让大自然活跃起来的潘神力量，并且之与关联。基于这两个层面的考虑，水于是就与生机勃勃的水流具有相同的外延，它让我们联想到保尔·瓦雷里诗作中的"水"，它是"任何生命的基本要素"，并且这位诗人这样说道：它（水）用大地的少许盐做成了白天爱慕的形式。① 简言之，"水"这一自然元素在吉奥诺的作品中既充当指示元素，描绘景象，制造氛围；也充当叙述元素，成为理解整个叙事所必需的叙述单元。②

吉奥诺使用"堆积""混合""黏稠"等这词语描绘水，这些词语的递进使用是具有症状性的：吉奥诺把封闭化、等级化的哲学替换成自然生命的赞歌，在他的赞歌中，我们看到的是恐惧的启蒙力量。"大海"和"水"的意象的频繁出现将我们带回到《创世纪》的时代：安托尼奥在河中与鲳鱼共舞，戛古欣喜若狂地在水池里挥舞……此时，人在追溯着人类的进化过程，此时的人如同鱼儿一般。（Ⅱ，pp. 168，203）在"水的困扰"主宰着的高山牧场上，人和羊群的气味，家禽尸体和初生羊羔的气味，它们都在

---

① Paul Valéry,《Louage de l'eau》, Oeuvres (Gallimard,《Pléiade》), I, p. 203.
② Claude Bouygues,《Colline: Structure et Signification》, The French Review, Vol. 47, N°. 1, 1973, p. 30.

"大海的卤水"①中混合着。在这集中着所有生灵的出生和死亡的生命液中，不停流动的液体是生命繁盛的源泉。"巍峨的鹿儿山"是"水源之母，它那多洞穴的肌肉深处，蕴藏着取之不尽的水"（《潘神三部曲》，第77页）。巴什东认为，液体呈现出的"几乎总是女性特征"②，而且会即刻转换为取之不竭的乳汁。当夏古扑向水池，"抓住满溢的水池边沿，将嘴贴在池边的一个缺口上，一边喝一边痛快地哼哼，像婴儿吃奶一般"（《潘神三部曲》，第79页）。在这里，我们看到对"水"这一文学形象的表现要求迫使"自然之水……接受乳白的外表，乳汁的隐喻"，其实"一切水都是乳汁"③，体现了"水的深刻的母性"④。从"水"的隐喻中诞生了对"水的母性"的温柔梦。当阿尔班在鹿儿山时前行时，"我似乎看见妈妈来了。她带来了鲍米涅的所有山泉，正往我头上浇呢。多么清凉、舒服啊，泉水里带着许多山花。这是母亲的爱抚，是山泉水的亲吻"（《潘神三部曲》，第164页）。

诚如米什莱笔下广阔而母性的大海，"乳汁"和"热血"在吉奥诺构建的文学世界中也起着相当关键的作用，表明其两极化的特征。这两种液体都在维系着有机生命与宇宙生命的不间断联系。在这片一切生命都会呼吸、有感知的大地上，"驴食草"（《潘神三部曲》，第23页）的鲜血和被龚德朗在橄榄园里杀死的蜥蜴的鲜血一样需要尊重，一样值得深思："锄地的时候，他（龚德朗）有生以来头一回想象：这地皮下正涌出一股股鲜血，和他的血液一样的鲜血……他给鲜红的，和他的血肉一样的血肉造成了痛苦。"（《潘神三部曲》，第50页）如果说"鲜血"能传递阿苏尔身体的欲望，能够让盛宴中的来宾载歌载舞，那么"鲜血"也揭示了人类的残暴，当它像痛苦一样在"山涧流淌不断"（《潘神三部曲》，第51页）时。鲜血在某些时刻是情欲的纽带，是狂欢的手段，在某些时刻则是修复凶手与受害者关系的悲怆药方。雅内充满讽喻的话语把世界的故事分成了两个时段：人类从"满嘴含着乳汁"（《潘神三部曲》，第95页）的儿童渐渐变成"双

---

① *Le Serpent d'étoiles*, Grasset, 1962, p.79.
② [法]加斯东·巴什拉：《水与梦——论物质的想象》，顾嘉琛译，岳麓书社2005年，第15页。
③ [法]加斯东·巴什拉：《水与梦——论物质的想象》，顾嘉琛译，岳麓书社2005年，第129页。
④ [法]加斯东·巴什拉：《水与梦——论物质的想象》，顾嘉琛译，岳麓书社2005年，第15页。

手沾满鲜血"(《潘神三部曲》,第96页)给世界造成无尽痛苦的生物。从此,为了人类自己的生生不息,充满暴力象征的鲜血可以成为也必须成为充满人性温情的永恒物质——乳汁。这也就是吉奥诺会称颂哺乳的女性形象的原因所在。

吉奥诺似乎对《圣经》中的某些主题有所偏好,特别是对"创世""灭世""洪荒"的主题。在东西方的创世神话中,宇宙都是从"洪荒"时代开始的。而在混沌的洪荒时代,最初的生命状态就是"大海"与"大水",这在"大禹治水""诺亚方舟"等东西方神话传说中可以得到印证。《大山里的战斗》中黏性的泥浆正是对这一主题的广泛展现。《诺亚》叙述了大洪水的艺术创作,并展现了对大洪水的新的阐释。此处,真正的挪亚方舟是包含创世景象的人的内心。

吉奥诺的小说中经常用水、火等自然元素搭建自然灾害。《山冈》中的村民们差点在整片山火中丧身。不过,通常构成最大危险的是液体元素——水或泥浆。《大山里的战斗》中的好几个村庄都受到洪水的威胁,但是危险并不只是存在于自然灾害发生时,它是无处不在、无时不在的。即使在大自然看似寂静时,洪水构成的危险也是悄然潜伏着的。

自然元素在吉奥诺小说主要情节的发展中经常被表现为唯一的约束——一种必须着力表现的约束。于是,恶劣天气就被感知为对障碍、对界限的跨越。因此在《人世之歌》中,暴风雨来临的时候正是马特罗和安托尼奥深入陌生土地的时候。在《风暴两骑士》中,暴风雨在兄弟俩关系快要倒置之前来临(VI, p.166)。暴风雨就是一条自然的界限。那些穿越这些气候界限的人,必须竭尽全力才能幸存下来。天气自身已经超越了自己的本性。《风暴两骑士》中的叙述者这样述说道:"人们不再把这个叫作雨!"(VI, p.167)。绰号为"我的小弟"的昂日·雅宗,尽管有哥哥的帮助,但他必须自己与洪流搏斗,"他双手深深插入土地,胳膊用尽全力挣脱,冒出了黑暗。他想重新站起来跑掉,但跌倒了。他吐出了泥浆"(VI, p.170)。这段描写显示出这个人物所受的痛苦,不过他依然因为自己的力量,因为他敢于搏击洪流的勇气而受人敬仰。

"水"作为生命之源的意象,在文学作品中往往也派生出死亡的意象,因为"水"除了给予万物生命,也时常会夺去万物生命,或是成为死亡的诱惑。因此,吉奥诺有时把"水"表现为最具敌意的元素。"水",时而表现为沉默的泉水(《山冈》),时而表现为突然崩塌、淹没大地的冰川(《大山里的战斗》)。特别是在《屋顶上的轻骑兵》中,"水"是霍乱滋生最可疑的因素,但"水"又是绝对的意象,是主人公乡愁的意象。它也拥有另一种力量:它漆黑的深渊是如此让人心醉神迷,以致一些人心甘情愿跳入其中。《一个鲍米涅人》中的克拉留斯与"死水神订了约会",然后安静地"投进迪朗斯河里"(《潘神三部曲》,第256页)。《再生草》中玛迈什大婶的儿子也跳入水中自杀过。如同许多诗作一样,吉奥诺作品中的"水"也与死亡的幻想紧密联系。吉奥诺并不是将它视为重生的元素,而是将它视为结束生命和开启死亡的邀约。面对如此描绘的水塘或水池,我们不会盼望从中冒出一位美若天仙的维纳斯,相反我们会想,奥菲莉娅①是否也会沉睡在这样的深渊中。

吉奥诺笔下的"水"显得坚硬,充满肌肉的力量,与它流动、透明、柔软的传统形象相去甚远,他用形象的手法将其"硬"化。"雨水在千万双脚下跳起舞来。"②"每天早晨,安托尼奥都赤身裸体。通常他的一天都是先要缓慢穿越一条黑色的河叉子。他任由河水推行着他;他试探着每个漩涡;他用双腿感知着河流长条的肌肉。"(Chant du Monde,p. 24)吉奥诺通过拟人的手法把河流用动物的象征表现出来。于是"水"在春天到来的时刻逐渐展现它可怕的形态。吉奥诺将河流暗示为动物,像描写爬行动物一样描绘它的行动:"我们看到它的旧皮裂了开来,一块黑色敏感的新肉在冰川间汩汩作响。"(II,p. 353)这种描绘手法,可以让读者亲临其境般地感受到水的自然力量。

我们可以借用一个法语谚语来定义吉奥诺式的大自然:"要当心沉睡的水。"③ 事实上,大自然表面看起来宁静安详,但也会突然露出它毫无怜悯之心的残酷面容。在《人世之歌》中,整个悲剧就是按照这种对大自然的表现手法来发展的。主人公安托尼奥非常了解河流,他注意到河流在哪些时候是安详的:"从七月以来,河流没有发昏,周围的大地一片寂静。"(II,p. 210)而把河流比作动物,则说明他知道这种寂静会变得极为可怕,

---

① 奥菲莉娅是莎士比亚四大悲剧之首《哈姆雷特》中仅有的两个女性角色之一。在剧中,奥菲莉娅是主人公哈姆雷特王子的情人,结局却落入河中淹死。

② Eglogues V.

③ 这句法语谚语的原文是:il faut se méfier de l'eau qui dort。意思是"要当心不动声色"。

第三章 自然意象符号

实际上河流在春天到来时就变得如此可怕。

吉奥诺除了经常表现流淌在大地上的溪水河流之外，还经常触及暴风雨的主题。暴风雨自上而下的倾泻力量，似乎抹去了"水"的柔性，而更多展现为自然力量的刚性。如果说《大畜群》中的暴风雨是大气氛围的创造者，那么《人世之歌》中的暴风雨已经提升到拟人化的层次："它（暴风雨）在悬崖的幻影上试验着它灰色的肌肉。"（Ⅱ，p. 260）在《风暴两骑士》中，一系列的隐喻把暴风雨与动物界加以比较："骤雨伴随着像石头一样坚硬的阵风倾盆而下。接着，它们又开始去吞噬森林。"（Ⅵ，p. 167）对书写者而言，将表现力不足的大自然与活动的生命体（动物或人类）进行比较，是浸入生命的便利方式，但吉奥诺并不止于此。有两点可以表明他的关注点并不仅仅是对大自然的客观描写。首先，他笔下的大自然逐渐在推动它的本质："闪电……我们对它再也不能称其为闪电，因为……它不闪了。"（Ⅵ，p. 167）其次，人类与暴风雨融为一体。

在《埃纳蒙德》中，暴风雨远离了它的本性。在高地上有一种似乎比它更强大的力量，以至于使"暴风雨改变了它的条件"（Ⅵ，p. 254）。事实上，在面对与人类发生直接联系的宇宙力量时，大自然就消失了。在大自然消失时，暴风雨倾力制造的暴力就被作者转移给了他笔下的人物，这一点，我们可以在他最后一部小说《苏兹的蝴蝶花》中看到。小说借凯尔特男爵夫人的嘴说出了"内心风暴"。

《人世之歌》的安托尼奥居住在河边，经年累月与河流的相处使他十分了解河流的习性，所以他称得上是位"河流之人"。在吉奥诺创作的众多人物形象中，安托尼奥是第一位象征领悟大自然暴力的小说人物。大河在春天来临时会变成湍流，安托尼奥学会控制它，并且凭借着自己的感觉来预见河流的流动。

> 一进到水里，他就感到没膝的水凉冰冰的。水流在他的两腿周围打着漩涡，像长长的水草抽打着他的腿。……今天一整天，他一直在观察河里的水势变化。阳光下，这条河流宛如一条蛟龙，竖起白花花的鳞甲，又似一匹雪白的烈马，扬蹄飞奔，溅起一大片一大片浪花。激流抖动着黛绿的脊背，像是不堪忍受上游两岸的峭壁的挤压，狂怒地从峡口奔泻出来。一出峡口，它进入了广阔平坦的林区，便把柔软的脊背放低了，浩浩荡荡流进莽莽丛林之间。现在，它回旋的激流死死缠住安托尼

奥的两条腿，使他难以迈步。(《人世之歌》，第7—8页)

对力量的感觉被这河流的行为激发出来，因为河水压迫着安托尼奥的整个身体，所以可以说这河水与他融合在了一起。人物的感性得以充分显现，不同的水流运动和它们的意义被充分说明和细化。每个动词都阐释了动作的强度、跨度、速度，强调了动作的独特行为。接着，安托尼奥承认他误判了河流的情况，"但这水不通人性，这一趟真困难呀！"(《人世之歌》，第8页)这意味着水在这里被视作生物，它可以像其他生物体一样拥有推理的能力。此外，这段描写所使用的形象也将其比作动物，一个几乎有着怪兽形态的动物，即它可能造成危险。河流的漩涡状运动让人产生深刻的印象，是"狂怒"一词的具体体现。这种愤怒之后又再次出现，用于描述安托尼奥的精神状态，似乎其间充满了自然元素的特征。所以这样一段描写很好地表现了作者的意图，他希望通过感官暴力将人与大自然融合。凭借这样的方式，小说中的人物将他本该害怕的暴力归为己有，但这样的暴力他已经学会控制。

四、火

加斯东·巴什拉在他的代表作《火的精神分析》中开宗明义，指明了火的本质与精神，它善与恶的二元价值，天堂与地狱的心绪情绪：

> 火是超生命的。火是内在的、普遍的，它活在我们的心中，活在天空中。它从物质的深处升起，像爱情一样自我奉献。它又回到物质中潜隐起来，像埋藏着的憎恨与复仇心。唯有它在一切现象中确实能够获得两种截然相反的价值：善与恶。它把天堂照亮，它在地狱中燃烧。它既温柔又会折磨人。它能烹调又能造成毁灭性的灾难。它给乖乖地坐在炉边的孩子带来欢乐，它又惩罚玩弄火苗的不规矩的人。它是安乐，它是敬重。这是一位守护神，又是一位令人畏惧的神，它既好又坏。它能够自我否定：因此，它是一种普遍解释的原则。①

在巴什拉的眼中，"火"具有两副截然不同的面容，这正是吉奥诺作品

---

① [法]加斯东·巴什拉：《火的精神分析》，杜小真、顾嘉琛译，岳麓出版社，2005年，第13页。

第三章 自然意象符号

中"火"的意象的写照。"火"能带来光明,如昂热洛点燃的火堆,为夜间行进的士兵照亮道路(《屋顶上的轻骑兵》,第45页);"火"能烹煮食物,如庞图尔家灶膛里的炉火,嘶嘶作响煮着浓汤(《潘神三部曲》,第399页)。不过,燃烧在吉奥诺作品中的"火"更多表现为阳光和炎热,而且,代表"火"的阳光并非带来灿烂和快乐,而是带来单调和暴力。吉奥诺曾经在与法国作家伊万·奥杜阿尔①的访谈中,这样说起对阳光与天空的感受:"我不是很喜欢太阳,且我无法忍受炎热。没有比上普罗旺斯的天空更单调乏味的事了。天际的一边到另一边被锅盖覆盖着,总是湛蓝一片。"②

吉奥诺作品中的叙事场景大多设定在大自然中,这既让代表火的阳光可以随时出现,也让作者有机会时常回归"炎热"的主题思想,《屋顶上的轻骑兵》对此表现尤为显著。小说中起先对"炎热"的回顾是轻描淡写的:阳光异常强烈,把它们(鸟儿)的羽毛染成了白色(《屋顶上的轻骑兵》,第176页)。在这样的背景下,动物性隐喻(城市"犹如一个龟甲趴在草地上",《屋顶上的轻骑兵》,第185页)和矿物性隐喻(天空白如石膏,高温黏如胶水,《屋顶上的轻骑兵》,第185页)强化了大自然被酷热蹂躏之后的荒芜感。

到了夜晚,"太阳"的形象被替换成了"篝火"的形象:"到处点起了篝火……所有这些火光忽忽悠悠,振动着双翼,猛烈地扇动着,所有这些金色的公羊跳动着,所有这些锋利的火花犹如长矛在舞动,使得黑夜土崩瓦解……整个大地仿佛成了一个烤面包的炉子。"(《屋顶上的轻骑兵》,第193页)如果说白天的"炎热"是用白色来表达的话,那么黑夜就是用"红色"来表达"炎热":从"红光闪闪"的烤肉架,到"仿佛紫红色母鸡"的鳞光闪闪的铁板,再到布满天空的"玫瑰色尘粒"。这些燃烧着的红色的元素,配上暗夜的漆黑背景,构成了一幅地狱景象。这些跳动的火光已经与"真实"毫不相干。同样,马诺斯克城在微弱火光的映照下,似乎成了一座空城,它的轮廓若隐若现,成了大自然的幻影:火光反射到空荡

---

① 伊万·奥杜阿尔(Yvan Audouard,1914—2004):法国作家。1914年生于西贡,军人之子,后获文学学位,担任过英文教授,1944年起当上记者,是法国著名周刊《鸭鸣报》长期的专栏作者。他的主要作品有《给蠢蛋的公开信》《从前先生回来了》《我父亲的军刀》《与众不同的布鲁诺》等,曾获法国幽默文学奖、拉伯雷奖和保罗-莱奥托奖等多个文学奖项。

② Julie Sabiani, *Giono et la terre*, Paris, éditions Sang de la terre, 1988, p.116.

荡的城市，映照出一个钟楼的尖顶，一条微微张开的街道，一个街区大门的门廊和雉堞，一个屋顶的方格。（《屋顶上的轻骑兵》，第193页）

作为"火"的意象，太阳在吉奥诺世界中扮演了重要角色，因为它是天空力量的起源，是万物能源的象征，是自然力量独一无二的栖息地。它不是物质的直接创造者，却是动力的创造者。它的出现经常是自然界施于人类的暴力活动的符号。

吉奥诺在《天空的力量》中有一段这样解释太阳这个天体的本质：

> 我们处在太阳在太空中制造的漩涡之中。我们和其他星球一起在伸向太阳的斜面上旋转。这是我们所有维度的缔造者。它的光线八分钟就可以照到我们。在它光线五小时照射的范围内，它自然是所有体积、所有重量和所有距离的规定者。在这个因为存在而存在的漩涡里，太阳在它周围聚拢了极其庞大的物质。（*Récits et essais*, pp. 458 – 459）

之后作者详细描述了太阳不可思议的活动所构成的"纯粹的悲剧"。它向人间洒下太多的能量，吉奥诺如此描述："洒满阳光的大地很快活泼起来，迫使暴力和孤独的产生。"① 它是生命的真正中心，是一种向世界直接施加行为的力量，既向自然也向人类！如果说普罗旺斯地区是阳光之地，那么这片阳光眷恋的地方在吉奥诺的眼中呈现的维度则不同于世俗文化的定义——这是片悲剧之地。而让这片大地充满悲剧色彩的，并不是风雨雷电，而是常常给人带来温暖和希望的阳光。

吉奥诺在表现阳光暴力的时候，深度的概念使作者没有把暴力刻入现成的时间和空间，而是证实暴力永久和普遍的现实性。吉奥诺把这一概念与暴力相连，就巧妙地体现出这一现象的崭新之处，这种创造性似乎是任何自然机制或人类机制的源泉。于是暴力就没有丝毫纯粹浮于表面的现实性。如同我们在上文所述，太阳是暴力行为的主角，它在自然中制造漩涡。这种对深度的偏好在吉奥诺的作品中是非常典型的。

"火"是最自由的元素，是最强烈的元素。人们在壁炉前围聚，或是在壁炉前深思。当人们烧煮食物时，便是在这随风扭曲的火焰上进行的，这种烹饪场景在《愿我的欢乐长存》《大山里的战斗》《屋顶上的轻骑兵》中

---

① Dominique Grosse, *Jean Giono*, *Violence et création*, Paris, Éditions L'Harmattan, 2003, p. 35.

都有描绘。人们用巨大的火把照亮自己前进的道路。"火"是最突然的启示,《山冈》中的村民们自发组织起来与"火"抗争。"火"也可以是报复的工具,如同《人世之歌》中的安托尼奥和贝松放火烧了大地主莫德鲁的牛棚和房子。"火"不光来自大地,还会来自天空。在《小麦之死》中,收割者们就与炽热逼人的阳光抗争,最终博比被雷火劈死,这也不是偶然的。没有这天上的"雷火",主人公就无法死去,无法摆脱世间的烦恼。同样,火也可以不是物质分解的本原,而是充满激情的物质:"大火腾跃着,兴高采烈地呼啸着"(《潘神三部曲》,第115页),"烈火狂涛怒浪般腾跃"(《潘神三部曲》,第118页)。

有时,大自然所代表的危险也具有某种诱惑力,一些人物将其作为使自己死亡的工具。例如《山冈》中的戛古,他投入火灾的烈焰中自我牺牲。小说中展现的这个场景取自于作者自己真实经历的事件:吉奥诺的祖父曾经冲进自家着了火的房子。在实现飞蛾扑火般的壮举时,"顷刻间,爱、死和火凝为一体。瞬间在火焰中心,以它的牺牲为我们提供了永恒的榜样"①。

火的世界诱惑着人们奔向另一个世界,巴什拉还引用吉奥诺的话来论证什么样的人才可以奔向火的世界,丧失一切以赢得一切:"吉奥诺说,只有这些知识化的人,这些听命于追求知识本能的人'才能打开炉门,探求火的奥秘'。"②

这些暴力的死亡似乎在阐释大自然对人类施展的绝对魅力。戛古在冲进火焰时,"像被什么迷人的东西吸引住了"(《潘神三部曲》,第119页),被大火漫过的刺柏"变成了十枝闪闪发光的金烛台……真是漂亮啊"(《潘神三部曲》,第119页)。这浓烈的火焰象征着地狱。在戛古钻进火焰前,"浓浓的烟雾撕开了一道口子"(《潘神三部曲》,第119页)。这道"口子"象征着深渊的入口。大火所代表的大地力量像是可以吞噬一切的怪兽,它撕开的一道口子,诱惑着人们前往地狱的深渊,正如巴什拉所言,"火在地狱中燃烧"③。雅克·沙博曾经就此评论道:吉奥诺的作品具有真正的"地

---

① [法]加斯东·巴什拉:《火的精神分析》,杜小真、顾嘉琛译,岳麓出版社,2005年,第23页。
② [法]加斯东·巴什拉:《火的精神分析》,杜小真、顾嘉琛译,岳麓出版社,2005年,第23—24页。
③ [法]加斯东·巴什拉:《火的精神分析》,杜小真、顾嘉琛译,岳麓出版社,2005年,第13页。

狱喜好"①。

自然界的元素可以直接攻击人类的群体，它们所造成的威胁构成了主要情节。例如，在《山冈》中，一场山火在吞噬着山冈，威胁到当地的村庄，村民们集合起来要扑灭山火。在这里，人类与火的斗争的庞大规模表达了大自然对人类的至高无上，人类在大自然面前显得惊慌失措。自然灾害暴露了人的本性，恐惧已经扎根于人的内心。村民们试着让自己安心。火在人们面前拟人化了。"烈火狂涛怒浪般腾跃。"（《潘神三部曲》，第118页）一股浓烟"激流般翻腾，压向天穹，随风摇荡一阵，便鼓起它污浊的肌肉，顶着风扩展开来，而从它的包围之中，传来鸟儿生死的哀鸣"（《潘神三部曲》，第118页）。这段拟人化的描写表达了将自然比作恶魔的思想，并且是具有人类情感的恶魔。读者在阅读时会联想到大自然如此这般对人类展开报复，或许是因为人类曾经蹂躏过大自然。因而人类与大自然的斗争颇似两个生物之间的斗争。

第三节　优胜劣汰的自然法则和生态平衡

法国作家布封以敞开的胸怀赞叹大自然：大自然以何等宏伟的气魄在大地上展现辉煌！一道纯净的光芒从东方延伸到西方，接连不断地给这个星球的各个半球染上金色，一种透明、轻盈的成分包围着它，一种柔和、丰富的热使其生机勃勃，使各种生命萌发新芽，鲜活、有益的水保障它们的成长。陆地中间成块的山丘挡住雾霭，使这里的资源取之不竭，广阔的洼地天生就是为了聚集涌泉，把陆地分开。海洋是与陆地的幅员同样广大、同样富庶、同样人丁兴旺的帝国。②

吉奥诺打小就生活在普罗旺斯的这片阳光主宰的地方，并不缺乏乡野生活的经验和实感，这成为他实实在在表现大自然面貌的创作源泉。③ 他被誉为"大自然的荷马""写散文诗的维吉尔"，说明他笔下的大自然有着诗情画意的一面，特别是在早期的《山冈》《一个鲍米涅人》《再生草》组成的

---

① Jacques Mény, *Le Mystère Giono*, émission télévisée, 1995.
② ［法］布封：《动物素描》，刘阳译，江苏人民出版社，2005年，第195页。
③ 柳鸣九：《超越荒诞：法国二十世纪文学史观》，文汇出版社，2005年，第160—161页。

《潘神三部曲》，其中可鉴田园牧歌的文学传统：

> 晨空寥廓，一碧如洗。根根野草，轮廓分明。青青的田野上，嫩绿、浅绿、深绿十分分明：被风儿吹起的一片橄榄叶子，落在一丛玻璃苣上；生菜比菊苣更加嫩绿；在那块地头，肥美的草油黑油黑的，比美人痣上的毛还茁壮……松树梢头的针叶，似乎也历历可数。（《潘神三部曲》之《山冈》，第45页）

> 马里格拉特这片土地，到处是金黄的小麦，苍松翠柏掩映的低矮的农舍，还有那丛生的毛栎树，被太阳晒得枯黄的野草；干涸的小河里，流淌的不是水，而是大车的辚辚声、百里香的芬芳和牧羊女的欢笑。（《潘神三部曲》之《一个鲍米涅人》，第172页）

> 土地潮湿而滋润，眼前是芳草萋萋，垂柳依依，果树满园；一棵高大的桦树，清风起处，翻弄着叶子，似浪花一般，旁边还有一眼清泉，一道结实的篱笆，将一切全围在里边。（《潘神三部曲》之《再生草》，第360页）

从这些描写自然的场景中，我们可以断定吉奥诺对自然现象有着仔细的观察，对乡村生活有着抒情的描绘。他就像维吉尔那样，带着浓厚的兴趣去描写自然景色和田园生活，他自然的描摹让我们能深刻感受到他身上的"田园牧歌细胞"，于是一幅"真正的田园牧歌画面"便展现在我们面前。[1]

不过跟传统的田园牧歌文学不同的是，吉奥诺对自然景物的描写绝不是为了描写而堆砌出来的"精彩片段"，呈现出做作的"诗意画情"。在他所有的作品中，这些自然景物都与人物亲密结合，紧密相连，或是强调人物与自然的心有灵犀，或是从反面来凸显人类激情与永恒自然之间的沟壑。尽管他创作作品的年代距今已超过半个世纪，但是当代的生态学家们在他的作品中看到了我们现代文明中的生态忧患意识。吉奥诺把大自然当作"人"来看待，当作诗人或作家，根据叙事需要来赋予它不同的功能。

自然界所有物种（包括人类）、所有元素之间相互依存，但这并不意味着人与自然的关系达到了伊甸园的层次。在吉奥诺的作品中，无论是《山冈》还是《大山里的战斗》，大自然的面容往往是残暴的，它的形象是可怕

---

[1] 柳鸣九：《超越荒诞：法国二十世纪文学史观》，文汇出版社，2005年，第161页。

的，承载着强大的破坏力。这在吉奥诺后期的代表作《屋顶上的轻骑兵》中体现得尤其明显。从小说的第一页开始，我们看到的大自然就是恶劣暴躁的：酷热肆虐，让世界都丧失了美丽的外形、坚硬的质地和艳丽的色彩，整个大地呈现出传染病传播前的预兆。此外，大自然的各种表现似乎证明它是灾难的同谋犯，它们在联合起来对付人类：

> 他们穿过高低不平的树林，天空越来越阴暗，暴风雨即将来临。和煦的阵风夹带着雨的气味。雨像耗子那样在叶丛上小跑……树木只考虑自己，为即将下雨欣喜若狂。这广袤的森林过着一种秩序井然的生活，只要不符合它们的直接利益，它们一概不闻不问，它们同霍乱一样令人可怕。（《屋顶上的轻骑兵》，第370页）

在这里，我们看到吉奥诺对大自然的几种表现元素的拟人化表达：天空、暴雨、树林，它们的举动表明它们只顾自己的利益，对两位远道而来的主人公不闻不问，漠不关心，甚至还带有些许敌意。

大自然的可怕性非常巨大，而且它还深藏不露。表面的平静会让人害怕，甚至恐惧。面对儿子的消失，安托尼奥想到的第一个理由便是他被河水卷走了。这种大自然激发的恐惧反射在对神灵的想象中。吉奥诺曾经在法国卡马尔格说道："这片大地上的神都是怪物。我不是想说它们是梁龙，我的意思只是它们不被笛卡尔式的推理所理解。"（VI, p.331）大自然的恐惧具有同样的推动力。对于不能理解大自然的人而言，大自然是狰狞可怕的。过度、生机、恐惧，所有这些元素都被强化，使得大自然表现为人类的危险和暴力的源泉，并且这种表现有时是显性的，但多数时候则是隐性的。这种暴力的威胁有力催生了人类的悲剧，揭露了人性暴力的某些形式。

第四章 人类意象符号

古代朴素的宇宙观认为地、气、水、火这四大元素被第五元素所补充，第五元素并非无生命的无机元素，而是纯洁、缥缈的神灵。而且它也不是独立存在，而是存在于前面四种元素之中，以"非凡的动物"的面貌出现：在水中是海豚，在火中是凤凰，在空中是鹰，在地上是人。① 尽管这样的认识非常朴素，缺乏依据，且带有古人巫术或炼金术的影子，但从中可以肯定的是，上古时代的人对"人与大地"的关系已经有所认识，并且将其放在非常突出的位置，因为他们认为第五元素是发展的，而且超越其他四种元素。著名哲学家、古罗马皇帝安东尼对作为人的"我"有过这番表述："我是由形式和质料组成的，它们都不会消逝为非存在，正像它们都不可能由非存在变为存在一样。那么我的一部分就都将被变化带回到宇宙的某一部分，并将再变为宇宙的另一部分，如此永远生生不息。"② 从这段简明的论述中，安东尼对人的元素本质已经有了相互的认识，认为人和世间万物一样，都是由元素构成，并通过元素的形式参与宇宙的循环过程。

18世纪法国著名的唯物论者霍尔巴赫在其名篇《论自然》中对"人"有过这样的描述：人是自然的产物，存在于自然之中，服从自然的法则，不能超越自然，就是在思维中也不能走出自然；人的精神想冲到有形的世界范围之外乃是徒然的空想，它是永远被迫要回到这个世界里的。由自然形成并且被自然限定的东西，一点也不生存于大的整体之外，它是这个大的整体的一部分，并且受整体的影响；人们所设想的那些超乎自然或与自

---

① [德]汉斯·比德曼：《世界文化象征辞典》，刘玉红等译，漓江出版社，1999年，第51—52页。

② [古罗马]马可·奥勒留·安东尼：《沉思录》，何怀宏译，湖南人民出版社，2010年，第48页。

然有分别的东西，往往是些虚幻的事物，我们永远不可能对这些虚幻的事物形成真实的观念，也不可能对于它们所占有的地方和它们行动的方式形成真实的观念。在包容一切的这个圈子之外，什么也不存在，什么也不能有。①尽管霍尔巴赫对人与自然的阐释受其时代和阶级的限制，但从唯物主义观点来看，他的这一看法不失为对人与自然关系最客观的定义和最简洁的描述。在自然世界中，人也是这个庞杂系统中不可或缺的一个元素。如果没有人在其中，世界就不会是这个世界。②

到了现代，莫里斯·梅洛-庞蒂从现象学的角度出发，指出人的身体"属于事物的范畴"③，但它"不是物质，不是精神，不是实体"④。于是梅洛-庞蒂便用以往指称水、气、土、火意义的"元素"一词来指称"人身"：它是存在的"元素"。⑤从达尔文开始，我们都知道自己是灵长类动物的后代，但我们又明显不同于灵长类动物，因为我们学会直立行走，懂得语言交流，知晓情感表达，最终摆脱了丛林生活，建立了专属人类的文化王国。为了自身的发展，人类开天辟地：砍伐树木，驯养动物，制造机器……人类已经隐隐然觉得超脱自然，成为自然的控制者和主宰者。从笛卡尔开始，我们就开始思考人性，但"帕斯卡找不到认识人性的完美范式，卢梭把人性比作失去的乐园，而随着人们意识到历史是进化的和文明具有多样性，人性的概念更被摘去了核心而变成柔软的原浆"⑥。对人性的质询总是处在人文科学的"岛屿状态"（埃德加·莫兰语）。幸运的是，历史上马克思、恩格斯曾经提出把人的研究建立在自然基础之上的观点。自然是一个复杂辩证的生命体，人与自然的关系并非人与兽或社会与自然的二元对立那般简单。考量人和人性必须将之置于开放包容的生态系统之中。在吉奥诺的作品中，我们可以看到文字刻画的文学形象所构成的自然生态系统。在文

---

① [法]霍尔巴赫：《自然的体系》（上卷），管士滨译，商务印书馆，1964年，第10页。
② [法]文森特·德贡布：《当代法国哲学》，王寅丽译，北京新星出版社，2007年，第57页。
③ [法]莫里斯·梅洛-庞蒂：《可见的与不可见的》，罗国祥译，商务印书馆，2008年，第170页。
④ [法]莫里斯·梅洛-庞蒂：《可见的与不可见的》，罗国祥译，商务印书馆，2008年，第172页。
⑤ [法]莫里斯·梅洛-庞蒂：《可见的与不可见的》，罗国祥译，商务印书馆，2008年，第173页。
⑥ [法]埃德加·莫兰：《迷失的范式：人性研究》，陈一壮译，北京大学出版社，1999年，第3—4页。

学的层面上观察人物与其他生物的竞争与配合、对抗与共存的关系,从而揭示人物所体现的人性的冲动、欲望、疯狂、迷醉、激情、崇拜、爱慕、蒙昧和渴望。

  吉奥诺笔下的人和自然是平等互动的,孤立地解读自然是不足以了解完整的吉奥诺,因此,我们必须进一步对"人"进行解读,才能更好地理解吉奥诺所构建的生态空间。他曾经这样评论人与自然的关系:"我非常清楚地知道我们不太可能构思一部没有人的小说,因为世间有人。需要做的,是摆正人的位置,不是把他置于万物中心,(而是让他)比较谦卑地意识到山不仅仅是因其高度和宽度而存在,而是因其分量、重量、气息、姿态、施咒的力量、言语和感应而存在。"①

  在众多人物形象的创作中,吉奥诺特别善于描写他故乡的人——普罗旺斯乡村的农民。多少年来,他都与故乡的农民保持着深厚的友谊,他敏于观察的天性也让他很好地把握了当地农民的特点:"这是高地的耕种者。这些人还在用小巧的摆杆步犁和老骡耕地,但骡子已经因为耕作而瘦骨嶙峋。农民必须声嘶力竭地指挥骡子,他的脑子里几乎没什么想法了。"② 当然,吉奥诺笔下的农民并不是对真实细节的照搬,而是源于生活却高于生活的艺术创造。法国作家让·科克多(Jean Cocteau)在自己的日记中便评价过吉奥诺笔下的农民形象,认为他作品中的农民是"虚构的农民",这些"虚构的农民生活在他(吉奥诺)构建的马诺斯克的氛围中",最终"制造出一个虚构的村庄"。③

  吉奥诺笔下的农民所具有的形象是由他们的生存条件与他们土地的气候条件所决定的。他们紧紧植根于脚下的大地,平时行动缓慢,姿势沉重而坚定。他们的目光清澈安详,但身体里流淌着的拉丁人的血液可以一下子沸腾起来,让他们直面危险而无所畏惧。他们熟悉大地的每一个细节,他们尊重传统,甚至有些迷信。他们尊重他人,几乎个个都是古道热肠。他们身上有着农民特有的习性。《再生草》中,当农民庞图尔需要一匹马和

---

  ① Jean Giono, *Solitude de la pitié*, in *OEuvres complètes*(Bibliothèque de la Pléiade 1971), Tome1, Paris, Gallimard, p.536.
  ② Jacques Pugnet, *Jean Giono*, Paris, éditions Universitaires, 1955, p.94.
  ③ Philippe Hamon et Denis Roger-Vasselin, *Dictionnaire de littérature française*, Dictionnaire le Robert, 2000, p.536.

300斤种子时,他就向下面村庄的人要。他们之间没有谈到付钱的事。借马是免费的,庞图尔用他种出的谷物归还借的种子。这个交易的进行在农民之间是极其自然的事。当然,农民特有的小农意识体现为在交易中的斤斤计较。同样在《再生草》中,当磨刀匠热德米斯来向庞图尔讨要赔偿失去女儿阿苏尔的损失时,庞图尔给了他买一头驴的钱,而热德米斯还索要鞍子、缰绳等其他东西与庞图尔讨价还价,最终庞图尔付给他60法郎,相当于两头驴的价钱(《潘神三部曲》,第395—396页)。吉奥诺在描写中没有对热德米斯的贪婪进行指责,毕竟农民多少有点争夺小利的自私意识,这点吉奥诺是抱着理解和宽容的态度的,而且这样的人、这样的意识,在和谐的农村生活中也是自然的事情。

二战之后,吉奥诺作品中塑造的人物往往从土地中抽离,不再从事日复一日的耕作,不再追寻平衡与永恒,但内心受到一股异常激烈的激情的驱使。前期作品中的人物注重构建祥和的生活和纯真的情谊,后期作品的人物则注重表现身处险境中时爆发的力量或萌生的爱情。这些人物带有骄傲的神色和优雅的气度。他们穿着雅致的衣装,甚至穿着双他们自己都引以为豪的长筒靴。如果说早期的普罗旺斯村民体现了吉奥诺纯真的理想主义,那么后期作品中流浪的骑士则体现了他浪漫的英雄主义。像昂热洛这样的人物自身蕴含着自然法则和自由意义,不断表现在他的行动中,具有绝对性。他依据自己的价值观来决定采取何种行动,他的价值观便是大自然赋予他的本性,几乎不带有任何心理学的背景,很难在他这样的人物身上看到所谓的"心理辩证法"。

吉奥诺除了从理想主义和英雄主义的视角去塑造人物之外,也用"爱情"这一元素让人物形象丰满起来。不过他的作品中几乎省略掉所有的爱情心理的迂回和复杂。最明显的例子是《屋顶上的轻骑兵》中昂热洛和波利娜这对恋人。他们的邂逅和相爱是毫不犹豫的一见钟情,但缺乏轰轰烈烈之感,因为他们既没有表达他们的愉悦,也没有显露他们的爱欲。在旁人看来,他们的恋爱关系似乎很久以前就已经确定。在两者关系的发展中,没有欲言又止的猜心,没有勇敢大胆的调情。他们的爱慕关系从一开始就在激情与尊重、温存与欲望之间拿捏有度,让人心生敬意而散发出不朽的光辉。

当然,吉奥诺作品中人的形象远非完美无缺。如同大自然的安详与狂暴，人也有"善""恶"两面。人，遭受过那么多敌人的迫害，即便被刻画成黑色的形象，也理应受到同情。吉奥诺似乎在《屋顶上的轻骑兵》中汇集了人所有的脆弱和缺点，尤其是在无数情境中表现出的懦弱和自私。小说中有这样一句话："人们不再拥抱孩子。不是怕他们染上疾病，而是怕自己传染上。"(《屋顶上的轻骑兵》，第155页)这句看似平淡的描写却道出了人性的懦弱自私是多么可怕。人性的弱点还不止于此，贪婪、愚蠢、虚荣、残忍，均是小说中形形色色的人物所迸发出的"恶"。

其实无论是前期作品中的人物，还是后期作品中的人物，他们都不属于我们的时代，不属于我们的文化，不属于我们的习俗。他们彼此具有相似性，因为他们只依靠自我。他们实际上是作家创造的幻象。在早期的作品中，这一幻象凝结着、搬移着"人种"的特征。而对于后期作品，特别是"编年体"系列中的人物，尽管他们身上带有外省人的狡猾，举止优雅而浪漫，但他们依然是神秘与力量的意象。似乎他们一开始就是按照完美与理想的模式刻画出来。"完美"和"理想"说明现实中的人性是多么不完美和不理想，也说明人物风格塑造的多样化。

吉奥诺的作品体现了对人类的肯定，这种肯定的过程脱离任何阶层，也与时间无关。他的作品隐隐散发出矛盾的古典主义。对作品中的人物而言，时间就是世界的永恒或心灵的永恒，人物在自己的天地里无拘无束，自我个性得到充分的舒展。井然有序的生活让农民、骑士等人物在大自然的永恒和自由中找准了自己的位置。所以像昂热洛、朗格鲁瓦等人，无论他们生活的环境如何艰苦，他们依然能够举止有度。

对吉奥诺作品中的人物要从本能、激情和思想这三者融合的深度上去理解，这些人物是超验内在性而非心理内在性的意象。吉奥诺是人性深度的梦想家。如同雨果、克洛岱尔这些梦想家一样，吉奥诺也对他笔下的人物进行心理简化，将其道德风格化。这至少反映出作者所持有的某种理想主义情怀，也体现出他文学创作的史诗风格。

20世纪以来，法国小说家试图从生存条件、价值观等诸多角度认识和解释人的问题，并在他们的作品中形象地加以反映。[①] 吉奥诺也正是如此。

[①] 吴玲玲:《从20世纪法国小说看小说家对人的思索》,《外国文学》1987年第4期,第66页。

纵观吉奥诺一生的文学创作,大部分小说并不以离奇曲折的情节引人入胜,却以深刻超验的哲理发人深思。他作品中的"人"的形象——无论是"个人"还是"群体"——既扎根于他的时代,又超前于他的时代,具有高超的审美价值。

第一节　纯真高贵的个人英雄

在人类历史的长河中,人在与其他四种元素经过"数十万年古老契约"① 所控制的战斗中成为第五种宇宙元素。作为第五元素的"人"在吉奥诺的作品中一贯存在。吉奥诺在作品中塑造了一个个栩栩如生的人物形象,他们都面临着严酷的自然环境的挑战。在恶劣的生存条件下,他们往往接连不断地遭受厄运、灾难的打击,却以坚韧的毅力、非凡的勇气为生存、爱情、理想而斗争,不向环境和命运低头屈服,努力达到既定目标。他们有时会取得胜利,像阿尔班、庞图尔那样;有时却将自己引向死亡和痛苦的结局,像雅内、玛迈什那样,即便如此,他们也能自豪地面对死亡。这些主人公面对艰难的生活环境,没有放弃斗争的意识,以生命的代价、灵魂的力量同险恶的环境搏斗、抗争,在这个过程中张扬生命的意志,展示生命的潜能,赢得了生命的骄傲与尊严,让生命焕发出悲壮而热烈的光辉。②

吉奥诺把他笔下的人物置于我们时代之外,他是想肯定人性的永恒,这份永恒连岁月的长河都不能使之变色。事实上,没有人认为吉奥诺想要重新塑造以往的农民或烧炭党③的革命成员。在他眼里,这些人就是形象,与现代社会的任何人物形象并无差别。实际上,他笔下的人物继承了不同的古老文明的传统,他们不熟悉我们的社会准则,其性格具有"史前的纯洁性"(III,p. 221)。

---

　① Village, texte publié par Jean Carrière dans *Jean Giono. Qui suis-je*?, Editions La Manufacture, Lyon, 1985.
　② 参见周霞:《试论季奥论及其潘神三部曲》,湘潭大学,硕士论文,2007年。
　③ 烧炭党是19世纪后期活跃在意大利等国的秘密民族主义政党,追求成立一个统一、自由的意大利,在意大利统一的过程中发挥了至关重要的作用。吉奥诺的祖父是意大利人,年轻时加入烧炭党,后逃入法国。

第四章 人类意象符号

吉奥诺在早期的作品中,几乎把人的形象表现为"农民"或"烧炭党成员"。他杂文中的思想为他的选择做了很好的注解:工人、医生、主教,他们都是社会生物,他们最深刻的倾向、最合理的激情都受到工业节奏和社会习俗的约束。他们不得不做出符合他们职业身份和社会地位的姿态(萨特说他们想扬名立万,他们拿自己的生活冒险,并且按照别人的眼光来构建自己的生活)。当然,我们可以在他们身上发现"自然",只需要把他们光鲜的外表剥去即可。吉奥诺更喜欢本性率真的人,这样的人既不处于被奴役地位,也没有扭曲的内心。在自然秩序下生活的农民,烧炭党成员,正是拥有如此心灵的人。他们只遵循自我的要求,我们看到的即是他们内心的纯真。

在《潘神三部曲》中,潘神这个自然之神的意识融合了大地的力量和动物的冲动,对"我们的秩序和我们的道德"的混杂是"巨大的"(I,p.1060)。因此,这种意识在小说中就体现在一些敢于挑战偏见的人物身上。率真的人物大多具有奇特的形象,如《山冈》中的戛古,他的"嘴唇耷拉着,眼睛呆滞无神"(《潘神三部曲》,第26页),只会说自己的名字"戛古","声音一高一低,像头牲口"(《潘神三部曲》,第27页)。戛占凭借自己的直觉,先于白庄的村民们跑向水源地,并且他"不顾火炭烫脚",毫不畏惧地"钻进了那个闪耀着成千上万枝金烛台的世界"(《潘神三部曲》,第119页),冲进了一场规模空前的山火中。戛古的形象其实也正是卢梭所描绘的"原始人"的形象:受本性的驱使,处在自然的状态,没有经受现代社会生产力分工所导致的"堕落"。

吉奥诺作品中的叙事结构是建立在作者的意愿之上的,在寻找宇宙的永恒故事与人类冒险过程之中达成平衡。作者本人在小说中的化身为循环的个体形象:巫师、治愈者、牧羊人等,他们见证了在可见与不可见之间、在天与地之间、在想象和话语之间追寻的和谐。《山冈》中的雅内便是这样的一个人物。雅内是不合群的,他扮演了调解者的角色,让人们清楚地看到自己破坏性的行为所带来的后果。雅内像个危险的启蒙者,他的话语既让人不安,又让人重新审视以往过于死板的生命观。雅内的话语并不是醉酒之后的胡言乱语,他揭示了看似在人类统治下、专为人类特权服务但其实并不然的等级制度:

> 按照过去的方式,一切都很简单:人和周围的环境,受人主宰的是

动物和植物。

……………

现在该按弄明白的方式生活了，这是残酷的！

这是残酷的，因为现在不再仅仅是人和受人主宰的其他一切，还有一股狂暴的巨大力量，人和野兽和树木，统统在它的主宰之下。（《潘神三部曲》，第94页）

相形之下，《一个鲍米涅人》里的阿尔班的音乐也有引起人不安，甚至令人恐惧的力量。实际上，启蒙者自己就是在呼唤隐藏在我们身上的力量，并且用不同的方式来激发它们，雅内用话语，阿尔班用音乐。他们是潘神的"通灵者"，他们用自己的方式让我们听从他们的教诲。正如潘神的排箫一样，阿尔班的口琴也具有神圣的力量，它是"用来医治所有属于大地的人，他们的血液里含有青草的养分，他们有着草原和果园般宽阔的胸膛，橡树枝一般粗壮的胳膊，树皮一般粗糙，时时受风儿爱抚的皮肤"（《潘神三部曲》，第226页）。矛盾的是，当这音乐积累大地的、情欲的和动物的真实时，它变得越发"纯洁"。（《潘神三部曲》，第230页）

《一个鲍米涅人》中的阿尔班，《山冈》中的雅内，他们两人一正一邪，是潘神的两副面容，他们都在回应原始的召唤，号召人类找寻最初的使命。所以人类要经受具有启蒙价值的各种考验，不过在我们现代习俗中已经找不见这些启蒙价值，而各种考验被我们加上了负面的意味：白庄回归最初的混沌状态，雅内的谵妄，夏古的动物性，阿苏尔对事物的宇宙性恐惧，玛迈什的死亡……这些都意味着人们必须在经历的内心和外部的黑暗历程之后才能获得对世界的认知，才能与世界和谐相处，这正是"沉浸在混杂着人类、牲口、树木和石头的生命的厚重泥浆中"① 的世界。

吉奥诺后期创作的重要作品是"轻骑兵系列"，这时他的风格开始转变，当然也体现在对作品人物的刻画上。"轻骑兵系列"与吉奥诺的其他文本相比，具有一种特殊性：这一系列骑士冒险小说描绘出情感的高贵。主人公只有身处特殊的情境之中才能感觉自身的存在，从而彰显他的优越性。以圆桌骑士为榜样，昂热洛希冀在冒险中知晓幸福的含义，他率性而为，率真而为。他在思考社会转变期的世界观，即吉奥诺自己的世界观，他的

---

① Julie Sabiani, *Giono et la terre*, Paris, Editions Sang de la Terre, p. 62.

世界观不接受他所处时代的社会,因为这个社会已经被异化成利益的机制。选择这样一位贵族式的主人公,可以让我们重新定义现代贵族精神,这种贵族精神体现为勇敢、博爱和无私。在创作昂热洛这一青年骑士的形象时,吉奥诺坦承自己受到了司汤达的影响。昂热洛的身上有着太多《红与黑》中的于连和《巴马修道院》中法布里斯的影子,他们丝毫不顾及自己所处阶层的态度,在任何环境中都是率性而为。

其实,从"农民"到"骑兵",吉奥诺作品中人物风格看似发生了突然的嬗变,但外表形象之下依然存在人物内心的连续性。吉奥诺在写"轻骑兵系列"之前就已经在追求司汤达描写人物的风格。如果说穿着马靴、挎着佩剑、英姿飒爽的昂洛热很像于连和法布里斯的话,那么他早期作品中的庞图尔和博比其实也很像于连和法布里斯,尽管他们的农民装扮与贵族骑士的形象相去甚远。无论是青年农民庞图尔,还是青年骑士昂热洛,他们的共性都在表达超脱社会现实的人的品性。

《屋顶上的轻骑兵》是"轻骑兵系列"的第二部冒险小说。这部小说之所以能够引起读者和学界的强烈反响,很大程度上是因为吉奥诺成功塑造了一位代表普罗旺斯骑士精神的人物形象——昂热洛:"昂热洛这位流浪骑士,举止优美而典雅,他驰骋的形象正是吉奥诺希望构建的典范。"[①] 柳鸣九先生的评价则把"昂热洛"这位品格高尚、情趣优雅的骑士提升到更高的层次,称他为"20 世纪文学中少见的英雄塑造"。因为在 20 世纪法国文学,甚至整个 20 世纪西方文学中,流行色调基本上是灰色,即便是英雄人物,也多少带有灰色的基调,完全光辉照人的英雄人物几乎不存在。从这个意义上说,吉奥诺所塑造的这个轻骑兵的品貌与风格,可谓绝无仅有。[②]

昂热洛的出身并非完美,他是一位公爵夫人的私生子,所以他不属于任何秩序。但是他散发出完美的光辉,表现出理想的存在,因为他总是在追求理想,而且从不认为自己已经实现理想而放慢追求的脚步。吉奥诺通过对这个人物的塑造,把英雄主义定义为"情感的贵族"。昂热洛对自己从不骄傲自满,而且透过他的视角,我们可以不断发现某些人的犬儒主义。这样的谦卑证明了一种矛盾的骄傲形式,因为它证明了纯粹性的苛刻要求,

---

① Michel Gramain,《Le Hussard sur le toit : Réception du roman (1951 - 1952)》, *Revue Jean Giono*, N°. 4, 2010, p.159.
② 柳鸣九:《超越荒诞:法国二十世纪文学史观》,文汇出版社,2005 年,第 165—169 页。

绝对的完全和理想更多存在于希望而非实现之中。

整部小说中，昂热洛时常要走进染上霍乱的村庄或城镇，这给了他与霍乱进行斗争的机会。比如，吉奥诺在描写昂热洛帮助一位妇女救她丈夫的场景中使用了大量动词："他（昂热洛）试图按住那个人的身体……他移到比较干的地板上站稳脚……双手抓住不幸人的双臂……机械地擦揉他的大腿和臀部……用一块做床帏的印花布擦了擦脸颊。"（《屋顶上的轻骑兵》，第87页）"按住""移到""抓住""擦揉"等这一系列动词表现了昂热洛抢救病患时的迫切性和责任感，对霍乱的战斗是一场"严肃的战斗"（《屋顶上的轻骑兵》，第87页），是一场生命与死亡的直接斗争。作为疾病的霍乱，实际上就是原始力量的爆发，若没有昂热洛的英勇与善良，就没有战胜死亡的幸福结果。虽然昂热洛竭尽全力也没能挽救患者的生命，但正是这份尽责让他事后显得"非常安详"。具有矛盾意味的是，在这最危险的情境中，主人公"感到有点幸福"（《屋顶上的轻骑兵》，第88页），因为他真正直面了与霍乱的战斗。

我们在昂热洛与霍乱不懈的斗争中，可以感知到他的贵族精神和道德典范，他的优点使两种形象发生了鲜明的对比：负责任的个人与胆怯的群体。昂热洛和波利娜体现了个体价值和贵族典范，而人群象征着人类最原始的冲动：恐惧、自私、迷信。从路障里的懦夫到马诺斯克一帮歇斯底里的人，这些群体之人的言行既滑稽可笑又令人恐惧。只有"阴郁嗓门"（《屋顶上的轻骑兵》，第92页）的警察和他的同僚不与这些人为伍。昂热洛很想与他们为伍，他看到警察脸上的伤疤，觉得"没有比这伤疤更漂亮的东西了"（《屋顶上的轻骑兵》，第92页），心里对他们"不胜钦佩"（《屋顶上的轻骑兵》，第93页），但他不习惯受保护，希望他们能把他视为拯救者而不是受害者。

小说中昂热洛与波利娜的默契，让人不禁联想到《再生草》中的庞图尔和安日尔这对青年农民夫妇。虽然前者英姿飒爽地策马驰骋，而后者过着男耕女织的乡村生活，但"农民夫妻"和"骑士伴侣"未必相去甚远。两对青年伴侣的性格都格外相似，他们都是一下子就情投意合，具有同样的热情，同样的骄傲，同样的勇敢。如果说庞图尔和安日尔是在认识大地的过程中达成默契的话，那么昂热洛和波利娜则是在共同面对危险时达成情感上的默契。然而，危险不仅来自霍乱，也可能来自人类。他们经过圣

第四章 人类意象符号

迪齐埃附近的一个小村庄,它出奇的安静让过客们疑窦丛生:不同寻常,不可思议。(《屋顶上的轻骑兵》,第345—346页)村民们近似巴结的好客外表之下隐藏着贪婪:一位女村民试图向波利娜诈取她的戒指,一位八十多岁的老头不停地觊觎着昂热洛的呢大衣和背包,甚至"粗鲁"地去摸它们。(《屋顶上的轻骑兵》,第349页)于是波利娜对昂热洛说:"我觉得这地方好奇怪,相信我,我们的处境不安全。"(《屋顶上的轻骑兵》,第349页)整个村庄变成了一个陷阱,昂热洛和波利娜必须结成统一阵线来对付全村村民。如同歇斯底里的马诺斯克市民,这里的村民既不人道也未开化,"这是一伙不再怕警察的正直人"(《屋顶上的轻骑兵》,第350页)。在面对面的交手中,波利娜手握枪,昂热洛"腋下夹着小马刀",但他的"气势比手枪更使人惊慌害怕",在波利娜打伤一位村民后,两位主人公就彻底把全体村民"慑服"了。实际上,这些村民不是真正的强盗,他们只是具有幼稚激情的不负责任的人,他们还是"正直人"(《屋顶上的轻骑兵》,第350页),"他们对可让他们不再需要恶狠狠地扑向某人的许多事,是很感兴趣的"(《屋顶上的轻骑兵》,第353页)。

在《屋顶上的轻骑兵》这部小说中,"人群"总是释放出负能量,而从"人群"中被隔离出来的"个人"总能显示出价值,如同经历过两次世界大战的吉奥诺,从战前的出于国家利益的乐观主义转向某种怀疑主义。除了着重表现昂热洛的英雄主义之外,吉奥诺对于其他"个人",如医生、嬷嬷等也进行了有力的肯定。他们如同黑夜中的明灯,共同照亮着陷入灾难的人类社会。比如在霍乱爆发的马诺斯克,昂热洛跟着嬷嬷一起去挨家挨户地救治病人。令昂热洛感到惊讶的是,"这个嬷嬷有着非凡的影响",她"走到哪里,哪里便井井有条。她一进来,屋里便不再有悲剧。尸体变得自自然然,一切,乃至最小的东西,都立即各就各位。她无须说话,只要在就足够了"(《屋顶上的轻骑兵》,第154页)。嬷嬷的形象与宗教画中的"圣母"形象相去甚远,她外形粗陋,有着巨大的喉结,撅着的厚嘴唇,巨大的脑袋,巨大的手……(《屋顶上的轻骑兵》,第156页)但就是这"粗重的身躯"(《屋顶上的轻骑兵》,第156页),这个"没有文化,年纪轻轻就来修道院干粗活"(《屋顶上的轻骑兵》,第158页)的嬷嬷创造了奇迹。她看上去像"一种古老智慧的化身"(《屋顶上的轻骑兵》,第160页),以至于昂热洛"完全被她迷住"(《屋顶上的轻骑兵》,第161页)。

吉奥诺在《屋顶上的轻骑兵》中安排昂热洛和波利娜两位主人公与马赛歌剧院的单簧管独奏者相遇,这是作者精心安排的。首先是为了让由圣迪齐埃村庄村民的卑劣行为而使读者对人性产生的悲观情绪有所缓和。不过,如果一个人真的非常热情,懂礼貌,明事理,归根到底这是非常个人化的品质。他不光会出于害怕染上霍乱而与人保持距离,他也会保持自己的矜持。昂热洛对这位单簧管演奏者的看法甚至带着一点思乡之情:"我喜欢(他)这种说话方式,所以这些话都是胡言乱语。这是我家乡的说话方式;管它是真是假!"(《屋顶上的轻骑兵》,第359页)"人"在《屋顶上的轻骑兵》这部小说中成了"稀罕的物种",如果说单簧管独奏者这个昂热洛在路上偶遇的人代表了人的所有美好品德,并且他勇于独自行走在瑰丽的大自然中,富有诗意和想象力,那么他实际上依然摆脱不了自私自利:"我是个自私自利的人;这是我唯一会做的事。其实与其说不舒服,不如说害怕,否则我不会开玩笑。"(《屋顶上的轻骑兵》,第359页)这个引起昂热洛极大热情的生动人物,最终还是让人失望不已,毕竟完美的人性大多存在于乌托邦中。吉奥诺作品中的人物产生的客观行为往往不太具有意识。他们的表现就是"激情反应和道德反应的可见的整体性"①,他们的道德意识和道德力量也是他们必须遵守的事实。他们的命运是诸多力量的结合,也许这些力量相互矛盾、相互对立,但一定是能够控制他们的力量;他们的命运抑或也是某种显要激情的表达。对此,人物本身没有主动的思考,也缺乏主动的担责行为。

对吉奥诺而言,英雄主义不是上天的恩赐,而是在展示自己能够一直秉持责任感的能力的同时获得的。对可靠、真诚、不墨守成规的英雄人物的渴望,其实也见诸我们这个时代。无论是马尔罗,还是加缪,他们的作品都反映出这种追求的渴望和激情,他们笔下的个体都希望表现出自由的、负责任的形象。这种追求也反映在萨特的作品中。对吉奥诺而言,纯洁的个体可以被直觉所认知,而视觉对这种认识起到关键作用。因而吉奥诺在这方面与他同时代的人拉开了距离——那些作家在作品中希望实现的价值到了吉奥诺的笔下则成为即时现象。

吉奥诺除了把独特的个体塑造成散发英雄主义光芒的形象之外,他还对

---

① Jacques Pugnet, *Jean Giono*, Paris, éditions Universitaires, 1955, p.69.

农民、手工业者抱有友谊和怜悯。这份友谊，这种怜悯，都是心灵内在的状态和品质。正是通过手工业者和农民的劳动，吉奥诺将这些人提升到自由人的高度，意即这些人不受文明的人为规则的束缚，这是与自然力量发生直接联系的必要条件，是宇宙伟大性所表述的内容。像叙述者这样的劳动者天生就会使用诗学手段来感知甚至是表述这种伟大性。在吉奥诺的作品中，人类的这种天性与闪烁着人性光辉的人物形象叠合在一起，显示出永恒的伟大：《山冈》里的雅内，《愿我的欢乐长存》中的博比，《一个郁郁寡欢的国王》中的V先生，等等。因此，对这些个体形象而言，与伟大力量的直接联系，就是力量的标志，这种力量不同于大自然，这些人物不仅仅是在表达它，也是在通过一件作品或是一段情感来阐释它。

与作者本人的情感相似，吉奥诺塑造的这些纯真高贵的个人英雄，内心也非常看重友谊，常常抱有悲悯的情怀，这也是一个全情投入的人所应该具有的品质，这样的人甘于冒着生命危险来拯救处在困苦与悲伤之中的人们。当然，吉奥诺作品中的人物并不都是如此善良仁慈、富有勇气的，但是他作品中具有如此品质的人物实在不胜枚举：面对危险，他们都会毫不犹豫、毫无保留地救人于困境中。《蓝衣老让》中的老爹照顾麻风病人，晚上还为麻风病人驱赶老鼠，没有表现出丝毫的不适甚至厌恶感。《屋顶上的轻骑兵》中的昂热洛冒着被传染的危险，一个接一个地抢救身边的霍乱症患者……他们的行为正是人性本善的绝佳表达。

吉奥诺同时也把个人的劳动和经受的考验作为联结笔下人物的一条主线，使之构成小说情节发展的主要动力。他前期作品中的农民和手工业者正是凭借劳动成果体现自己的价值。而且往往在小说情节展开之后，人物便会不停劳动。他们各自的从业经验会渗入其冒险之中并为其服务。在后期作品中，"编年体"系列中的人物也从事着需要全情投入的工作。昂热洛的父亲是盲人收容所的主管，《伟大的历程》中的主人公是面粉厂的看门人，《一个郁郁寡欢的国王》中的朗格鲁瓦是警察……这些职业都需要人们24小时不间断地工作。这些最稀疏平常的工作构成了一张网络，上面连接着丰富小说情节的其他诸多元素，让人与人、人与自然的关系在平凡中显出和谐之美。

20世纪是个风云变幻的世纪，个人的际遇随着宏大的时代变迁而跌宕起伏。文学家们以自己创作去考量境遇，思考人性。马尔罗的主人公在诠释冒险的虚幻,加缪的主人公在博爱中寻找存在的理由,吉奥诺的主人公则在不曾言说的激情中具有绝对的直觉。虽然吉奥诺的作品大多表现为"历史小说"的形式,看似与他所处的 20 世纪相隔遥远,但是他的想法完全不是再现历史原貌,描绘他的时代才是重要的。《山冈》中的雅内,《一个鲍米涅人》中的阿尔班,《再生草》的庞图尔,《一个郁郁寡欢的国王》中的朗格鲁瓦,《屋顶上的轻骑兵》中的昂热洛……作家用一个个鲜活生动的人物形象在向我们暗示,这些人物是自由的,他们的自由体现在自然力量的爆发上;我们只有思考我们的趋向和激情并能控制它们,我们才能拥有意识,获得自由。面对吉奥诺笔下众多的典范人物,读者可能会质疑其奉献精神,质疑其价值观。其实,这样的人物不必自我克制,他们总是服从于某种力量,服从于大自然赋予他们的强劲天性。他们的生存环境绝对谈不上优越,甚至可以说是异常恶劣的,但他们的行为体现了对障碍和困难的抗争。他们的人生境遇常常布满阴云,但他们的精神风貌却一如灿烂的阳光,照亮人类前行的道路。归根到底,他们是大自然的活跃分子,他们的性格与品质恰好谱写了一首首生生不息的自然之歌。

第二节　复杂矛盾的集体精神

人是一种社会性的动物,对人的考量不光是对其本身的考察,更要考察其所处的社会群体。吉奥诺很多作品中的人物都聚居在同一个村庄,如《山冈》中的白庄,《一个鲍米涅人》中的鲍米涅村,《再生草》中的奥比涅纳村,等等。虽然身处荒凉的村庄,时时面对残暴的大自然,但农村群体中的人们都习惯帮助弱者,帮助那些诉求正当利益的人。这些村庄中的人们因为需要完成共同的任务而过着同样的生活,他们几乎总是团结一致、互帮互助。他们之间相互借牲畜、借种子,他们会共同播种,共同收割,共同制作木筏。这既是为了自己,也是为了大家。村民之间的关系充满友情和关爱。在《人世之歌》中,安托尼奥出于本能就和马特罗一起出发,帮助他找寻儿子,而他的儿子被杜桑收留。《一个鲍米涅人》中的阿梅德,《愿我的欢乐长存》中的博比,《再生草》中的阿苏尔,他(她)们都获得了当地人的接待或收留。对外来人的"好客之情"在吉奥诺的小说中随处可见，这是美好的感情，也是人性的传统。

农民们劳动的果实在互帮互助的基础上，也需要交换，以维系自己的生存，于是他们在农村集市上以物物交换的形式实现交易。对此，作者在《再生草》中花了好几页的篇幅加以展现。这种农村的"物物交易"与城市中以钱为基础的"钱物交易"不同：前者的交易需要交易双方非常信任，交易双方在交易中会产生交流，加深感情；后者的交易虽然更清晰明了，但也更显冷酷，交易一结束也就意味着双方临时关系的终止，彼此间很难有进一步的关系深入。因此，从农村朴素的交易方式上也可以感受到农民群体间的和谐关系。

在《山冈》等吉奥诺早期作品中，可以明显地看到他那与潘神的神话有关的乡村信仰，作者以轻松活泼的方式展示了白庄村民的集体无意识。荣格曾经说过：集体表现具有一种统治力，因此用最强大的阻力去抑制这些集体表现并不让人感到奇怪。当它们处于受抑制的状态时，它们并不隐藏在某个平庸之后，而是隐藏在这些表现和这些形象之后，基于其他原因，这些表现和形象已经产生了一些问题，并且增加和强化了它们的复杂性。① 我们看到，这种集体的表现并不属于情感的范畴。对于与土地为伴并且耕作土地的人而言，自然事物的存在对他们来说太过熟悉，反而激发不起他们身上漫步者热衷的土地魅力。怀有些许敌意的世界迫使这些人激发起他们所有的能量。我们不要忘了，人也是一种自然事物，一种与万物相关的元素，人参与宇宙生命的构建，这种生命的每次表达都是人肉体凡胎的震动。

吉奥诺洋洋洒洒地描写农民，描写这些生活在土地上的幸福的人们。土地向他们提供了所有的食物，土地的季节变换与农民的生命节奏相辅相依，两者之间的接触是种感性的愉悦，不断激荡着他们的存在。每个人在某种程度上都经历过《人世之歌》中安托尼奥的感受：沉浸在河水中，皮肤上感受着河水的流动的生命。农民系列人物并不只是表现为他们抗击自然的英雄时刻，冒险的天性显然也不是他们唯一的特殊品性。在这些人物身上，他们的迈步呼吸，他们的耕地劳作，都构成了小说的情节。他们的命运首

---

① Carl Gustave Jung, *Les racines de la conscience*, *études sur l'archétype*, Paris, Editions Buchet / Chastel, traduit par Yves Le Lay, 1971, p.74.

先是由最朴素的劳动姿势编织而成的。在这丰富的生存底色中，突然勾勒出他们的悲剧或他们的抗争。吉奥诺对于自己描写劳动的人是怀有深刻的敬意和诚挚的友谊的。在现实生活中，作者经常走进一家家工匠铺子观察工匠的生活，走进一片片田地观察农民的播种。当地的牧羊人无数次陪他走到南部高原，瞭望无垠的天地壮美之景，吉奥诺希望领会人的全部生命的真谛。他笔下的大部分人物——特别是早期作品中的人物——是一直从事农业活动或手工业劳动的人，一刻都不停息，几乎所有人都靠自己的劳动生活。吉奥诺想借此表明，数百年来一代代农民所积累的经验构成的是一种世界观，一种生活艺术，这些经验以和谐的方式处理着人与自然、人与人之间的关系。在他们的生活艺术中，人与环境的关系自然和谐。① 比如农民的房子，它虽然是人造的空间元素，却不会对自然造成破坏，而且还与周围的环境完美融合；他们用人造工具耕种大地，却不会对大地造成伤害，相反大地却因此生机勃勃，物产丰富。

　　吉奥诺歌颂劳动本身，他将劳动视作生命的自然表达。他笔下的人物，无论是农民，还是手工业者，都是通过他们的双手来认识世界的。这其实是深受他家庭的影响。吉奥诺的父亲是一名自由的手工业者，不是一名无产者，也不是一位把希望放在工会身上的工厂工人。即便吉奥诺父母不是很富裕，他们还是具有小农场主的慷慨，经常把丰收的农作物与邻居们分享。吉奥诺一生都在凭借这种集体的田园牧歌来控诉大型的现代化农业和单一种植，后者可以生产出完美的桃子，但毫无口味可言。（*Trois Arbres*, pp. 87 – 93）这是一个自愿合作的集体，使得贫穷可以接受。相反，我们在《强有力的心灵》中遇到的工厂工人都是些很愚蠢的人，他们"从未摆脱烦恼"（V, p.424）。吉奥诺作品中的农民会感知季节的更替，感知他们所耕种土地的特质，能够预料大地那深沉伟大的意愿；手工业者则会感知到抗拒他的物质的隐秘力量。他们直面自然事物，深入自然事物，感受这些事物的反应和耐力，探寻这些事物背后的隐秘力量。这些直面大自然的劳动者，虽然从未触碰过农业设备或工业机器，但他们对自然事物的观察，对自然物质的直接触摸，从某种程度上已经表明他们就是大自然的诗人。他

---

① Anne-Marie Marina-Mediavilla, *Pour mieux comprendre 《Regain》* in *Regain*, Jean Giono, Le Livre de Poche, 1995, p.174.

们用双手勾勒出的劳动姿态就是他们认知世界的第一步。吉奥诺不仅强调劳动的诗意价值，而且还重视劳动中蕴藏的科学。① 他在作品中描写过多种职业，他显得对这些职业了然于胸，甚至能将看似难以表达的劳动技法得以圆润地表达出来。

　　吉奥诺在塑造人物之间的关系时，往往将其纯粹化处理，把诸如嫉妒、骄傲等模糊暧昧的情感剔除在外。人物个人的情感世界呈现本性的纯洁或绝对的纯洁，对"恶"的表达则被格外净化了。然而，这并不意味着农民群体是绝对高尚、纯洁的，他们无意识的自然状态也使他们具有抑制不住的集体焦虑，《山冈》中的村民们便是很好的例子。小说中，为了消除自然异象带来的危险，村民们组织起来看守。他们除了看到一只黑猫外没有看到其他活体生命，但是寂静中倒霉的一天还是降临了——泉水枯竭了。若姆是这个偏僻村庄的头，他记得雅内以前曾经找到过水，于是就向雅内请教，却被他讽刺了一番。于是这次村民们在若姆的带领下跟着傻瓜戛古，凭借着他的"天赋"，终于在一个偏僻的村子里找到了水源。然而，一场高烧吞噬了阿尔波的女儿玛丽，大地威胁说要报复。若姆试图获得雅内的好意，行将就木的雅内却嘲笑他要与山冈斗争的意图。人摧毁了永恒的秩序。黑猫再次出现，村民们被恐怖折磨得奄奄一息。火灾让山冈变得荒芜，戛古也离开了人世。大家都坚信是躺在床上的雅内在操纵着大自然的力量，于是决定去杀死老人，但他那时已经死去。经历了一系列的天灾人祸，白庄的生活又恢复了平静，一如平常。

　　对于群体而言，除了集体焦虑外，我们还看到了农民们的群体性沉默。我们在吉奥诺的作品中可以找到很多例子来佐证其作品中人物不使用言语，是为了成为沉默的标记。沉默使他们在大自然中离群索居，大自然于是也被打上了相似的标记。在《一个鲍米涅人》中，村民的祖先仅仅是因为持不同的宗教信仰而被割掉舌头，但"他们用残留的舌根讲话，听起来就像野兽嗥叫。他们为此感到很痛苦。这正是山下那些人在割掉他们的舌尖时所希望的"（《潘神三部曲》，第157页）。于是这些丧失说话能力的人就来到鲍米涅村，在这个自然田园的空间里，他们要避免伤残给他们带来的不便。他们从此就在这片自然中开辟新天地，构建带有沉默标记的典型的鲍

---

① 姜依群：《让·齐奥诺生平及其创作思想》，《外国文学报道》1982年第2期，第66页。

米涅人族群。

事实上，吉奥诺笔下以村庄为单位聚居的农民，他们之所以拥有"真正的财富"，并不是因为他们可以食用干净的水果，呼吸新鲜的空气，处处都以自己为中心，而是因为他们生活在自然存在的秩序中，让自己的本性充分舒展，通过与更伟大的宇宙生命的接触，从而丰富自己的生命。从这一意义上来说，舒适无虞的生活，周围环绕着亲朋好友，并不是一种幸福。农民们可以过异常艰苦的生活，他们的幸福从根本上是用生命的强度来衡量的。

如果说吉奥诺二战前在作品中偏重于描写农民群体，那么二战后农民群体似乎一下子从他的作品中消失殆尽。作者似乎更注重描写市民这一特殊的群体，而农民群体特有的纯朴与欢乐也被市民群体的自私与冷漠所替代。我们考量过吉奥诺在二战之后形成的悲观主义情愫，发现他对人性的批评变得严厉，以至于他可能对人类产生了可悲的看法："霍乱很卑鄙，可其他人更卑鄙。"（《屋顶上的轻骑兵》，第 97 页）这句话语出自《屋顶上的轻骑兵》中挽救昂热洛的路人之口，简单而深刻。他的悲观酷似他在经历二战中的经历以及随后的一系列事件他所产生的情绪。小说中有段描写，当昂热洛被诬陷为水池投毒者时，在没有任何证据的情况下就被当地人民控诉。毫无疑问，作者在描绘这段情节时，一定是想到了自己的个人际遇：他自己在法国解放后也成为人民愤怒控诉的对象。实际上作者原本确实想在他的小说中嵌入对该事件的影射，但他最后放弃了这一计划，他还是愿意让作品自己构建起自身的治疗和净化的体系。如同法国医生、修女，以及挽救昂热洛性命的陌生人，都是心灵的疗伤者。在作品中，他们以不同的面貌，以不引人注目的方式充当着昂热洛的导师。他们的存在是真实的，因为他们促进了昂热洛的成长，增强了他的人道主义意识。对吉奥诺而言，他撰写这部小说可以让他驱赶内心的悲观和恐惧，甚至化解个人命运的仇恨，否则这些情绪一直郁积在心中的话，会使他从一个"维吉尔式的诗人"最终变成一个尖酸刻薄的文人。

同样在《屋顶上的轻骑兵》这部小说中，我们发现了非常奇怪的现象：随着霍乱的不断传播，不同的生物种群之间在相互渗透，人群变得更具动物性，而动物变得更具人性。站在屋顶这样有利的位置，昂热洛得以以观众的身份来观察一群人"集体的歇斯底里"，作者在这里使用了一系列的动

物隐喻:

> 他们像母鸡争食般地在争抢着什么东西。他们践踏着、蹦跳着,这时,从他们脚下冒出了更尖利更闪着金光的叫声。那是一个男人,人群正在用脚后跟踩扁他的脑袋,把他活活踩死。在踩踏的人中间,有许多女人。她们吼叫着,那低沉的吼声发自喉咙,和快感时的喊声非常相似……二十来个男男女女离开广场,向大街走去,突然,这群人四散开来,犹如一群鸟挨了一块石头的袭击。出于本性,这些人表现得冲动盲目,似乎返回了动物阶段:"……她们开始大呼大叫,激奋地拥挤在一起,犹如一堆老鼠""那些脑袋像乌龟头那样迅速缩回去,百叶窗合上"。(《屋顶上的轻骑兵》,第124页)

这个"歇斯底里的群体",完全就是法国哲学家莫斯科维奇笔下的"群氓":挣脱了锁链,没有良知,没有领袖,也没有纪律,根本就是本能的奴隶。吉奥诺在这段篇幅不长的描写中使用"母鸡""鸟""老鼠""乌龟"等多种动物来隐喻人群,表明危急时刻的人群几乎已经丧失了基本的人性,个个自私,人人自危。莫斯科维奇也认为人在个体时还是可以"忍受"的,但"在一个群体之中,他们与动物王国中的动物就相距不远了",抑或是变成"一群笨蛋"。① 与此同时,霍乱的流行加剧了人群"群氓"特征。霍乱夹杂着炎热,迸发出难以言状的效果——身体效果(传染、死亡)和心理效果(恐惧)。除了昂热洛的亲眼所见之外,霍乱还主要出现在帮助昂热洛找日于塞普的小男孩的叙述中。小男孩在描述霍乱时没有忠实于现实而是把它描绘成了超自然力量,一种凶恶的力量(《屋顶上的轻骑兵》,第205页),肆虐在法国南部的各个城市,把城市的居民变成自然的野兽,歇斯底里地施展着最不可思议的原始的破坏力量:

> 在马赛,有些街上尸体堆得比店铺的橱窗还要高。埃克斯也惨遭蹂躏。那里猖獗着一种极其可怕的瘟疫。病人发病时极其狂躁,跌跌撞撞地到处奔跑,嘴里狂喊乱叫。他们眼睛发光,嗓门沙哑,像是得了狂犬病。朋友们互相躲避。有人看见一位母亲被儿子追逐,一位女儿被母亲

---

① [法]塞奇·莫斯科维奇:《群氓的时代》,许列民等译,江苏人民出版社,2003年,第18页。

追逐,年轻夫妇互相追逐,埃克斯城变成了猎犬追逐的场所。据说那里刚刚做出决定,把病人全部打死,护士换成了猎人,拿着粗短棍和套马索在城里逛游。在阿维尼翁,也到处是谵妄的病人:他们跳进罗讷河,或上吊自尽,用剃刀割喉咙,用牙齿咬断静脉。(《屋顶上的轻骑兵》,第205页)

叙述在这里传播着,扭曲着,夸张着,具有了世界末日的维度。霍乱已不再是身体上的病痛,而变成了心灵上的病痛,病人们"狂躁"不安,"像是得了狂犬病"。整片城市都被这种超自然的灾害侵袭,人们已经全然不顾亲情友情,如野兽般在狂野追逐,像是无一例外地受到了自然的惩罚。霍乱的面貌再次表现为传染病的流行和死亡的加速。面对具有死亡威胁的传染病时,人类表现得没有主见,如同群魔乱舞,如同戴着动物面具的游行队伍。吉奥诺借一位旅店过客之嘴道出了人类懦弱自私的悲哀本质:"霍乱在……城市里作威作福……人们戴着假面具参加彩车行列。为了逃避死亡,人们化妆成麻雀、小丑、家禽,抑或装扮成滑稽的人物。人们戴上假面具,硬纸板假鼻子、假髭、假髯,人们戴上快活的假脸,让人演出《身后之事与我何干》。我们回到中世纪了,先生。人们在所有的十字路口焚烧稻草人,称为'霍乱老人';人们侮辱它,讥笑它。我们围着它跳舞,回到家里,害怕得要死,或恐惧得要命。"(《屋顶上的轻骑兵》,第286页)

在整部小说中,个人对霍乱的体验夹杂着一种集体性的体验,这种体验是通过或夸张或怪诞的转述话语来表达的,使得作者可以以复调的方式表现霍乱的模糊性,对霍乱的阐释也更心理化,表明霍乱不光给人们造成了身理伤害,更给人们造成了心理伤害,它让任何潜在的病人都变得疑神疑鬼:"霍乱病是可以臆造出来的。"(《屋顶上的轻骑兵》,第357页)这深刻反映出霍乱对于人类群体造成的影响——心理的疾患远甚于肉体的病痛。

总的来说,吉奥诺小说中的"人"与"动物"大体上处于一种敌对关系中,但处在敌对关系中的两者却有着某些共同性。《屋顶上的轻骑兵》中的人群通常就像"一堆老鼠"(《屋顶上的轻骑兵》,第124页),印证了最赤裸裸的犬儒主义。小说中"群体"的行为不光糟糕,而且还令人恐惧和愤慨。小说中最令人愤慨的场景基本都发生在马诺斯克等人群聚居的城市空间。"群体"没有表现出读者所期待的"安慰"或"激励"的作用,相反,"群体"似乎在强化着去人性化的作用,正如以下群体施暴的恐怖场景所展示的：

> 他们（人们）给扔在街上的尸体净身……有的坐着，人们故意把他们摆成休息的样子；还有的随便乱扔，藏在垃圾堆下面，甚至肥料堆下面。（《屋顶上的轻骑兵》，第163页）

> 有人得了霍乱，在他极度痛苦和垂死挣扎时，人们就远远躲到屋子的另一头：临终的景象从来不是很有趣的，不过，人们这样躲之远远，可以不再是因为胆怯和卑劣，这些理由在共同生活时是很难承认的；相反，是出于谨慎，出于好的教养……所有这些看法，是资产阶级职责的基础。（《屋顶上的轻骑兵》，第321页）

从这群人身上，我们看到了人性的丧失，看到了"适者生存"的残酷规则。他们的目的在于自我保存，而不在于孕育生命；在于与死亡斗争，而不在于为生命斗争。因而我们要恢复人性，恢复自然之魅，最重要的就是从动物人到人性人的过渡。①

当然，吉奥诺笔下的群体并非总是像霍乱笼罩下的恐惧人群那般脸谱化，毕竟复杂社会中演变出的是多姿多彩的人性。作品中吉奥诺所描写的群体有时也是偶然或临时产生的。这些群体通常都不会受到私心的困扰，不会受到利益的驱使，而自私冷漠和唯利是图恰恰是我们现代社会病最有力的写照。他笔下的群体是友谊和团结的写照，但是这样的"友谊"或"团结"总会受到考验，经历挫折，从《山冈》中山泉的干涸到《屋顶上的轻骑兵》中霍乱的肆虐，面对这些大自然的施暴，人们自然会表现出思想的分歧，但在克服这些困难的过程中，人们终究还是会心心相通，重新达成心灵的默契。我们看到，吉奥诺作品中的村庄大多会经历从荒凉到复兴的过程，这实际上也是村庄群体意识觉醒的过程，他们与自然的联系也是不断感悟科学与智慧的过程。谁能融入自然生活，谁就能了解自然进程，就能对联系植物与元素的关系产生直觉。他的科学便是农民的科学，便是天生自然主义者的科学，也便是诗人的科学，可能比真正的诗人少些渊博，但若想生活拥有非同寻常的财富，这一切已经足矣。

当然，即便在吉奥诺最乐观的小说中，总还是会有特例。如《山冈》

---

① ［法］塞尔日·莫斯科维奇：《还自然之魅——对生态运动的思考》，庄晨燕、邱寅晨译，北京三联书店，2005年，第135页。

或《人世之歌》中的某些人物，他们在面对群体的共同任务时就停滞不前，缩手缩脚；不过总体而言，吉奥诺的小说正是人世美好人性美妙的见证。人与人之间几乎具有相同的品质，即作为一个真正的"人"的品质，这便是"人性"。人与人之间的默契非常稳固，像是穿越数几千年的传统，根深蒂固，这中间夹杂的究竟是友谊、互助还是怜悯，区分它们显得并没有多大意义。这种自然冲动贯穿着他前期的小说，纯粹而不朽，在后期小说中，特别是在"编年体"系列中，这种自然冲动依然见诸字里行间，只不过它在很多人物身上表现为"选择性友谊"：他们正直善良，自身的本性驱使他们去认识和帮助同样善良的人们，而对于本性邪恶的人，则要与之斗争。

第三节 人与自然的和谐互动

霍尔巴赫曾经这样评述过人与自然的关系："人类的一切不幸的泉源……都是从对自然的无知中产生的。"①

大自然是以大地、植物、动物、水等各种形式存在的综合体，它不是这些力量的终结地，而是它们完美可见的融合之地。越是难以被触及的抽象自然力量，大自然就越是要包装它们，并让它们变得可以被感知。我们想表明的是，在自然灾害中所表现的暴力，其起源并不纯粹是大地，促成这些暴力的力量是宇宙能量。

吉奥诺自小就生活在自然元素极其丰富的普罗旺斯地区，他生活的这个空间是他感知世界、思考文学的基础。正如梅洛-庞蒂所言："当我的知觉尽可能地向我提供一个千变万化且十分清晰的景象时，当我的运动意向在展开时从世界得到所期待的反应时，我的身体就能把握世界。"② 吉奥诺把自己对自然空间的感知全部注入他的文本中，而自然元素以隐喻之谜的形式存在其中。自然和隐喻产生的效果同时代表了吉奥诺文学文本的形式和内容。人与自然之间的各种元素不断交流，"野兽，人类，星辰和植物，它们像单独的合成化学体一样在交流，同时也在不断地分解"③。

---

① [法]霍尔巴赫：《自然的体系》（上卷），管士滨译，商务印书馆，1964 年，第 14 页。
② [法]莫里斯·梅洛-庞蒂：《知觉现象学》，姜志辉译，商务印书馆，2005 年，第 319 页。
③ Audine chonez, *Giono par lui-même*, Seuil, Paris, 1959, p.45.

第四章　人类意象符号

通览吉奥诺的大部分作品，当涉及人与自然的互动关系时，人往往以"步行"这种简单而自然的方式走进大自然，观察大自然，领悟大自然。在《一个鲍米涅人》中，走进大自然即走进一个光芒四射的场所，具有远足踏青的趣味，具象化了和谐的意象："这天早晨，天气晴和，晨光宛似麦秸的颜色。玫瑰般艳丽的朝阳，刚喷薄而出，它的笑脸捉迷藏似地在白板树枝叶间闪闪烁烁。"（《潘神三部曲》，第159页）作者通过对"晴天"的拟人化描写，构建了一个理想化的走进自然的状态，在喜悦的心情与超现实的环境之间达到了最佳交会点。

"走进大自然"其实不是仅仅针对人类而言的，同时也是针对动物而言的。《再生草》中表现了动物"走进大自然"的过程："听得见画眉在刺柏间飞来飞去。一只棕色的野兔惊愕地在灌木丛中停一停，然后拉长身子猛地一蹿，贴着地面飞跑了。几只乌鸦在互相聒聒叫唤着。阿苏尔三个想找它们，但看不见。"（《潘神三部曲》，第403页）埃马纽埃尔·帕基耶（Emmanuel Pasquier）认为，"走进大自然"是与"存在的表达"进行交汇的一种方式，并且只有通过这种方式，真正的幸福才能在自然空间中产生。他还认为"这就是自然景观在我们身上产生的效应，自然景观总能产生新鲜的惊讶，它来自矛盾的证言：我们既为了自己而对自然表现出巨大的冷漠，同时又让自然组织起来以服务我们自己。"① 从埃马纽埃尔·帕基耶这段话中我们可以看出，大自然改变着远离人道主义的世界，但这个世界又让大自然为自己所用。"走进大自然"让人类与另一种维度的特殊性直接建立关系，这个维度不同于他们接触的同类。卡尔·荣格不幸地发现"人类之所以在宇宙中感到被孤立，是因为人类不再积极投身于大自然，对于大自然的现象，人类已经失去了无意识的情感分享"②。因此，为了颠覆这种倾向，吉奥诺作为大地价值的捍卫者，在作品中去深刻表现人与大地紧密结合的深层关系，恢复"自然现象已经慢慢失去的象征蕴含"③。

这就是为什么要重视吉奥诺作品中体现的"走进大自然"的原因，因为它在某种程度上蕴含了一种集体无意识。作者试图借此来修正荣格揭露

---

① Emmannuel Pasquier, 《La première des passions》, *L'admiration*, Paris, éditions Autrement, Collection Morales n° 26, 1999, p.30.
② Carl Gustave Jung, *L'homme et ses symboles*, Paris, Robert Laffont, 1964, p.95.
③ Carl Gustave Jung, *L'homme et ses symboles*, Paris, Robert Laffont, 1964, p.95.

的"现代性带来的丧失"问题。对于荣格来说,人类向世界的敞开表明"人类与自然的联系被中断了,并因此丧失了这种联系所象征的关系孕育的深刻情感能力"①。因此,在吉奥诺《山冈》等诸多作品中,自然元素符号的无处不在正是为了逆转现实趋势。《山冈》的故事颇具神秘的意象,其目的在于表现不同于能指通常意图的观念。吉奥诺通过这种方法把读者置于一个原始时间之中,置于原生和谐的生态环境之中。

走进大自然勾画出纯粹状态之下人与自然万物进行接触的画卷。与大自然的协调条件为走进大自然奠定了基础;完全自由的演化确立了生机勃勃的大自然,它的范围在不断延伸发展。我们也要意识到这个不断演化的自然环境中会不断有新的生命的出现,它们也在走进一个随时欢迎它们的大自然。此外,自然主体的特点由其内部组织确定,但它的内部组织也会受到人类主体的干扰,并且这种干扰是不可避免的。人与自然的关系必须在尊重平衡的基础上和谐发展,并且这样的关系会得到身处自然中的人的认可。

我们在卢克莱修的作品中也看到生机勃勃的大自然变换天气,以维持它的永恒性:"每年如果没有雨的话,土地就不会获得它快乐的收获。"② 而且作品中对动物界的关注表明了天气对其产生的重要影响,也表明动物们直接或间接的食物其实都来自植物,终究是受雨影响的。显然,"失去了食物来源的动物是无法繁殖后代的,也无法维系它们的生存"。所以这整个生态链需要在自然中巩固平衡,气候在其中发挥了重要作用,它在生命延续的隐性活动中是必不可少的因素。

面对机械论主宰的现实世界,为了重塑和谐的生态空间,埃里什·弗罗姆(Erich Fromm)认为,要重视自然种植,而不要现代性所凭借的无机物种植。在他看来,"希望和生命的爱情必须取代绝望和对机械、对原子的唯一沉迷"③。现代社会脱离了大自然,也就无法与事物的原始冥想进行接触。这恰恰与吉奥诺自发的生态思想不谋而合。他在《天空的重量》中描述生

---

① Carl Gustave Jung, *L'homme et ses symboles*, Paris, Robert Laffont, 1964, p. 95.

② Titus Lucretius dit Lucrèce, *De la nature*, Paris, Garnier-Frère, 1964, trad. Par Henri Clouard, p. 24.

③ Erich Fromm, *L'homme et son utopie*, Paris, Desclée de Brower, Psychologie, 2001, trad. de l'américain par Annick Yaiche, p. 110.

态种植，表明其生态理念绝不仅仅是文字上的说理，而是对现实生活的关照：

> 不仅是这种形式（农庄）适合人，而且产品的质量也构成了绿色环保的快乐……一切都直达餐桌，无需中间环节……国民经济几乎与这种个体经济毫无联系……肥料方面，人们继续使用几乎不用任何花费的堆肥，并且化学家们在绕了一大圈弯路后，现在发现了这种肥料无与伦比的优点……（*Récits*, pp. 488 – 493）

另一方面，埃里什·弗罗姆在面对科技发展时认为："对技术和所有非有机物的兴趣取代了对生命和有机物的兴趣."① 因而，我们一直在试图把时间上溯到大自然非常鲜活的久远时代，对此我们想到了埃尔万·潘诺夫斯基。他在他的《艺术作品及其意义》（*L'oeuvre d'art et ses significations*）一书中，把"世外桃源"称为一个概念，它描绘了在起源时间中人类与他们在自然中的生活之间的完美和谐。他说："世外桃源，如同我们在所有现代文学中所遇到的，如同我们用我们的日常用语所展现的，它属于'温柔'的原始主义，它信仰'黄金时代'。"② 在吉奥诺的世界中，维吉尔式的橄榄园正是这一世外桃源的理想范式。

在吉奥诺的生态空间中，最为活跃的生灵莫过于动物。他在作品中时常叙述动物的运动路线，这实际上就是在叙述大自然的生机："那野兽一边蹭背，一边哼哧，蹭够了站起来，嘴触地嗅了一圈，笨重地扑腾几下，这才不慌不忙地一溜小跑返回了林子。"（《潘神三部曲》，第103页）在《再生草》中，庞图尔在大自然中走着，觉察到动物的存在，起先不动，然后又动了起来，让他感到惊讶，因为他刚开始没有看见伪装后几乎与地面成一色的蛇，只看见"一小片草摆动起来"，后来才看见"是一条水蛇，鲜嫩的皮鳞闪闪发光，正在草丛里爬行"（《潘神三部曲》，第329页）。

大自然的生机和丰盈是与物种延续的本性相辅相成的。雌性动物的"母爱"本性在保护幼崽的方面起了非常重要的作用，如《山冈》中："刺

---

① Erich Fromm, *L'homme et son utopie*, Paris, Desclée de Brower, Psychologie, 2001, trad. de l'américain par Annick Yaiche, p.41.

② Ervin Panofsky, *L'oeuvre d'art et ses significations. Essais sur les arts 《visuels》*, Paris, Editions Gallimard, Bibliothèque des Sciences Humaines, trad. de l'anglais par Marthe et Bernard Teyssèdre, 1969, p.281.

柏下,母野猪独自哼哼;几只满嘴乳汁的小猪崽,竖起耳朵谛听大树枝叶摇摆的声音。"(《潘神三部曲》,第24页)

不过,人在走进大自然的过程中,感受到的不光是祥和,还有愤怒。在《山冈》中,人类自进入场景以来,就出现了与大自然的明显敌对氛围,这在很大程度上是因为人只把大自然当作储存食物的仓库。小说开篇处描写了母猪和幼崽的温馨画面,到了小说结尾处它们却难逃被宰杀的命运:"这是一头肥壮的小野猪,浑身毛竖起来,像颗毛栗子。霰弹打穿了它的肚子,血顺着大腿内侧咕噜咕噜往外冒。它还想站起来,露出几颗白白的大獠牙。莫拉连砍几柴刀结束了它的生命。大家趁热剥了皮,七手八脚把肉分了。"(《潘神三部曲》,第142—143页)

吉奥诺作品中的大自然会引发灾害,对人类的遭遇漠不关心,之所以它有令人恐惧的一面,是因为人类自己对大自然展示着残暴:他们进行战争,破坏土地,城市的扩张让大自然喘不过气来。在《大畜群》中,身材高大的伐木工雷戈达再也无法忍受眼见树木被砍伐,他看着"泥浆中一大片的树皮"说道:"混蛋,你看,混蛋们,这给树木造成了什么后果。"(I, p. 601)在之后的篇章中,我们远远看见一个被炮弹摧毁的名叫萨皮纽尔的村庄:

> 从树丛中冒出一段被砍掉的钟楼的树身。在树林边,一个完全破败的农庄正在腐烂着,它的骸骨四散在草地的水泽中;乌鸦正在啄咬窗框,如同凹陷的眼眶。破败的村庄跨过小溪,一直延伸到一片白垩的地面,没有树木也没有人,一直到远方的山脊,上面冒着抽搐的烟气,充满着闪烁和电光。(I, p. 606)

吉奥诺在此处将房屋拟人化,把房屋的结构称为"骸骨",把窗框称为"凹陷的眼眶",这显然是在反照战场上被老鼠啃咬的阵亡士兵的尸体。为了强烈地反衬出"战争"这一现代工业文明的恶疾,吉奥诺浓墨重彩地描绘了春天瓦朗索尔平原上生活的美丽。这样,大自然依然故我地按着自己的行程前进着、发展着,全然无视人类的疯狂,除非人类的疯狂将其拖入毁灭的境地。

吉奥诺在他的作品中,时常传递着大自然的沉默。对于吉奥诺笔下的人物,沉默往往意味着言语的缺失和不在场。一旦听觉不在场,我们就发现

第四章　人类意象符号

这种沉默往往占据着非常重要的地位。我们可以据此猜测这种沉默处在自然环境和人类感知之间。我们甚至承认这样的沉默触及了作为交际工具的言语的丧失和不在场。另一方面，大自然的沉默反应其实是指向人类的。因此就有必要追踪沉默的轨迹，尽管在自然环境中要完全追踪它的行踪显得困难重重。无论怎样，找出沉默在大自然环境中的源头是有必要的。罗贝尔·梅尔（Robert Merle）在其著作《岛》（*L'île*）中这样谈到大自然的沉默："以前岛屿的这种肥沃存在悖论。这种肥沃它包含了人类所有必需的东西，而人类缺乏这种肥沃。"① 埃马纽埃尔·帕基耶在大自然中看到了断裂，这种断裂透过他者的不在场，或透过拉康意义上的他者，在人类身上培养起对孤独空间和可见沉默的感觉。事实上，对拉康而言，"主体，就是整个系统，可能是在这个系统中结束的某些东西。他者是相同的，它以同样的方式被构建，正是因为这个原因，它可以继续我的演说"②。

正如埃马纽埃尔·帕基耶所指出的那样："这就是自然景观对我们所起的作用，它总会带来新的惊奇，这种惊奇来自矛盾的确认，这份确认既是由我们对和我们相关的大自然表现出的莫大的冷淡形成的，也是由永不磨灭的情感形成的，但这种冷淡的形成实际上是为我们服务的。"③ 据此，我们认为大自然的沉默来自一个远离人类的世界，但它的形成是为了服务后者。大自然的沉默实际上是被人类感知的，人类在大自然中找到了可以交流的"另一个我"（Alter ego）。至此，我们必须承认这是大自然的面容，其间人类的自我隔离参与了构建浸润整个环境的沉默的基础。而且自然环境只有与人相对应时才"会看""会听""会说"。另外，大自然在面对人类时，它是没有任何义务来保持自身的沉默的。在大自然中某种沉默的压迫面前，烘托出的正是这种意图。大自然中所呈现的沉默便是自然与人类沟通的缺乏。

对吉奥诺自己而言，他创作的小说首先具有"治愈心灵"的功能，包括对他本人的治愈。他作品中的世界从未真正欢快过，尽管他早期的作品

---

① Robert Merle, *L'île*, Paris, Gallimard, 1962. p. 82.
② Jacques Lacan, *Le séminaire, Livre V, Les formations de l'inconscient*, Paris, éditions du Seuil, Champ freudien, 1998, p. 122.
③ Emmanuel Pasquier, 《La première des passions》, *L'admiration*, Paris, éditions Autrement, Collection Morales n°26, 1999, p. 30.

带有田园牧歌的风格，但对这些作品的解读如果仅仅停留在表面，那就看不透自然风光之下那阴沉焦虑的另一番面貌：自然的灾难（火灾、洪水等），人性的恶毒（如《一个鲍米涅人》里的路易，《屋顶上的轻骑兵》中的龙骑兵，他们都体现着人性的阴暗面）。第二次世界大战展现出人性新的丑恶，丑恶的程度史无前例。在《屋顶上的轻骑兵》中，人性的丑恶无处不在。因而作者试图借助文学创作，在铺天盖地的丑恶中，寻找治愈心灵创伤的良药。

大自然通过它自身的活动来体现着生存和死亡，体现着往复循环的新陈代谢。法国作家图尼埃（Tournier）在他的作品《所谓的地点》中强调了植物的活动，尤其是植物在肥沃的土地上的活动，这些活动能够为幸存者带来必需的食物："我们剩下的这些人，在饥荒岁月时有个菜园和几棵果树。"① 这里，菜园和果树结合人的劳动所产生的劳动果实，满足了人对食物的需要，这正是充满生机的大自然对人类需求的满足。因此，文字前的读者也会觉得保留农耕文化以满足人类需求的重要性。

不同于傲慢偏执的人类中心主义者，吉奥诺一直试图平等看待人与自然。他在作品中把人和自然置于同一层面，因为他们从本质上来讲都是由物质和元素组成。从这一意义上来说，人与自然的互动关系就是人与自然元素的转化，他们在相互转化的过程中达成了最本质的和谐。

在《大畜群》中，"和谐"这一主题被表现得十分清晰。战火熄灭，士兵的尸体铺满了大地。泥浆似乎把他们吞进大地深处。大自然在操作着它和谐化的工作。"没有脸庞。没有嘴，没有鼻子，没有脸颊，没有目光：这是被碾碎的肉和竖起的根根白骨。前额只剩了一点，并正在大地中消逝。……死者的手里紧握着一团夹杂着草根的泥块。"（I，pp. 630 - 631）尸体重归自然，以另一种方式重获新生。死者手中紧握的草根是大自然新陈代谢过程的象征，它反映了吉奥诺的世界观——人类是生态圈生生不息的自然循环过程中的一环。生与死最终奇妙地把两者之间互相矛盾的特质结合在了一起，从生物之间的冲突所代表的矛盾之中产生了一种新情况，一种新状态，这是超越这些矛盾的必然结果。尽管有暴力的存在，但努力超越矛盾，这是吉奥诺笔下某些人物孜孜不倦的追求目标。

---

① Michel Tournier, *Lieux dits*, Barcelone, Mercure de France, Folio, 2000, p. 61.

第四章 人类意象符号

实际上,《大畜群》这部作品更加强调"自然元素相互转化"的思想。小说中花了大量篇幅描写阵亡士兵的躯体被安葬他们的大地所"消化"的过程。大地还翻动着他们的四肢,如同大地又让他们重生似的。肉体的转化是通过解体成微粒或丧失固体形态而达成的,因而转化后的肉体具有轮廓模糊且具韧性的某种物质的特征。"浆""糊"的形象在《大畜群》和《埃纳蒙德》中均出现过。在前部作品中,吉奥诺使用诸如"巨大的牧场""肉酱"等表述,在后部作品中,他则说"要用擀面杖(把肉体)压扁,使之成为有用的形状"(Ⅵ,p.325)。大自然对肉体施展暴力,它占有肉体,让其顺应自己的需要并从中汲取营养。大自然就像一头贪婪的怪兽。事实上,这些由肉体转化而来的物质都会变成植物的养料。士兵手上握着的泥土上长出了一朵具有象征意义的花。死亡不是终结,而是新生命的开始。生命与死亡几乎被颠倒过来。法国吉奥诺研究专家贝亚特丽斯·博诺姆(Béatrice Bonhomme)这样说道:"死去的人还活着,还有些许生命,而活着的人往往几乎死去了。"[1] 实际上,对尸体的描写毫无让人毛骨悚然之处。相反,其中的一具尸体还举起了"完全绽放的黑色的手"(Ⅰ,p.621)。因此就产生了"死亡没有任何悲剧可言"的思想,这也正是作者本人想通过对这些事件的描写,让读者体会的精妙之处。

文学评论界通常会指出大自然在吉奥诺二战前作品与二战后作品中的不同地位。他们认为二战前,吉奥诺主要关注人与自然的关系,而二战后则更关注人本身以及人的激情。我们不能过分夸大这种机械化的二分法。即便他在二战后的小说中——尤其是"编年体"系列和"轻骑兵"系列中——改变了对于人与自然的平衡关系的看法,但大自然在吉奥诺的作品中是始终存在的。为了说明这一点,让我们回顾一下吉奥诺对凡·高麦田的评价。吉奥诺在不同的场合多次提到凡·高的麦田,他想借此解释他的创作过程,而我们在这里借用他的评价来透视他的自然观:"这是一片特殊的麦田,这是一派谎言,这正是我们的兴趣点。这个谎言在所有已经存在的麦田中加入了凡·高的麦田。"[2] 无论是对吉奥诺还是对凡·高而言,对大自然的描绘是透过艺术家的眼光进行的媒介化过程,反映了创作者自己的

---

[1] Béatrice Bonhomme, *La mort grotesque dans les oeuvres de Jean Giono*, Thèse de doctorat, Université de Provence, 1982, p.154.

[2] Colette Trout et Derk Visser, *Jean Giono*, New York, éditions Rodopi B.V., 2006, p.144.

视角。正如让-弗朗索瓦·杜朗（Jean-François Durand）所说的，吉奥诺笔下的大自然是通过对景色的改造而精心构建的"想象的南方"。大自然与它所有的景物就是叙事铺陈和情节发展不可分割的组成部分。

不过，在人类对待大自然的态度和大自然与人类之间建立的关系类型方面，吉奥诺前后期的作品呈现出相应的变化。例如，法国阿尔多瓦大学教授克里斯蒂安·莫尔泽文斯基（Christian Morzewski）对吉奥诺在二战前和二战后的作品中所表现出的人与动物关系的变化做了如下概述："以一种同情的姿态，我们看到了人类过渡到美学的态度""动物从经常处于竞争形势中的人的合作主体地位演化到客体地位。"[①] 吉奥诺作品中无法回避的基本主题，是"我们属于世界"。《蓝衣老让》中的叙述者这样说道："我们都在这个世界上。"这充分说明吉奥诺认为人是自然万物的一个组成部分。要达到人与自然的和谐，就是要找到一种使人类和自然共存的生态平衡，而不是互相摧毁对方。吉奥诺在小说中使用的意象意在揭示这种隐藏的紧张关系，同时也表明既脆弱又神奇的和谐会随着时间的推移，逐渐在人类和自然两者之间建立起来，这便是吉奥诺孜孜以求的生态空间的平衡与和谐。

---

① Christian Morzewski,《Du zoophile au taxidermiste: les rapports de l'homme et de la bête chez Giono, de Colline à Dragoon》, in Giono Romancier, volume 2, Aix-en-Provence, Publications de l'Université de Provence, 1999, p. 389.

第五章　生态空间的文学表征

文学是美丽的谎言①，文学作品的面容因此而呈现出变化多端的面貌。一直以来，吉奥诺作品的文学表征由于不同的误读误解而产生过不同的评价："写散文诗的维吉尔""乡土作家""卢梭和乔治桑的门生"等。诚然，从读者批评的角度来看，这样的评价似乎也无有失公允之处，毕竟每一部作品都有特殊的、由历史和社会决定的读者，每一个作家都依赖于他的读者的背景、观点和思想观念。②吉奥诺的《山冈》等早期作品问世之时正是机械主义论在西方世界被广泛怀疑的时候，大众开始对机械设备所标志的工业社会感到厌恶反感，他的作品被理解成"乡土文学"也就不足为怪，这也反映当时人们对"田园牧歌"式的农村生活的眷恋和怀念之情。到了20世纪后半叶，生态危机成为弥漫全球的重大问题，它对文学创作的影响便是文学界开始把"把大自然置于前景"，我们在其中还可以观察到动物和动物性的利益复兴——特别是一战至今发生在农业领域和乡村世界的危机所产生的后果——促成我们社会及普通科学（遗传病、基因、动物生态学、法律等）的利益复兴，当然也有文学研究自身的复兴，如诞生于英美国家的生态批评，以"研究文学与自然环境之间关系"③为目的的文学批评流派。此外，法国国家研究署的科研项目"Animots④"也正反映了法国文学

---

① Philippe Hamon et Denis Roger-Vasselin, *Dictionnaire de littérature française*, Dictionnaire le Robert, 2000, p. 536.
② ［英］拉曼·塞尔登：《文学批评理论：从柏拉图到现在》，刘象愚、陈永国等译，北京大学出版社，2000年，第219页。
③ C. Glotfelty, H. Fromm, *The Ecocriticism Reader*, Athens and London, University of Georgia Press, 1996, Introduction, p. XVIII.
④ "Animots"是法国国家研究署（Agence Nationale de la Recherche）2010—2014年科研项目简称，全称为"Animots：法语文学中的动物和动物性（20世纪和21世纪）"，项目协调人：安娜·西蒙（CNRS）。

对生态批评的回应。法国当代著名的生态学家塞尔日·莫斯科维奇认为,世界表征的感觉化或非感觉化,或者在某种意义上的过度,具有释放能量和增加与现实的接触点的效应。① 所以对世界的表现不应仅仅停留在感觉上,而应扩展到与现实的接触与实践之中。如果我们认为这样强调接触与实践的革新对自然和动物性的研究是十分现代的话,那么对让·吉奥诺的文学研究则颇具现实性,他的作品是我们对法国生态文学进行研究的基本素材之一,特别反映在他二战前作品中所体现的潘神。这个自然世界的化身,曾经羸弱不已的自然之神自20世纪上半叶以来,轰轰烈烈地踏过百年征程,在法国和法国之外的国家都再现欣欣向荣之势,甚至在我们今天的超现代性之间还拥有话语的地位。②

此时,我们突然发现吉奥诺的作品其实不是简单的"田园牧歌",也不是对田园生活的迷恋与赞赏,而是在继承文学田园牧歌传统的基础上产生了具有超前性的新意:他没有像田园牧歌的传统那样,把大自然作为臣服于人、供人观赏的"摆设",而是有意识地表现人与自然之间既亲和又对立的哲理关系,强调大自然与人的生活和命运息息相关,在田园牧歌的传统中注入了尊重大自然、保护大自然的思想。吉奥诺的作品实际上向人类提出了在急功近利的开发过程中,该对大自然采取何种态度的问题,他的作品的深度、广度和新意,正是他以万物多元论为基础的自然观、环境观和生态观的体现。③

吉奥诺的每部小说都会在其特有的自然环境中铺陈开来。加斯曼(Daniel Gassman)曾经评述道:"逃遁进自然风景成了艺术中的一种必要性。"④ 这句话预料了自然风景在吉奥诺作品中的重要性。像《奥德修斯的诞生》《一个鲍米涅人》《再生草》《星蛇》等这些讲述人与自然和谐关系的小说,其主要环境的氛围都是阳光明媚。《世态炎凉》中凄凉的冒险发生在阴冷的天空下。《潘神三部曲·序幕》的谵妄则发生在疾风骤雨中。《屋顶上的轻骑兵》中发生霍乱的1838年夏天出奇地热。在《人世之歌》和

---

① [法]塞尔日·莫斯科维奇:《还自然之魅——对生态运动的思考》,庄晨燕、邱寅晨译,北京三联书店,2005年,第141页。
② Joseph d'Arbaud, *La Bête du Vaccarès*, Grasset, 1926.
③ 柳鸣九:《田园牧歌传统中的超前性新意——吉奥诺:〈山冈〉》,引息《超越荒诞:法国二十世纪文学史观》,文汇出版社,2005年,第162—164页。
④ Daniel Gassman, *The Scientific Origins of National Socialism*, London, McDonald, 1971, p.73.

第五章　生态空间的文学表征

《大山里的战斗》中，当人们在等待解救时，冬日的停滞已经散发出春天复苏的气息。博比在冬天结束时到来，在夏天这个万物充盈的季节，他向他的伙伴们分享着他的喜悦和知识，他去世的季节则是在秋天。依据小说对自然环境的要求，故事的情节在不同的季节发展。

正如皮特·波依娜（Peter Poïna）所说，吉奥诺笔下的"灾难"总是有关"两极之间悲剧性的分离，这两极的辩证关系确定任何真实性：低与高，物质与精神……野兽与天使"①。我们的研究将由低到高逐步揭示，创造性思维的运动（体现为作品中主人公的上升性运动）将在对高处的憧憬中逐步展现，也就是说在升华中逐步展现。

吉奥诺在他20世纪30年代的小说中表达了"反机械"的思想，并且受到了孔塔杜尔②（Contadour）思想的鼓舞，相信大自然可以拯救人类。根据法国学者的研究成果，吉奥诺在1930年至1934年间曾有多部作品的创作计划，虽然大多因某些原因放弃，但它们都表明吉奥诺希望在自己的创作风格上有所突破，有个"崭新的开始"。其中有些作品反映了他关于机器与自然的辩证思想。③ 他在随笔《天空的重量》的第一部分歌颂了手工业者安详的生活，而当时欧洲的上空已经笼罩了战争的阴云。在另一篇随笔《生命的凯旋》中也有类似的描述，吉奥诺在其中重现了他父亲这一辈手工业者的世界。在《诺亚》中，他提醒读者"管理……意味着料理牲口，让它们喝让它们吃"（III, p. 672），这使每个农民都成了"管理员"。吉奥诺对土地的眷恋，对农民的尊重，使他被时人誉为"大地作家"。那他自己觉得自己是位大地作家吗？他借惠尔曼·梅尔维尔之名给了我们这样的回答：

> 人总是对某个庞大物体产生欲望。只有当他全身心地投入对其的追求中，他的生命才有价值；可能把自己封闭在自己花园的耕耘中会显得明智，但是他的内心老早就为了他梦想中充满危险的航海冒险而扬帆远行了。没有人知道他已经走了，因为他似乎还在原地；但他已经走远

---

① Peter Poïna,《Le style apocalyptique de *Colline*》, Série Giono n° 6.
② 1935年，吉奥诺发表《愿我的欢乐长存》，这部小说很快在当时的年轻人中间产生了强烈的反响。这些年轻人深受吉奥诺思想的鼓励，向往简单纯粹的乡村生活，讨厌摧残人性的机器、工业生产及城市生活。1935至1939年间，在吉奥诺的带领下，部分年轻人每年都会聚集在位于上普罗旺斯地区名为孔塔杜尔的地方，交流思想，欣赏音乐，创作诗歌，共同享受田园生活的快乐。后因战争的爆发而终止。
③ Colette Trout et Derk Visser, *Jean Giono*, New York, éditions Rodopi B.V., 2006, p.21.

了,他来到了闻所未闻的海域……这就是生命的秘密,我们有时还对此很熟悉;这通常也是我们自己生活的秘密。(Ⅲ,p.4)

作品只有对巨大的未知发起持续的战斗时才有意义。我要造自己的罗盘和风帆。游戏一旦开始,要么全胜,要么完败。鉴于他刚写完的以及马上要出版的书,人们把他视为叛逆。人们喜欢分类。他是叛逆,只是因为他是一名诗人。人们只能用他的名字来分类。他不再是大海作家,而其他人是大地作家。他是梅尔维尔,惠尔曼·梅尔维尔。他所表达意象的世界,是梅尔维尔的世界……如果他的作品中具有一种连续性,那就是他的标记。事实上他的标题只是副标题;他所有作品的真正标题是梅尔维尔,梅尔维尔,梅尔维尔,还是梅尔维尔。'我表达我自己;我无力表达我之外的存在。我不必创造其他人要求我创造的东西。我不遵循供求法则。我创造我的存在:这就是诗人的意义。(Ⅲ,p.33)

其实,在吉奥诺的同代人之中,也出现了好几位创作大地文学的作家。法国奥弗涅地区作家亨利·布拉①的《山里的加斯帕》(*Gaspard des Montagnes*)、瑞士作家查理斯·菲迪南德·拉缪兹②的《大山里的恐惧》(*La grande peur dans la montagne*)都是当时大地文学的代表。吉奥诺甚至还受到过拉缪兹的影响③,但是,他们的作品涉及的更多的是人,以及人与世界的敌对关系。而远离都市生活、离群索居,生活在上普罗旺斯地区的吉奥诺,他要赋予自然以力量,赋予自然以一种它从未在法国文学中拥有过的存在感,让大自然中的"天、地、夜、风、星辰、草木和人,一齐汇入宇宙生活的漩涡之中"④。

在《山冈》等几部早期作品中,吉奥诺的笔触似乎充盈着神话的思维。《愿我的欢乐长存》中有好多篇幅都在叙述印度的古典文本。在他后期的作

---

① 亨利·布拉(Henri Pourrat,1887—1959),法国作家。一生致力于保护法国奥弗涅地区的口头文学。1941年凭借其作品《三月的风》(*Vent de Mars*)获龚古尔文学奖。

② 查理斯·菲迪南德·拉缪兹(Charles Fernidand Ramuz,1878—1947),瑞士著名诗人、法语文学作家。擅长创作田园浪漫派诗歌散文。主要作品有《小镇》《向农民致辞》《诗人之路》《爱的世界》《疑惑》等。

③ 在《山冈》正式出版后,埃德蒙·雅卢在1931年5月2日的《文学新闻》(*Les Nouvelles Littéraires*)杂志上评论道:"拉缪兹先生深深地影响了吉奥诺先生,不仅仅是风格上,而且在主题的选择上也是如此。"

④ 《大百科全书》第9卷,法国拉鲁斯出版社,1971年,第5423页。

品中,如《天空的重量》中,吉奥诺似乎在科学和神学之间犹豫不决。毫无疑问,他受到某些关于"世界""天地"的阐释理论的影响,但他不是只对这些理论亦步亦趋,而是结合非凡的想象力重新进行思考。天文学家或物理学家们的思想同样可以丰富文学的抒情性,不管这是一条河还是一棵树所承载的抒情性。象征主义不是仅仅基于对神话的思考,不是仅仅基于哲学或科学数据在诗学上的移调或叠合,它应该是完全凭借诗人的天赋,本能地创造表现对世界认知的意象。

在吉奥诺的作品中,真实绝不会超越我们的意愿,它始终遵循心理发展的轨迹。无论是《山冈》中的泉水干涸,还是《屋顶上的轻骑兵》中的霍乱肆虐,虽然它们引起的恐惧有过度和夸张的成分,但是引导人们心理发展的真实因子。它们是"意料之外"的自然现象,但人们面对它们时又感到它们都在"情理之中"。吉奥诺充分运用自然元素来描绘可见的自然,让每种生命都沉浸其中,构建诗意的维度,从而让每种生命表达它最深刻的本质。对于没有生命的元素,吉奥诺不是简单地使用拟人化手法,不是只是把我们人类的姿势加到我们认为无生命的物体上,而是真正让这些无机元素发出自己的声音,让它们做出自己的动作。世界万物的生活都与我们人类相关,其实是我们人类向世界万物学习各种姿势和动作,感受它们的意愿。

吉奥诺作品中的人物表现出如此丰富的活动,对此我们不该感到惊讶,因为作家本人便相当积极活跃,性格中总闪耀着英雄般的光辉。他是标准的法国南方人,文学创作对他而言是项逃避无聊的活动。他说:"真正的作家是故事的讲述者。"① 他最好的小说颇似传统的冒险故事。但如果吉奥诺只是乐于在他的作品中介绍些冒险故事,那他笔下的人物活动就不会具有深刻的动机。事实是,他笔下的人物通常受到某种必要性或某种激情控制,故事的主题之一便是人物为生命进行的抗争,以及对正常生存条件的追求。在吉奥诺的小说中,我们经常看到人物的生命在动荡的时刻受到威胁。他们面对的危险因素可能是自然的,也可能是人为的,例如霍乱抑或是战乱。因此,在看似描绘自然事件的文字中,吉奥诺企图表现的往往是人的本性,特殊的自然现象可以作为直达人内心的独特工具。勒·克莱齐奥也在吉奥

---

① Jacques Pugnet, *Jean Giono*, Paris, Editions Universitaires, 1955, p.79.

诺的自然世界中读到了伟大的人性美①：

> 构成吉奥诺作品力量的，首先是作品在人身上发现了比人更伟大的东西。跟梅尔维尔一样，跟福克纳一样，吉奥诺是把小说从心理学轨迹中成功抽离出来的人之一。他让人类恢复了他们真正的维度，既羞辱了他们，又让他们获得成长。他的目光洞悉（把我们囚禁其中的）世间万象，从而体会神秘、美丽而又充满动物性的自由。

吉奥诺作品中的主人翁为生命进行的抗争不仅表现为危急时刻的勇敢搏击，也表现为看似平淡的日常生活，表现为他们为获取生命必需品而做出的努力。《再生草》这部小说便讲述了主人公以获取面包为目的而进行劳动的故事，以及他追求女人的故事。在《一个鲍米涅人》和《人世之歌》中，主人公依然强调必须找到或留住女人。这不是在讲述找对象的事，而是在肯定寻找人生伴侣的意义。没有这样的伴侣，男人无法生活，农庄的生存也无以为继。《屋顶上的轻骑兵》中的人们则是为了活命而不停地逃避霍乱。因此，在他的作品中，对人物动作的描写也具有一定的难度，需要表现大量的人物活动——作品中的人物思考不多，自我反省和自我分析的比例并不大，那他要占据作品这一"文学舞台"就必须通过移动、工作、斗争等这些日常活动来实现。这也就是为什么吉奥诺作品中的主人公经常穿梭、奔忙于不同的空间，作者用人物的活动来推动故事情节的发展，带领读者见识一个又一个空间，经历一个又一个事件。

命运是对我们的束缚之一，但正因为有了这样的束缚，人的生命才能完全显示出伟大的光辉。《屋顶上的轻骑兵》中的昂热洛便是在霍乱肆虐的土地上生发出他无所畏惧的勇气的。在阳光普照的普罗旺斯大地上，年轻骑士一边行进，一边与死亡进行英勇斗争。时刻不停的行动使得他具有一种超乎寻常的活力。他在行动中认识了世界，也融入了世界。于是，行动就成为诗意的高级形式，成为自由的高级形式。这些价值的衡量，归根到底是因为主人昂热洛公积极主动、并以最大限度参与了自然生命的进程，他的血肉之躯，他的英勇无畏，成了"遵守自然法则"的最好注解，他因而是当之无愧的生态空间的行吟诗人。

---

① Roland Bourneuf, *Les Critiques de notre temps et Giono*, Paris, Garnier, 1977, p.175.

第五章　生态空间的文学表征

第一节　生态空间的符号构建

一、自然元素的构建

吉奥诺在自己作品的生态空间内，惯于使用不同的文学形象不停地搅拌着植物界、动物界和人的世界，杂糅地、气、水、火、人这五大元素，表现它们之间联合、斗争、转换等互动关系。例如，《再生草》中的庞图尔最终与大自然融为一体，"他像一根柱子牢牢立在地里"（《潘神三部曲》，第409页）。相反，风被拟人化了，"好一阵子时间，这风就像男人一样"抚摸着阿苏尔，"风灌进她的胸衣，溜进乳房间，像一只手，往下一直溜到腹部，溜到大腿间"（《潘神三部曲》，第316页）。风唤醒了阿苏尔的感官，她的身体如同"新酿成的醇浆在缸里翻动着"（《潘神三部曲》，第316页）。大山也具有了人类的属性：它们像女人的身体一样，圆滚滚的。在《山冈》中，我们可以看到"大地的躯体"（《潘神三部曲》，第51页）或"流血的驴食草"（《潘神三部曲》，第23页）这样的意象。

为了使表达更生动，吉奥诺把真实的自然元素，如太阳、雨、风等比作动物："夏天，太阳像一头驴子，两三口就把井水喝得精光。"（《潘神三部曲》，第291页）他也使用"属于我们另一种感官的意象"："夜晚就像巨大的冻梨……"对于代表人类文明的空间元素，如房屋或城市，吉奥诺很少对它们表示欣赏之情，不过他会使用隐喻手法把它们转变成神奇的场所，展现它们五彩斑斓，与大自然相互渗透的一面。正如我们在他的另一部作品《一个人物之死》中看到的马赛：

> 城市的外表像鱼鳞一样，上面浮动着瓦片、小酒吧、玻璃天棚和烟气，那绿的、红的、蓝的颤抖……大海像大蜥蜴的敏感肚皮，朝着撕裂的悬崖喘息着。（IV，p.193）

在这段描述中，马赛的景象完全被转变成充满色彩的宏伟画卷，以反衬泰于的波利娜的漠然之情：她的心中只有她自己，从来没有图像，没有色彩的慰藉。（IV，p.193）

在吉奥诺的眼里,生命无处不在。对于一些平常看似毫无生气的东西,他赋予它们以智慧和活动的能力,他还歌颂生命,特别是植物的生命。在他的世界观中,一切事物都拥有等同的生命力。我们可以把他的立场和世界观阐释为"感受生命和捍卫生命的敏锐需要"。为了表达对生命的渴望,他让生命无处不在。他显示生命存在的重要性,从而明示生命对于人的价值,他的观点也印证了人类的自然观从人类中心主义到生态中心主义的演变发展过程。

吉奥诺是描写地、气、水、火这四大自然元素的行家,不过他有时对大地元素着墨过多,无形中缩减了其他元素的表现空间。厚重感和充实感是描绘气、水、火等其他元素的普遍特点。一朵云"沉重地贴在山脊上,宛似天上一座山,一个天上之国,一个辽阔而荒凉的国度,有暗影重重的峡谷,阳光斜照的圆丘和层叠的悬崖峭壁"(《潘神三部曲》,第64页);厚重的晨雾"宛似泥流"(《潘神三部曲》,第60页)……整个自然世界,如同加进了诗意的酵母菌一般在我们面前发酵膨胀着。作者不遗余力地用声音、色彩、味道来描绘世界的形象,但他的意图不在于向我们展示这个世界的物质价值。《愿我的欢乐长存》中,博比不仅要农民"缩减耕地",而且还要让他们种上鲜花,鲜花的芬芳让耕地减少的农民反而心生更多的幸福。他在茹尔当的土地上播种,原本是想让鸟儿快乐,这一无意的举动却在整篇小说中激起思想的涟漪,如同茹尔当和卡尔所说:"小麦,人们总能这很重要。不,这不重要……当然,这是必需品。当然就像你呼吸的空气一样……我知道吃很惬意,这是一种快乐。它让我们有血有肉,这很重要。但是我想说的是,这不是对一切都是重要的。……因为归根到底,我们有很多需要,不仅仅是小麦的需要。"(II, pp. 722 – 723)这很多"需要"究竟是什么?这是对爱的需要,也是对梦想的需要。大地的食物并不足以满足人们,必须得有其他东西——"除了面包之外"的东西——每日得有些浪漫。

吉奥诺在早期作品中把各种自然元素杂糅一个面貌多变的自然空间,虽然这一空间常露狰狞之态,不过最终会向觉醒而勤劳的人们表露善意。到了《屋顶上的轻骑兵》这部后期代表作中,自然总对人们恶行相向,尤其是那段末日般的霍乱场景。他把"霍乱"这一微生物元素的表征与内涵挖掘得非常透彻,他对霍乱的描写令人惊恐,而霍乱造成的末日景象被与自

第五章 生态空间的文学表征

然界的末日景象的展现联系在一起。随着季节变换,酷热也在加剧,空气变得稀薄。吉奥诺在这里用"石膏穹顶""平展展的天花板""关上炉门的烤炉"等词汇来描述酷热下的天空,空间缩小了,天空也在往地面上沉;色彩稀释在了空气中,一切都与白垩色的夏天融为一体。如果说吉奥诺在此处的描写带给读者的视听感觉有所减弱的话,那么带给读者的嗅觉感受就增强了许多。"尽管没有一点风",但是鱼腥味、灯芯草味、烂泥味、鸽子屎味、羊尿味、磷味等多种腐烂的气味"扑面而来"(《屋顶上的轻骑兵》,第227页)。为了表现霍乱的非同寻常,作者在这里使用了比喻和隐喻:"浓烈的鱼腥味仿佛有人刚把一张渔网放到草地上""一种气味像是从没有关严的鸽子棚里发出来的""仿若置身一个紧闭的羊圈里"等。平铺直叙的文字描述似乎难以把这些复杂微妙、令人作呕的腐烂气味准确地传递给读者,但这些栩栩如生的比喻和隐喻让读者犹如身临其境。在一场雷雨之后,大自然也显现出它神秘的魅力,吉奥诺用色彩的变化强调了这一时期的景象变化,与先前单一的白垩色夏天形成鲜明的对比,洪水是"黑色"的,太阳"金光烂烂",而天空的色彩绚烂夺目,作者在一页的篇幅中接连使用"蔚蓝""龙胆草蓝""靛青色""紫色""酒渣色""碧蓝""红得像丽春花"等多个颜色词语来描绘天空的色彩变幻。在整部小说中,这样多姿多彩的自然景色描写并不多见,然而,在这样的景致中,霍乱并没有远离人们,相反,它以迅捷之势侵袭着人们:"死亡犹如一颗子弹击中了躯体。他们(霍乱病人)的血在血管里迅速分解,正如太阳落山时,阳光在天空中迅速分解一样。"(《屋顶上的轻骑兵》,第231页)"子弹"一词,既表明霍乱侵袭速度之快,也表明侵袭范围之广:"……子弹左撞右击,仿佛有个射手在暗中射击,枪就放在瞄准架上。时而是个男的……时而是个女的……"(《屋顶上的轻骑兵》,第231页);"有时,射手对这伙人紧追不放"(《屋顶上的轻骑兵》,第231页)。把霍乱比喻成"射手",这个拟人化的描述强调了其残酷性,人只是被人操控的木偶,他(她)们的命运取决于"射手"的怜悯。

  吉奥诺在小说中常常把自然元素构建成景致,使其与人物的情感发展产生呼应。比如在《屋顶上的轻骑兵》中,昂热洛与波利娜之间产生的默契情感与他们共同穿越普罗旺斯的坎坷路途是分不开的。这个普罗旺斯时而具有田园牧歌的风情,时而枯燥乏味,时而轻松明快,时而愁云密布,还经常伴随着霍乱的蹂躏。这样的描写在人物与周围环境之间构建起一种对应关系，例如，马诺斯克市周围的青翠景色对应的是主人公的喜悦心情：太阳非常快乐。风儿追逐彩云。昂热洛宛如天空：通过太阳追逐影子，通过影子追逐太阳（《屋顶上的轻骑兵》，第247—248页）；昂热洛和波利娜通过路障之后看到的蔚为壮观的景色，对应的是昂热洛的热情：……他的兴奋发自肺腑……他开始像疯子那样游乐起来了。当他谈到在这地方发现的迷人风景时，他甚至用了几个意大利式的词语和手势。（《屋顶上的轻骑兵》，第255页）相反，他们在野外度过的第一晚就让波利娜产生不愉快的感觉，一大群鸟的盘旋和鸣叫给她留下了"深刻的印象"，甚至让她起了"鸡皮疙瘩"（《屋顶上的轻骑兵》，第265页）；当他们来到巴伊翁时，"绕过一个个小山岗，一个比一个更美丽。每一次拐弯都把他们带入迷人的风景，在姹紫嫣红的小树林周围，稀疏地散布着松树，真是仪态万方，谁见了都觉得颇有王家气派"，这一派自然美景也让他们"心旷神怡"。（《屋顶上的轻骑兵》，第280页）

自《屋顶上的轻骑兵》出版以来，尽管评论界对它有诸多不同的观点，但大家似乎都认同霍乱在这部小说中起到的揭示作用。事实上，它像"一块不断变大的镜片，让昂热洛看清人类的样子，不是他们在日常生活情境中所表现出来的样子，而是他们真实的样子"①。因此霍乱在把个人境遇推向极端的过程中揭露其本性。例如，第二章中的医生是个乐于助人的人，他在霍乱蹂躏的情境中成为一名英雄；而在第五章中骡马店的一个陌生人，处在同样的情境之中，其无耻的本性暴露无遗。同样，被恐惧占据心灵的"人群"变得歇斯底里，具有危险性。逃跑、暴力、迷信，这一切都有助于驱散焦虑和不安。这样，霍乱这种瘟疫通过揭露人类社会的虚情假意来曝光人的最原始本性。霍乱引发人类的恐惧，它的作用如同法国著名戏剧理论家安托南·阿尔托赋予戏剧的作用，他在他的著作《戏剧及其双重性》（*Le Théatre et son Double*）中将其比作黑死病："这样一个完整的社会灾害，这样一个有组织的无序，这个恶行的充分流露，这种压榨灵魂并将其推到

---

① Marceline Jacob-Champeau, *Le Hussard sur le toit-Jean Giono*, Paris, Editions Nathan, 1992, p. 100.

底的彻底的驱邪,此时大自然会有基本的作为。"①

在这部小说中,霍乱是以恶的形象出现的,但这种恶并非形而上学。事实上对吉奥诺而言,小说中的霍乱要表达的不是人类的原罪,而是神灵对人类的惩罚,一种肉体上的痛苦。人类的责任是要凭借自己战胜"大自然的黑暗力量",并且在面对这种黑暗力量时体现自身的勇敢和活力,而只有少数个人才具有这样纯洁高贵的品质,大部分人则在世俗力量、医学力量和宗教力量失效时丧失了这样的品质。在吉奥诺的小说中,霍乱通过它具有毁灭性的暴力来间接再现第二次世界大战中尸横遍野的悲惨景象,再现汹涌澎湃的仇恨情绪和极权主义的贪婪欲望。霍乱的意义还不仅于此,它既是身体的疾病又是心灵的创伤,小说透过它表达了人们的恐惧和人性的怯懦,表达了波德莱尔式的烦恼——"它们对死亡的热爱胜过了对生命的热爱。"

吉奥诺描绘一个生物或一个元素时往往伴随着对另一个对象的描绘,它们相互确认彼此的存在,确认对方的特性。一切都有关联,真实的每个部分都是复合关系的中心。符号是体现局部与整体关系的表现方法,它让物体重新具有尊严,而这种尊严平时被庸俗的用处剥夺了,于是一切等级观念都消失殆尽。吉奥诺在不同的物体中发现了我们已经难以发现的呼应关系。这正是对真实世界的纯真观察。在此基础上,吉奥诺把自然元素之间的各种关系进行分类,这实际就是在表露作者的内心思想,因为所有生物和元素都相互关联,它们确认他者的存在,使他者具有同样的存在价值。吉奥诺的作品,叙述详尽,表现生动,物质具化,象征主义的叙事特色是如此显而易见,如此始终如一,以至于让我们思忖,对意象空间的描写究竟能否算得上是一种文学手段。这位普罗旺斯作家的作品经常有大段文字充满了一系列的象征符号,充满了一连串的表现意象,让读者应接不暇。我们可以说他是一位"忠于自然的诗人",他以象征主义的手法进行创作,这实则也是由他个人天赋所决定的,我们对他的感知更加拓展了一层:吉奥诺是一位"预言家"。

因此,世界就是物质运动循环的世界,恐惧的情感往往笼罩着吉奥诺笔

---

① Marceline Jacob-Champeau: *Le Hussard sur le toit—Jean Giono*, France: Editions Nathan, 1992, p. 100.

下的世界,但这并不意味着这个世界就是无趣的,物质化的,生命在这世界中依然爆发出活力,大地的力量是如此巨大,它穿越恐惧的氛围,让运动成为世界的意愿。因此,吉奥诺的诗学建立在物质化的动力之上;无论其意象如何丰富,其实都隐藏了一个最为重要的物质意象——大地。

吉奥诺打小就在父亲的陪伴下阅读希腊神话。到了自己创作文学作品时,他就从这些神话中汲取养分,将其纳入自己的世界中,并突出其中的某些方面。他作品中的潘神有时表现为神的形式,有时则带有人的特征。潘神的形象异常伟大,它是宇宙生命至高无上的主宰。"它手中掌控着世界的渴望"(Ⅲ,p.107),同样是这个渴望定义了生命的动力。他在《生命的凯旋》中对潘神下了一个绝佳的定义:

> 我是潘神。她说道。我的名字就意味着万物(Tout),这比人类所能理解的东西要多得多。我是世界的物质,人类完全在我手中。他们的所作所为首先取决于我。我不参与他们的争执,他们总是向我来寻求和平。我经常在荒漠中出没,在那里,我把我的残暴和我的荣耀赐予那些尊敬我的人。(*Récits et essais*,p.782)

在这段描述中,我们看到了伟大潘神的威力及它泛神论的维度,即任何事物都涉及它。

吉奥诺的作品通过符号的多义性来发现大自然,并通过个性化的笔触来还原在真实世界中几乎难以察觉的特点——符号的多义性、语句的模糊性和文本的丰富性就是自然语言的语义现象。它们是吉奥诺文本的基本现象。只要它们未被完全消除,它们的重要性就会在日常联系中被语用语境的手段所缩减。在意在追求意义性的话语中,如科学话语,它们的重要性则被特殊的标准所缩减。① 在自然元素构建的空间中,"人"作为第五元素平等、互动地参与空间构建,这也是这一空间虽然狂暴,但终究充满活力和魅力的原因。

二、感官的构建

梅洛-庞蒂认为,自然世界是感觉间关系的形式。② 这说明自然世界不

---

① François Rastier, *Sémantique interprétative*, Paris, P. U. F., 1987, pp. 210 – 211.
② [法]莫里斯·梅洛-庞蒂:《知觉现象学》,姜志辉译,商务印书馆,2005年,第414页。

第五章　生态空间的文学表征

是一个不变关系的系统，它除了与客观存在有关，实际上还与作为主体的人的感觉密不可分。在吉奥诺的作品中，我们可以看到人类与外部真实的关系是迂回地向大自然借鉴了某些富有想象力的特征，这些特征是作者在感官感知基础上进行智力活动的结果。

所有现象，作为可能的经验，都优先存在于知性之中。同样，通过吸收它们正式的可能性，作为简单的直觉，它们也存在于敏感性之中，并且在形式中只有借助敏感性才具有可能性。①

亨利·列斐伏尔也强调了人的感觉对自然空间认识的作用："我们对空间的审视越多，我们对空间的考虑就越佳，不只是靠眼睛和智力，还要靠所有的感官和整个身体。"②

吉奥诺作品中用于表现大自然的语言激发了大自然有待挖掘的意义。如果说心理分析被定位为无意识的科学的话，那么就可以从作为语言结构的无意识出发。③ 从语言作品的层面上来说，文本引起了意义；从透明因素的层面来说，意义模糊了文本。④ 意义让像吉奥诺这样的作家，根据写作的敏感性来构建自己适于表现自然母体的风格，用词汇与风格记录感官的世界，用多义的手法表达大自然的生命动机。

复现吉奥诺作品的意义，这一方面与作家的智慧有关，另一方面与读者的心灵有关。意义只是思维的延伸；大脑通过这些延伸，以感觉的形式从外部获取它用来构思直觉表现的方式。⑤ 大自然在我们面前并不表现场景——它首先是我们生活其间和行动其中的真实性。大自然正是通过我们的身体和感官才进入我们眼帘——感知总是保留着这一根源的印迹。⑥

吉奥诺在作品中用植物、动物、人，以及地、气、水、火等四大元素构建起复杂的自然界，这便是客观存在的世界，无论是谁感知，无论如何去感知，这样的世界都是一个可见的世界。万物的五彩缤纷搭建起一席视觉

---

① Franck Burbage, *La Nature*, Paris, Flammarion, 1998, p.71.
② Henri Lefebvre, *La Production de l'espace*, Paris, Anthropos, 1986, p.450.
③ Jacques Lacan, *Les Quatre Concepts fondamentaux de la psychanalyse*, Le Séminaire Livre XI, Paris, Editions du Seuil, 1973, p.227.
④ Jean Ricardou, *Nouveaux problèmes du roman*, Paris, Seuil, Collection poétique, 1978, p.43.
⑤ Arthur Schopenhauer, *Le monde comme volonté et comme représentation*, Paris, P.U.F., traduit par A. Burdeau, Collection《Quadrige》2006, p.698.
⑥ Maurice Blanchot, *L'espace littéraire*, Paris, Gallimard, Folio / Essais, 1955, p.163.

的饕餮盛宴。在当今世界,随着都市化进程的加快,整个社会大有变成技术庙宇的趋势。在效率优先的思维的主导下,我们的教育强调了人的认识和知识的功能,即理性的功能,而忽略了基于自然景观的感官功能和审美功能。① 吉奥诺恰恰用文本激活了人们回忆中或想象中的感官体验,促使人们以敞开的感官走向世界,享受自然。

触觉是人体的重要感觉之一。触摸植物可以感知自然,触摸肉体可以治愈病痛。因为肉体常常会遭受苦痛,而肉体对解药通常是很敏感的。药物无法解除肉体的疼痛,只有直接对感官产生影响的不同的手法才能缓解痛苦,如同身体的疾病对应感官满足的缺失,如同人物没有满足他肉欲的需要。肉体似乎觉得与它的环境发生暴力接触很有必要,这样身体才能舒展,人物才能获得存在感。为了身体的康复,小说中的人物甚至会用柏树枝鞭挞自己,例如《人世之歌》所描写的那样。但与身体的接触并不总是与疾病相连。在《风暴两骑士》中,马尔索擦洗他妻子和他弟弟的身体。在这两个场景中,一丝不挂的两具裸体表达出对崭新纯真的追求。对前者而言,鞭挞身体似乎是想去除疾病;对后者而言,擦洗身体似乎是要感觉裸体象征的纯洁性所激发出的真实情感。与其表面现象相反,这种肉体接触的强烈程度不会引起痛苦。事实上,身体接触的暴力表达了人类与自然关系的密集程度。柏树枝、丝瓜络,就是这些道具象征着人类与自然关系的恢复,是吉奥诺所信仰的卢梭主义黄金时代的神秘关系,那个时代的人们拥有正直和具有力量的纯洁性。

比起视觉和触觉,事物的本质更容易被嗅觉、听觉和味觉感知。事实上,这些感官的特殊性在于它们只抓住本性短暂的形式。事物本质具有抽象价值,将这种价值赋予具有模糊物质性的形式,便容易将这抽象价值具体化。这也正是它们在吉奥诺作品中的主要作用。

吉奥诺使用嗅觉因素来表现大自然,如《一人鲍米涅人》中田园的芬芳所展现的那样:"这音乐令人想起碧森森的玉米地,高高的玉米秆儿,宽阔的玉米叶子。这音乐散发着树脂、蘑菇和厚厚的苔藓的馨香。"(《潘神三部曲》,第215页)在所有气味中,作者对香味特别敏感。在《一个人物之

---

① [荷]托恩勒·迈尔:《以敞开的感官享受世界:大自然、景观、地球》,施辉业译,广西师范大学出版社,2009年,第103页。

死》中,他提到了"女人们……浓烈的香味"(IV, p. 162)吸引了当时正在街上闲逛的叙述者;作者还提到了"浓香扑鼻的糖果",这些糖果让叙述者的祖母在她人生最后的时光中充满了快乐。此外,作者生前写的最后一篇短文就名为《某些香味》(De certains parfums),讲述香水在一些历史事件中所发挥的作用。但气味无论是否好闻,有时还是强烈得让人受不了。在《大畜群》中,"混杂着羊毛、汗水和压碎地面的味道"是如此强烈,以至于有人感觉"这味道让他像猫一样一跃而起"。(I, pp. 542-543)这气味来自从山上鱼贯而下的羊群,它们在象征性地宣告参战。气味的浓烈必定在表达这悲剧的惨烈程度。《天堂的碎片》则表达了气味的有益面。吉奥诺在这部小说中描绘了海洋这一景色,将其作为反映人物内心的意象。因此,小说中所描写的海洋气味非常强烈,有时甚至"让人作呕""让人恶心""如此浓重""以至于有些人开始呕吐"(III, pp. 881-883)。然而,无论好不好闻,这气味总是"生命的气味"(III, p. 874)。这是值得铭记的。气味的浓烈是一个活跃生命在场的表现,有时这生命代表着危险,有时这生命是知识和快乐的源泉。

听觉因素也是吉奥诺在作品中经常展现的因素,在描绘大自然的过程中,听觉时常与视觉相辅相成,共同组成了一副美妙的"视听盛宴":"将近黄昏,我听到骡子的铃铛声,接着看见车子沿着杜洛瓦尔门前的路,慢慢地驶了回来。"(《潘神三部曲》,第193页)

吉奥诺在表达视听方面的功力还不仅限于此,他利用某些动物与某些植物生长环境的依赖性和相邻性,从而将动物的发声能力赋予植物,如栖息在树上的鸟儿,视觉上的误差让人觉得似乎是树木在歌唱:"阳光一越过山冈,就洒在那株山楂树上。树的枝叶间一只黄莺在歌唱,仿佛是树本身在歌唱。"(《潘神三部曲》,第329页)此外,声音还反映了事件的剧烈程度。在《风雨两骑士》中,马尔索被他弟弟打败后,发出了"可怕的叫声,像极了风的呼啸声"(VI, p. 180)。然而,叫声也可以是沉默的。同样在这部小说中,马尔索的弟弟"发出忧伤的喊叫,无声的,这声音没有发出来"(VI, p. 166)。叫声也可以迷失在虚无中,例如《大畜群》中的奥里维埃身处战场时于孤独的处境中发出的叫声。他们的这些叫声都表达了人在残酷情境中的痛苦,在这样的情境下,人连叫喊的愿望都不可能实现。因此我们可以在叫声和空虚之间建立一种关联:一方面,叫声可以制造空虚,例如，在《大畜群》中，一个男子的喊声"用尽他羸弱身体的全部力量，他叫得如此用力，以至于喊过之后他累得如同被掏空一般"（Ⅰ，p.687）；另一方面，叫声也可以填补空虚，例如，《大畜群》中的"寂静和苍白构成了如此的空虚，人们想在上面加点红色、叫声以及随便什么东西"（Ⅴ，p.538）。叫声与代表鲜血的红色相连，又代表暴力，抑或是犯罪。叫声的力量可以标记在场。自感空虚的人通过叫声来证实强烈情感的存在。填补空虚的叫声具有现实性，因为它与虚无相对。

在对自然世界的感知中，人类也可以通过味道或气味来体会事物。吉奥诺作品中常常出现美味佳肴，这让我们自然想到作者本人对美食的热爱。他作品中出现饮食场景的频率，已经相当引人注目，但是，食物并不是散发味道或气味的唯一因素。在《大山里的战斗》中，泥浆富有"新鲜泥土的味道，非常强烈"（Ⅱ，p.820）。在《愿我的欢乐长存》中，树枝具有"强烈的动物性味道"（Ⅱ，p.658）。在《一个郁郁寡欢的国王》中，则是飘浮着鲜血的味道。味道将我们带至暴力的中心。即使这些例子中的词语所表达的并不总是其字面意义，但是这些词语的使用再次证明了感官与事物本质的接近。当吉奥诺使用表明强度的词语时，如形容词"强烈的"，或是当他谈及鲜血时，他总是暗指根本的原始物质，暗指从逻辑的角度对宇宙进行解释的纯粹的现实性。把吉奥诺典型的词汇与感官相联系，这清晰地指明了这些感官所起的根本作用，可以说它们是进入事物本质的通道和方法。

吉奥诺对大自然的表现是随着作品中的人物对世间万物的感知而逐步施展的，吉奥诺通过书写充分调动读者的感官以使其感知文字间的大自然。"任何生灵都无法做到忽视他者的庇护，肉体和精神没有独自感觉的力量；它们在运动中的联合与汇聚点亮了我们的内心，维系着我们所有感官中的感性之焰。"① 拉丁诗人卢克莱修《物性论》中的这一席话与吉奥诺的物质神秘主义颇为相似。② 这正如梅洛-庞蒂所言："因此，我的感知不是视觉数据、触觉数据和听说数据的总和，我以与我完整的生命共存的方式去感知，我懂得事物唯一的结构，以及同时向我所有感官倾诉着的唯一的生命

---

① Titus Lucretius Carus dit Lucrèce, *De la nature*, Paris, Garnier-Frères, traduit par Henri Clouard, 1964, p.95.
② Évelyne Amon, Yves Bomati, *Dictionnaire de la littérature française*, Bordas, 2005, p.230.

方式。"①

吉奥诺在《山冈》的序言中,就有关恐慌的感知的起源写过这样的一段话:

> 这就是潘神形象的最初特点。在和善的小牧羊人……的时代,我被在山冈里流淌着的这种对神明的恐慌打上了烙印……似乎潘神就是由这种恐慌和残酷组成的,我已经看到了所有的作为,我想大家都像我一样被打上烙印,从一开始就被打上神的烙印。接着我必须谈一下那些懂得遵守伟大服从的人所争取来的和平,但依我的感觉,一切都必须打上既仁慈又可怕的潘神的印章。(I, p. 949)

所以我们可以看到在吉奥诺的思维中,神灵的世界从一开始就与"伟大服从"的物理法则混合起来。事实上,潘神的面容更具人性化,并且这人性化的面容一直延伸到畸形之中,延伸到宇宙力量之中,即使它的在场不由某个人物表现,而是由某些自然元素来表现,或是仅仅是由直觉在场或无形在场所表现。潘神的在场更多借助外观特征,通过痛苦所象征的感觉、情感而被感知。

霍尔巴赫说过,人在宇宙中看到的恶使之产生神的观念。因为自然界中的瘟疫、饥饿、地震、洪水等灾害使人类感到恐怖,恐怖于是就让人联想到强有力的众神。②所以在吉奥诺的作品中,潘神象征着自然界给人类造成的痛苦,通过潘神,世界经历着无序,经历着痛苦,遭受着蹂躏。痛苦代表着世界和生命的消极面,恐慌的意识符合对痛苦和生命残酷的逐渐接触和认识。

正如吉奥诺在《真正的财富》序言中所述,如果说潘神统治世界,那"这不能解释一切。这只是一个开始"(*Récits et essais*, p. 149)。这是对世界残酷现实的意识,人类要适应把这种现实纳入自己的生活之中。吉奥诺笔下那些注定要生活在恐慌世界中的人物,他们面临的正是这种对生活的逐渐感悟。我们已经了解到潘神具有代表宇宙的两副截然不同的面容,尤其是它平素阳光面容下的恐怖脸庞。不过在吉奥诺的作品中,潘神并不是唯一具化这种暴力威胁的神灵。在他后期的作品中,人们对潘神的恐惧被对

---

① Maurice Merleau-Ponty, *Sens et Non-sens*, Paris, Les Editions Nagel, 1966, p. 88.
② [法]霍尔巴赫:《自然的体系》(下卷),管士滨译,商务印书馆,1964年,第350页。

霍乱的恐惧所替代。

大自然暴力的效果是制造惊恐，吉奥诺通过一些极其夸张的特征来表现这一暴力。矛盾的是，对大自然的人为表现符合真实性的需要。大自然的暴力并不力图符合对真实性的文字移调，事实上，它像是某一强烈程度的表达方法。我们的作者试图通过暴力来阐释事物真实性给他带来的强烈感觉。真实性被认为是首要价值，它与其他诸如"深度""根源"等概念交织在一起。最终产生的思想便是任何真实性都被包容在世界的起源中。大自然和各种生物自身就承载了这些宇宙和世界运作的原始性和解释性的真实，但是它们的承载方式非常隐藏，且上面覆盖了许多表面层次。从感觉器官的感知角度来看，对真实性的寻觅实际上可以被解释为对事物本质的判断。

对于吉奥诺的作品，读者可以发挥个人想象力，自由欣赏其文本，可以凭直觉归纳出作者笔下大自然所传递的意义。"通过回忆意义的关系维度，我们强调的事实是意义被构建了。这种构建，是当说话者通过思考他所听所看的某些东西而将意义赋予句子时实施的劳动。"① 吉奥诺的人生经验就是他创作的源泉，他的回忆构成了小说中纷繁复杂的事件。实际上，带有浓厚体验和浓重回忆的吉奥诺式的超验，赋予作品一种矛盾——既富于人性，又让人震惊。说它富于人性，是因为人类的生活通常接近这种超验性，并且这种超验性的神性通常具有人类的形象；说它让人震惊，是因为接近这种超验性对人类而言也构成了巨大的威胁。

吉奥诺的写作行为充满活力，常常通过表达与环境自然或乌托邦自然之间关系的内在性的意愿表现出来，在加斯东·巴什拉看来，这也是在主宰作者的创作灵感："我们想象的方式通常比我们想象的内容更让人获益良多。"② 正是在这一层面上灵感得以介入，克洛德·鲁瓦（Claude Roy）强调灵感在作品中的表示以及对作品的最根本的贡献。"但是根本点不在于它（灵感）是什么，也不是喜爱灵感的人：它的邂逅所引起的正是这种幸福的体验。"③ 另外，热罗姆·迪阿梅尔（Jérôme Duhamel）认为，灵感让人关注在表现大自然的过程中，经常出现的必然现象中的内在因果关系，在吉奥

---

① Georges Noizet, *De la perception à la compréhension du langage*, Paris, P. U. F., 1980, p. 130.
② Gaston Bachelard, *La psychanalyse du feu*, Paris, Gallimard, Collection Folio/Essais, 1949, p. 58.
③ Claude Roy, *La Conversation des poètes*, Paris, Gallimard, 1993, p. 162.

第五章　生态空间的文学表征

诺的作品中表现尤其如此:"于是作者把自己当作他作品的题材,从某种程度上来说,他是其唯一的主题。"①

要感知事物的本质,的确很不容易,但在唯物主义认知的背景下,个人的超验成为一种理念,这对于作者的创作而言,正是作品的出发点或框架。吉奥诺是一边考量生命概念和人生境遇,一边书写自然世界和人类世界,这种自然与生命的影响深刻表现在大地暴力的表现上,尽管大部分时候都深藏不露,但它始终占据着首要地位。大自然的本质随着表象和外形的变化而变化,它具有不可见的特性。只有敏锐的感觉才能标明它的在场。因此,暴力要符合能够阐释这些强烈程度的有效方法。在《人世之歌》中,安托尼奥窥伺着大自然可以传递给他的信息。他聆听着大自然隐藏很深但也很暴力的信息,因为在这些信息中存在着大自然真实性的符号。他听着"浅滩发出马嘶般的叫声"和"树木的震动声"(Ⅱ, p. 189)。这些意象看很夸张,即使是以形象化的方式,还是很难设想一个浅滩可以发出如此富有力量的声音,一棵树可以引起如此迅速的震动频率。在这种情况下,自然要强化意象,以补偿水流和树木本质表达性的缺失。无法感知生命和大自然的特征并不意味着这种生命没有意义。吉奥诺试图通过把这种生命注入强力的,甚至是暴力的意象中,从而提示这种生命的重要性,这些意图就如同是这一生命价值的衡量尺度。大自然安静印象与吉奥诺对大自然的再现之间存在距离,这种距离阐释了这种不公正,使得人类只关注对大自然表现的强烈程度,这也正是吉奥诺所要揭示的内容。他证明大自然虽然常常很安静,但它有时也很暴力,并且其本质就是暴力,从而赋予大自然与人类等同的,甚至更高的价值和地位。

第二节　生态空间的叙事风格

吉奥诺的作品最让人印象深刻的,是作品的多样性:从早期的诗歌到晚期的叙事文学,作者一生都在尝试各种文学体裁。体裁的多样性,也带来

---

① Jérôme Duhamel, *La Passion des livres: Quand les écrivains parlent de la littérature, l'art d'écrire et de la lecture*, Paris, Albin Michel, 2003, p. 8.

他创作风格的多样性,以至于评论界借此把他的创作分为二战前和二战后两个阶段来研究,将其分为孔塔杜尔时期的抒情风格和"轻骑兵"系列的讽刺现实风格。然而,风格的多样性并不排斥某种连续性,这种连续性体现在相同的自然主题网络和符号网络之中,体现了他对生态空间的一贯把握。

早期的吉奥诺是感性的、充满田园牧歌情怀的人,他在他最早的诗歌《笛子伴奏曲》中把神和动物设为主角。很快,他的风格变得更加个性化,他在《山冈》中展现了一个深受恐惧和迷信折磨的古老的普罗旺斯形象。他赞美大自然的力量,展示潘神时而恐怖时而温存的双重面貌。如果说《一个鲍米涅人》从一个长者的角度讲述了一位农村姑娘失贞后获救的故事不再有"令人惊恐"(令人惊恐是潘神的特点,它是希腊畜牧神,半人半羊)的力量,那么吉奥诺在《再生草》中找塑造了神话般的意象。这种"再生草"产自一个荒芜的村庄,主人公庞图尔从一个神秘的神灵处获得,便想和他的伴侣一起耕种。吉奥诺在这部小说中歌颂人与自然的和谐之道,以及爱情的救赎功能。在整部《潘神三部曲》中,自始至终贯穿着对"自然母亲"的赞美,以及为"宇宙快乐"所感到的兴奋。

20世纪30年代是吉奥诺转变创作风格的重要时期,他在这一时期创作的叙事作品越来越象征化、符号化,趋于幻想风格。因此,现实主义特征不甚明显,作品中更多浮现的是寓意的维度。他把富有激情的大自然推向了前台(他在《希望的源泉》中所言:我歌唱原动节奏和杂乱无章),它交替分配着生与死(《大山里的战斗》中的主人公们就是一场滔天洪水的牺牲品)。他的小说具有史诗般的寓意,他在小说中反复用大自然在"真正财富"中的状态与现代文明作对比。在他这一时期的每部小说(《人世之歌》《愿我的欢乐长存》等)中,人物如同经历过漫长的考验和苦难历程之后,最终变得智慧,获得了"人类在宇宙中朴素的和谐"。吉奥诺从一位小说家变成了梦想的诗人,讲述永恒的人类历险故事。

吉奥诺精心构建的自然空间继承发扬了古代传统,它不光对应自然的感觉,而且还对应于已经证明的文学技巧。森林、花园、小树林,这些地点自荷马和维吉尔起就已经存在,几乎贯穿整个中世纪文学。在乌托邦的文学世界里,中世纪的花园便是人间天堂。我们无意追寻其渊源,我们只是要确认,经过文学史的积淀,场所成了形式。自然再现的梦的维度经常唤起吉奥诺的梦,作者在梦中可以制造一个崭新的现实:"正是这一千个梦让

第五章 生态空间的文学表征

我们置身世外,让我们置身于另一个世界,小说家用这些梦将我们移至这世界的彼岸,这是一个崭新爱情的世界。"

不可否认的是,吉奥诺作品中的景物与人物之间联系密切。人物通过换喻与空间相连,并通过隐喻成为空间的象征。对空间的描写并不是叙事的准备程序,现实主义小说中描写和叙事的交替顺序被打破,空间介入了叙事。① 吉奥诺早期的作品就深刻反映了这一特点,在维系人物与自然空间关系的同时制造了另一种现象,颠覆了古典小说的固有视角:人物与空间之间的关系被颠倒了过来,空间自己可以成为主角,成为故事的因子,而人类成为空间的背景装饰。

吉奥诺在再现大自然的想象过程中使用了隐喻和比喻,它们通过文本组合中对词汇的布置和编排勾勒和完善细节效果。"由于描写一定要根据写作主线序列记录每个选定的细节,阅读就必须通过每个人才能实现。无论我们如何谨慎,描写细节一定是将其置于首要地位。细节一瞬间吸引了所有注意力,它经历了绝对的放大,在放大过程中产生它自身细节的可能性。"②

在《再生草》中,吉奥诺主要通过隐喻手法和拟人化手法让描写链具体化,而对于拟人化手法,弗洛伊德曾经这样说过:"我认为人们在用拟人化手法去表现自然力量时,他再次遵循的是婴儿模型。他从他身边最亲近的人身上学会,要影响别人,必须与他们建立一种关系;这就是以后他会用他在自己道路上遇到的一切,用同样的意图来做同样的事的原因。"③《再生草》中戈贝尔的犁铧本来是个毫无生气的物体,却被赋予了生命的特征:

> 这是一个犁铧,一个像菜刀一样亮堂的犁铧,刚韧、锋利、神气地翘着头,两侧弯弯,有如山间走兽的腰,有如没有一丝皱纹的光洁皮肤。(Regain, 125)

犁铧被比作"光洁的皮肤",如同加斯东·巴什拉的解释,以异于隐喻的角度来观察本体与喻体之间的关系:"隐喻让难以表达的印象拥有了具体

---

① 张新木:《法国小说符号学分析》,外语教学与研究出版社,2010年,第142页。

② Jean Ricardou, *Pour une théorie du nouveau roman*, Paris, Editions du Seuil, Collection 《Tel Quel》, 1971, p.111.

③ Sigmund Freud, *L'avenir d'une illusion*, Paris, P. U. F., traduit par Marie Bonaparte, 1971, 4è édition 1976, p.31.

的躯体。隐喻与不同于它的心理存在有关。"① 雅克·拉康认为，维系这种事件展现可能性的再现，意图阐述隐喻创作的规则："隐喻的创作光芒并不在两幅图画的在场之中闪现，也就是说在两个同时现实化的能指之间闪现。它在意义链中相互替代的两个能指之间闪现，被与意义链其他部分（换喻）连接遮蔽的能指依然在场。"② 在让·里卡杜（Jean Ricardou）看来，几乎就是"山间走兽的腰"的戈贝尔的犁铧提出了隐喻的表达条件，这与异国情调紧密相连。"在表达的维度，它已经是异国情调的一种实践：在它完成的地方，即这里的文本，它让一个他处显现，凭借的是它与他处的共同点。我们知道，隐喻可以被这样理解为两个空间的相遇，从它们以前有点遥远的距离突然部分重合。"③ 吉奥诺二战前的作品风格充满了意象和图像，借以表达人类对大自然的归属。他的文本往往承载了叙述者"我"的视角和作者本人的视角。作者将自身的自然空间经验附加于叙述者身上，通过叙述者的各种感官隐喻，通过融合生物世界和人类世界，吉奥诺强调了生物与自然所有物体的和谐统一。

读者们常对吉奥诺高超的描写技法感到震惊，一方面，人们相信，他笔下的普罗旺斯这一空间是基于对现实情景的仔细观察而创造的。另一方面，吉奥诺自己也强调这一空间的构建也是自己充分运用想象力的结果。因为想象也可以变成现实，这便是吉奥诺大量使用的虚构手法，其中最著名的例子便是他的短篇叙事作品《种树的人》。吉奥诺讲述这个故事，如同真人真事般娓娓道来。作品中一帮记者来到主人公所在的地方，想证实事件的真实性，小说便是以叙述者向记者讲述的口吻来展开的。这个想象的地点对记者而言，就成了现实。这个例子表明，尽管吉奥诺刻意去除他虚构作品上的现实性标记，他实际上还是关注两者之间的"侵入"（transgression）。"侵入"这一思想可以理解为吉奥诺赋予现实的虚构性质，或是赋予虚构的现实主义性质。当吉奥诺创作《大畜群》时，小说中的事件宛如现实一般，因为我们知道吉奥诺本人经历过战争。这其实并不比现实主义的表现手法更好，但这样表现的目的在于让作者经历过的暴力体验

---

① Gaston Bachelard, *La poétique de l'espace*, Paris, Presses Universitaires de France, 1957, 9ᵉ édition 2005, p. 79.

② Jacques Lacan, *Ecrits I*, Paris, Editions du Seuil, 1966, p. 504.

③ Jean Ricardou, *Nouveaux problèmes du roman*, Paris, Seuil, Collection poétique, 1978, p. 91.

第五章 生态空间的文学表征

进入虚构领域,从而使作者可以介入其中。在现实中,吉奥诺无力抗击他自己生命中出现的暴力,但在虚构的天地中,一切都是可能的,一切都是可行的。这种自由使他可以掌握他在现实中无法控制的暴力。这也是他坚持在小说空间保持创作自由的原因。

在经历了战争和两次监禁的考验之后,崭新的吉奥诺诞生了——少了田园味,多了批判性。尽管他在创作上保持了一定的连续性,但变化依然是巨大的,体现在文体风格、主题表达、叙事手法等诸多方面。从文体风格方面来看,早期小说中的语言变得简洁明快;从主题表达方面来看,描述的主要对象从大自然变成了人;从叙事手法来看,吉奥诺开始注重不同寻常的"编年体",这样可以拓展各种观点。他的创作就被分作不同的编年体小说,这些小说可以以不同的事实为角度来展现人:模糊的人,复杂的人,与外部世界产生冲突的人,与自己内心世界产生冲突的人,以及"轻骑兵"的姿态。"轻骑兵"系列继承了巴尔扎克的创作传统,以写实的手法全景式展现小说画卷,让所有的元素都充分在舞台上表演,在给予读者最丰富信息的同时,也留给读者无尽的回味与思考空间。

吉奥诺在他后期的创作中,不再单纯追寻人与自然的和谐,开始注重思考人与人之间和谐关系的构建。由于他在二战中及二战后遭受许多不公正的待遇,这些心灵的创伤让他觉得"自然可能要求一定量的残酷"[1]。他的这一表述并不意味着他想谴责谁,因为他知道"任何人身上都隐藏着至善和至恶"[2]。不过,他不再以同样的方式考量人性,他略带苦涩地意识到,他在自己的历程中发现的残酷与他自己的存在相去甚远,却见于普遍的人性之中。人性的凶残让他顿悟,于是他的话语具有了讽刺的力量,洞穿一切却又不失诙谐。吉奥诺在一次采访中这样说道:"特别不要当真,努力待在人世。"为了表现人世的残酷,让人笑总胜过让人哭。他讽刺话语中的幽默性标志着吉奥诺在二战后叙事风格的转变。讽刺是幽默隐秘的进攻,它要求读者全情的投入,让读者扪心自问究竟从文字中读到了什么言外之意。面对吉奥诺式的黑色幽默,读者可以对疾病或死亡的描写发笑,其目的本身就是要让读者毫无顾忌地欢笑,这是去除人类境遇夸张成分的最佳方式。

---

[1] Béatrice Bonhomme, *Jean Giono*, Paris, Editions Ellipses, 1998, p. 77.
[2] Béatrice Bonhomme, *Jean Giono*, Paris, Editions Ellipses, 1998, p. 77.

黑色的幽默，忘情的欢笑，这也是抵御人类生存的荒诞与痛苦的防卫方式。吉奥诺试图通过表现疾病与死亡的永恒恐惧，来让人类摆脱悲剧的沉重。这种欢笑是对生存的不公发起的挑战，它不是让人心生畏惧，而是调和生死，构建平衡。

自投身文学创作以来，吉奥诺从早期认真的抒情风格慢慢转向了写实讽刺手法，表现手法日趋精湛。他借鉴民众中丰富的通俗表述，将其重新演绎并嵌入自己的文本结构中，以制造出更具爆发力和幽默性的效果。吉奥诺早期的文风是抒情的，悲壮而宏大，叙事常辅以丰富的意象和生动的比喻，他的比喻体系将人与自然这两大主体并置起来。从"编年体"系列开始，吉奥诺的风格开始发生转变，其文本中大量借鉴民间词汇。叙事中具有丰富的口语，其风格颇似民间叙事者的腔调。从中可以看出，吉奥诺想成为出色的叙事者。他有时使用司汤达式的间距，与叙述者或人物拉开距离。"编年体"系列小说讲述的是冒险故事，所以保留了口语体的某些特征。他的言语来自大众，生动活泼又不失智慧。他的文本创作其实也是在革新语言，他的文学表现手法新颖独特，从深层讲是将作品风格与民间词汇的更新相融合。

在后期作品中，吉奥诺以动植物和各种自然元素为基础的隐喻和比喻没有消失。它们一直让文本充满意象，不过出现的频率比早期的作品略低，它们只在需要的时候才会出现，其具有的哲学意义也更宏大。在后期的作品中，隐喻和比喻不再是使两个相距遥远的世界相互接近的手段，而是死亡世界的代表。词汇的选用和句子的构建营造出嘲讽和颠覆的氛围，体现了强烈的表达性。作者在这一时期的审美观和道德观也发生了些许改变，死亡不再是一个宏大的主题，不仅仅是命运，而是一种由内心生发的自愿的选择。因此，隐喻和比喻也不再通过严肃的方式来增强死亡主题；它们通常被一些人物自己的内心独白所替代，将祖先的恐惧残余根除，从而将死亡主题去神秘化，以有力的表达来降低死亡的地位。说到道德观的变化，吉奥诺在这一时期真正意识到了人类境遇的荒诞性，连死亡也会来戏弄一番这样的荒诞。因此在这一时期，"人"成了吉奥诺写作的中心。在世界末日、自然灾害、战争、疫病等面前，人不再蜷缩，不再逃跑，而是走上前去，仔细观察，在世界的脚步中归结出哲学元素。之后，面对自然、宇宙的巨大玩笑和宏大喜剧，人甚至也可以开怀大笑。吉奥诺这一时期的作品

第五章　生态空间的文学表征

言语看似平凡，不复前期的优美精致，实际上他创造了一种独特的风格，他的术语继承了狂欢表达的传统，成了新视野的载体；他的语言风格回归本真，词汇的意义从引申义回归本义，从而迸发出词汇本身最具张力的意义。

吉奥诺在二战前后那几年时间遭受了许多不公正的待遇，他的文学创作也经历了"罕见的风格更新"，所以在他后期的作品中，他没有放弃对"普罗旺斯乡村的长篇描写"，没有放弃对"自然现象的仔细观察"，但是"大自然与人之间的隶属关系被颠倒了过来"。大自然依然还存在，作为一个"框架"存在，但"悲剧是人类的"[①]。法国文学评论界大都也认为大自然不再处于他其后作品的中心位置，它变成了一种装饰。"人"从此处于中心地位。这集中他在后期的"轻骑兵"系列中，尤其是代表作《屋顶上的轻骑兵》之中。法国评论家莫里斯·雷纳尔认为这部小说"不仅是吉奥诺的杰作，更是现代文学的杰作。它高度概括了普罗旺斯作家的人文精神：昂热洛这位流浪骑士，举止优美而典雅，他驰骋的形象正是吉奥诺希望构建的典范"[②]。通过"轻骑兵"系列中举止非凡的司汤达式的主人公，吉奥诺希冀创造人性的理想形象，最终融合自己的人格，达到"充满幸福"的目的，这也正是《屋顶上的轻骑兵》主题的升华。

在洪水般倾泻而下的叙事之中，《屋顶上的轻骑兵》中所描绘的末日景象包含了太多的自然失常的符号，叙述最终在话语跟前消失，真实也最终溶解在动词之中。"据说"这一动词既体现了非真实性，也体现了超自然性。比如小说中有大量篇幅都在描写干燥荒芜的大自然，一个被蹂躏的大自然，一个阴郁的无人世界。穿越这片大自然对于主人公的心灵路程又是一次考验。所有的描绘都在突出这一自然背景的单调与忧伤。有坎坷的地形：悬崖陡壁，山脊，壕沟（《屋顶上的轻骑兵》，第289—290页）；有灰暗的色彩：枯黄的牧场，灰色的天空，黑乎乎的黏土，凄凉的银光（《屋顶上的轻骑兵》，第290—291页）；有绝望的孤独：庄严凄凉的盆地，花木凋败的荒原，忧郁的尘埃，贫瘠的山坡，狭窄阴森的小山谷，破败的老柳树林（《屋顶上的轻骑兵》，第291页）。昂热洛在这一路都"没能发现活着

---

① Michel Gramain,《Le Hussard sur le toit：Réception du roman（1951–1952）》, Revue Giono（2010）, p.174.

② Michel Gramain,《Le Hussard sur le toit：Réception du roman（1951–1952）》, Revue Giono（2010）, p.159.

的生命"(《屋顶上的轻骑兵》，第291页)，给他印象深刻的不光是映入眼帘的凄凉，更有渗入骨髓的"寂寞和恐怖"(《屋顶上的轻骑兵》，第292页)。他敏感的心灵让他思忖着这幅景象，想着适应它，并从中找到幸福的感觉：在这受尽折磨的植物中，在这与世隔绝的干旱中，我可能会感到非常幸福。因此，我在卑怯、耻辱，甚至在残酷中，会感到无比的幸福(《屋顶上的轻骑兵》，第292页)。拟人化的描写手法突出了这种忧伤：树枝叹息着卸去身上的雨水(《屋顶上的轻骑兵》，第289页)，高山呈现出软弱无力的形态(《屋顶上的轻骑兵》，第293页)。描绘的生动景象让人联想到死亡主题：树林只剩下断枝残余(《屋顶上的轻骑兵》，第290页)，小山丘破败不堪(《屋顶上的轻骑兵》，第291页)，山坡杳无人迹(《屋顶上的轻骑兵》，第291页)。整个大自然就是一座坟墓。昂热洛在途中注意到"树林都呈几何形状，像是几个部署在战场上的后备营，持枪立正，每行四人或十六人。有时，一棵孤零零的冷杉，穿着沉重的骑兵大衣，矗立在一个山丘上，使你的幻觉臻于完美；抑或，当他们沿着一个小树林边走时，从里面传来悄悄的说话声，仿佛有支部队因命令等得太久而在窃窃私语"(《屋顶上的轻骑兵》，第297页)。这段有关大自然的描写并没有涉及死亡的主题，却在暗示着战争。这些树林矗立在一起，似乎就是随时待命的部队，它们也忍受着"孤独寂寞和冷冷清清"，让昂热洛为之动容。实际上这些孤独冷清的树林，也正是当时吉奥诺内心世界的写照。

昂热洛没完没了的穿越活动有时似乎会停滞下来，因为景色在不断重复，却没有指出何方才是出路。路到处都有，却没有指明一个真正的去向。大自然逐渐地主导了处于被动状态的人：杳无人迹的山坡从四面八方包围他们……那泥水一直陪伴着他们，拥抱着马腿(《屋顶上的轻骑兵》，第291页)。……一条斜向的下坡道把他们带到了第一个山毛榉林(《屋顶上的轻骑兵》，第295页)。在这持续的自然景物描述中，"包围""陪伴""拥抱""带到"等这一系列动词表明人不再是主体，而变成了动作的对象，大自然是动作的施动者，人成了被动接受动作的对象。

吉奥诺对"霍乱"这一灾害的表现也经历着从神话到现实的过渡。起先，霍乱以一位农民那充满幻想的话语得以表现，诚如他叙述的，霍乱的到来往往伴随着超自然现象："在冈蒂埃尔，今年七月二十二日，下了一场癞蛤蟆雨，这都是事实。"(《屋顶上的轻骑兵》，第305页)为了强调话语的模糊性，吉奥诺抛开结构的严谨性重叠使用"自由间接引语"和"自由直接引语"："我认识一个女人……他自己在五天前……"（《屋顶上的轻骑兵》，305页）这里的"我"和"他"指的都是同一位农民。这种人称的混淆使得叙事一半是直接话语，一半是转述话语，处于真实和虚构之间。吉奥诺进而以更加写实的手法加以描绘霍乱，用大量细节去表现它。在昂热洛和波利娜被包围时，下达命令的中尉"长得很瘦，脸色苍白"，并且在"打着哆嗦"，他的面貌表明了无处不在的霍乱和权力的虚浮。

《屋顶上的轻骑兵》是一部流浪冒险小说，具有骑士风范的主人公在他患难的处境中遇到一系列不太为人称道的人物，这些人物或因恐惧或因欲望而发生了扭曲；《屋顶上的轻骑兵》也是一部有关成长的小说，它的每一个篇章都见证着主人公的变化发展。纵观整部小说，昂热洛的本性没有发生根本性的变化，从开篇到结束，他自始至终保持着从容和乐观的心态。如果说他有变化，那么变化在于他在一系列人物和事件身上获取了生活经验，从而变得更加成熟。这个成长的历程伴随着诸多考验，让他在锻炼中更好地认识自己。这样，旅途中在他身边接连出现的某些人物（小法国人、嬷嬷、医生等）扮演着"向导"或"导师"的角色，为他指明心灵的方向。这种成长富有意义，更具有广泛的人道主义情怀，因为在与霍乱的接触中，昂热洛学会了去了解与他志同道合的人。

另外，《屋顶上的轻骑兵》也是融会诸多体裁的小说：英雄场景（第三章与上尉的打斗，第十章中与龙骑兵的冲突等）混杂着喜剧场景（第十三章中昂热洛被仁慈的医生擦过身后，光着身子用被子裹着，尴尬地坐在医生和波利娜之间）。有时则是悲喜相加：当昂热洛和嬷嬷看到一具已经被擦净身体的尸体坐起来时，都惊愕不已，随后把他送回了家（第七章）。即便是最惊心动魄的场景也混杂着某些对现实的讽刺，看得出作者揭露反面人物卑劣本质的愿望：第三章中的上尉是"一个脸色发红的胖子，贝壳状的红胡子又浓又密"（《屋顶上的轻骑兵》，第51页），而第十章中龙骑兵有如"被沸水烫红了皮的猪"，面对昂热洛矫健的身手显得不堪一击（《屋顶上的轻骑兵》，第257页）。

音乐性也是《屋顶上的轻骑兵》的一大特点，它体现了作者对叙事的精心构思。这部小说以流浪冒险小说的面貌出现在读者眼前，它的创作是非常严谨的，遵循一个音乐示意图。研究吉奥诺法国专家、法国巴黎新索邦大学教授皮埃尔·西特龙把小说清晰地划为三个部分：第一部分是从主人公四处游走到其来到马诺斯克的阶段，第二部分是主人公在马诺斯克驻足停留（包括在马诺斯克城里的停留和在城市周围的山丘地区的停留）的阶段，第三部分是主人公在波利娜的陪伴下向泰于行进的旅程。这种三段式的创作明显带有协奏曲的特点，首尾慢板突出中心快板，把昂热洛的旅程很好地用音乐节奏体现了出来。自创作《愿我的欢乐长存》以来，吉奥诺一直试图在他的文学创作中移用音乐创作的规律。在《屋顶上的轻骑兵》中，存在一个由对应、回声、反复构成的网络，这个网络就是音乐变奏的预告文字。重要的目的通常会加以重复：因此昂热洛与波利娜的相遇有两次，有两个霍乱检疫隔离所，两位医生，有两处荒弃的屋子，两位主人公得以在里面相遇相知，有两位嬷嬷，等等。某些意象会不断地被提及，例如，贪婪的鸟、发疯的猪等。小说的叙事节奏处在莫扎特式的节奏之中（第十二章的单簧管独奏者提到），在快板和广板之间交替，最后以生动的极快节奏结束。主人公的活力和一系列的波折在小说中起了重要作用，但是我们也必须衡量一下精心构思的写作风格。小说中经常有些句子会反复，进而重新掀起高潮（如小说的结尾"我幸福极了"），这些重复确保了复调的拓展。

　　吉奥诺在战前创作的小说通常是符号性的，而他的这部《屋顶上的轻骑兵》则标志着他战后小说风格的转变，他继承了法国小说巨匠司汤达的传统，创作风格转向现实主义。他的现实主义是多样性的——历史的，地理的，社会的，心理的，医学的。但是这种现实主义并不意味着作者受到现实的奴役。吉奥诺曾经在他的日记里这样写道："我所感兴趣的，不是柏树或是麦田，而是柏树加凡·高，是麦田加凡·高。是印记。要印上自己的印记。"在《屋顶上的轻骑兵》这部小说中，让人瞩目的是昂热洛的现实性（透过昂热洛体现作者的现实性），而非自我的现实性；是整体的真实性，而非细节的真实性。如果说昂热洛从开始到马诺斯克的旅途的表现完全符合现实的话，那么他与波利娜一同走过的旅程则似乎是幻想的产物。读者会发现要去定位小说中提到的一个个村庄的名字是徒劳无功的。吉奥诺最经常使用"共生"的笔法来描绘不同的村庄，即采用一个真实存在的名字来作为文学想象力的跳板。同样，吉奥诺在对大自然进行一丝不苟的工笔描绘时，也不吝啬在其中加入汪洋恣肆的想象力。

第五章 生态空间的文学表征

《屋顶上的轻骑兵》是一部在司汤达式的美学和吉奥诺以往小说中的美学之间达成一种有效的辩证统一。敏捷的节奏,讽刺与理想主义的对位主题,继承自司汤达审美情节的统一,使得这部小说既轻巧又深刻,既有趣又悲怆,人物形象栩栩如生,整体行文灵动而流畅。我们看到,吉奥诺为了成功创作《屋顶上的轻骑兵》,特别精心把握创作风格和叙事手法,从文艺美学的角度来看,这部作品没有给人带给拘束僵硬之感,显得奔放和丰满,并且无论在小说之内(音乐)还是在小说之外(电影)都能与其他艺术形式完美融合。这部小说所承载的信息不是唯一的、单义的,它让各种声音都能自由地释放出来。

评论界把30年代的吉奥诺介绍为"大地抒情的伟大专家"。至于这些作品中所蕴含的哲理,则经常被视为"毫无保留的泛神论"。不过这与纯粹的乌托邦还是有所差别。例如,在《愿我的欢乐长存》《大畜群》《人世之歌》《大山里的战斗》等作品中,由于与大自然事先达成了和解,人类与大自然之间才建立了这种和平状态。在这些作品中,作者由于含糊的观念而并非完全纯粹的抒情性,反而达到了一种罕见的表达美。对于其后期作品,法国文学评论家戈达尔认为它们成功将"景色与人物等同起来"①,同时描述与叙述也达到了平衡。例如,在《埃纳蒙德》中,高原上荒凉的景色呼应了高原上发生的残酷悲剧。景物的色彩似乎在漠视人物的非道德性,季节也反映了人物行为中隐藏的暴力:"夏天一闪而过。五天就挣脱了春天,二十天就完全盛开,十天就抽搐着,秋天来了。"(Ⅵ,p. 272)在《苏兹的蝴蝶花》中,自然场景不再是《星蛇》中牧羊人身处的田园牧歌式的景色,它更多是用于烘托人物的内心情感。它是避难的场所,它也是谜一般的暴力激情的场所。吉奥诺在他后期的作品中确实将此种技巧掌握得相当完美,他把对大自然的描写与人物的情感变化始终关联在一起。大自然与人物之间存在交流关系,但这并不意味着两者达到了完美的融合。在一次与让·卡里埃(Jean Carrière)的交谈中,吉奥诺从写作根源本身的角度谈及了这种相互性:"这是一种类人的杂交,在这种杂交中,景色时常被一个人物所激励,人物被一片景物所激励。"无论是"大地的抒情""乡村的话语"还是"人类的境遇",其实都是吉奥诺对人与自然进行思考,进而进行叙事表

---

① Henri Godard, *D'un Giono l'autre*. Paris:Gallimard, 1995, p. 135.

达的风格。

第三节 生态空间的文明反思

现代生态批评把亨利·梭罗的作品作为出发点和典范。在吉奥诺发现沃尔特·惠特曼（Walt Whitman）和赫尔曼·梅尔维尔（Herman Melville）（Ⅲ，pp.1203-1204）之后，梭罗也相继成为他喜爱的作家，他经常阅读梭罗的作品。吉奥诺先前在维吉尔的作品中读到了田园生活，而他对这些作家作品的阅读加强了他赋予田园生活的重要性。在自然中的生活与吉奥诺小说中人物身份的发展，这两者之间的联系并未被加以深入研究，甚至以"乡土""大地"等笼统词汇遮蔽了作者真正想表达的生态思想。

法国索邦大学教授、法国吉奥诺研究专家米雷耶·萨科特（Mireille Sacotte）把吉奥诺称为"文字前的生态主义者"，并列举一些受到巴黎启发的"生态"句子："这片天空让人无法呼吸""沥青和混凝土"或是"他们冷酷无情的居住方式"①。他也在自己的杂文集中提到了毫无味道的快餐。"文字之前"，这更多是指1935年之前的吉奥诺，这时的他似乎忽略了赞成生态文化的论据，也许因为对于他想象中的"复古"的农民们来说，这种文化是他们知晓的唯一的文化。西特龙也认为要承认吉奥诺为"生态主义者的先驱"，这来自1935年10月31日日记中的一段评论："必须谴责物质的生产。降低人为需要，而不是满足人为需要。"他的反机器思想见诸许多文字，比如他在1953年发表了《阿卡迪亚！阿卡迪亚！》（Arcadie！Arcadie！），在这篇文章中他抨击了液压机压榨橄榄油味道平庸（Provence，p.125）。

吉奥诺早期的三部代表作《山冈》《一个鲍米涅人》《再生草》，它们呈现给读者普罗旺斯的别样风貌，但它们的存在不是为了满足人们拥抱自然的美好愿望，也不是为了满足城市居民对农村生活的猎奇心理。这些小说的中心问题是探讨人类秩序如何融入自然秩序。

当读者面对吉奥诺的文本时，内心不禁会涌现各种有关人与自然的根本

---

① Colette Trout et Derk Visser, *Jean Giono*, New York, éditions Rodopi B.V., 2006, p.40.

第五章 生态空间的文学表征

问题:自然秩序是为人类建立的吗?如果大自然不以人类为目的,那人类为何自认为有权利甚至有义务把人类秩序和人类意愿强加给世界呢?人类是否让其他物种为其服务而自身却不遭受惩罚?天地万物仅仅是为了满足人类的需要而存在吗?不过,人类的伟大之处在于其坚持不懈地征服桀骜不驯的大自然,把大自然变成自己内心希望的样子,进而让人与人之间具有权利关系,而不再是暴力关系。数千年人类生产力的不断发展,使我们"不仅摆脱了自然的束缚,而且使它为我们服务。然而,我们因此也脱离了自然,并陷于一种其非自然性带来许多危险的生活条件"①。我们"许多人的命运就是从事机械化的劳动",我们被迫"离开自己的家园,生活在压迫人的物质不自由状况中",所以我们现在每个人或多或少都有"丧失个性而沦为机械的危险"②。

对吉奥诺而言,"本性"并非卢梭提出的"人性本善"中的本性。吉奥诺所说的"本性"是力量取之不尽的源泉,既不善良,也不邪恶。这个"本性"并不是我们通常所指的"回归本性(自然)"。此外,并不能把"回归本性(自然)"与"回归大地"混为一谈:前者是个哲学命题,它通常用于本性纯朴,由于社会原因而堕落的人;后者仅仅指代对一种生活方式的喜好。

《山冈》是吉奥诺早期最著名的作品之一。小说中的"人"会被大自然力量的凝视所陶醉,他在与这最基本起源的交流中寻找其起源:"这是位在某种程度上有着过度风格的诗人。"环境有着"自然悲怆"的秩序。大地是"心情敌意的,孤独的,自由的,如同一头龇牙咧嘴的野兽"。大自然平静的外表下蕴藏着一副凶猛的面容:"我是一位对周围景象感兴趣的小男孩;他在安静地散着步。有人告诉他在山冈上可以获得一位普罗米修斯……我发现是个凶残的人……这很悲剧……我意识到要遭遇危险了……我的景象具有了另外的含义。"③ 吉奥诺向读者展示了一出恐惧的悲剧,焦虑交织着群体的狂热,实际上小说通过整个故事情节,形象地表现了人们竭泽而渔

---

① [法]阿尔贝特·施伟泽:《敬畏生命》,陈泽环译,上海社会科学出版社,1992年,第34页。
② [法]阿尔贝特·施伟泽:《敬畏生命》,陈泽环译,上海社会科学出版社,1992年,第35页。
③ Béatrice Bonhomme, *Jean Giono*, Paris, Éditions Ellipses, 1998, p.31.

所引发的大自然的报复,体现了生态文学中"生态预警"的特点。

吉奥诺之后发表的《一个鲍米涅人》《再生草》和先前的《山冈》共同构成了《潘神三部曲》。《潘神三部曲》并不是一首颂扬"回归本性"的赞美诗,而是一部有关在回归原始状态的大地上重建人际关系的叙事作品。作者并不是要人们回归原始生活,但我们依然可以从文中察觉作者对过往世界观和生活艺术的向往,尤其是我们考虑作者写作的年代这一因素:他当时正直面现代文明的野蛮,因而更加呼唤"乡村文明"。这个文明并不是指原始社会的文明,而是能够与自然世界建立和谐关系的文明,能够在公正公平和言行一致的基础上恢复人与人之间的和谐关系。

在吉奥诺发表《潘神三部曲》的时候,文学界还未有"生态"这一概念,但几十年之后生态学的燎原之势,想必是受到吉奥诺创作的启发。① 《潘神三部曲》中的第一部《山冈》创作于1929年,当时整个世界都陶醉在工业革命和科技文明不断让大自然为人类提供更多财富的胜利之中,而且,这部小说也比真正现代意义上的现代生态文学早了好几十年!因此,《山冈》可以说是一部最早的名副其实的现代生态文学样本。② 吉奥诺通过文学作品反映生态意识,从这一意义上来说,他是一个不折不扣的具有悲天悯人情怀的生态思想先驱。他的作品促使人们对自身与环境关系进行生态思考,这一思考充分反映我们在跨越"乡村文明"时应汲取的教训——万物皆有生命。人类为了自己的生存就必须奴役其他物种甚至让其灭绝消失?吉奥诺在一次访谈中曾经给他的三部曲下过这样的定义:"将这三部作品联系在一起的,正是我们所有感官感觉到的生机勃勃的大地的韵律。"③

从生态批评的角度来看,法国文学评论界已经意识到吉奥诺描绘自然之下的生态思想。学者勒布朗(D. LeBrun)和普拉(J. C. Pratt)在他们的书中强调了吉奥诺的"生态"方面,他们谈到了《愿我的欢乐长存》和孔塔杜尔:"70年代的巴巴酷诞生于1934年的马诺斯克!……吉奥诺是'预见者'。"④ 吉奥诺在1930年发表过一篇名为《高原上的马诺斯克》的文

---

① Alain Romestaing,《Regain, ou dépasser Pan?》, *Revue Giono* (2010), p. 246.
② 曾思艺,《现代生态文学的最早样本》,《天津市工会管理干部学院学报》2007年第3期,第45页.
③ Anne-Marie Marina-Mediavilla, *préface in Regain*, Jean Giono, Le Livre de Poche, 1995.
④ Colette Trout et Derk Visser, *Jean Giono*, New York, Éditions Rodopi B. V., 2006, p. 29.

第五章 生态空间的文学表征

章,后被收录进集子《世态炎凉》中。吉奥诺在这篇文章中表达了对现代文明破坏的激烈反抗:

> 林荫大道,榆树装点着它。我们看得很清楚,这里,那里,透过树叶,看到房子松软老旧的墙面,甚至有些让人担忧的鼓起,但是,这是在树林的另一边……人们把榆树砍掉了;林荫大道变得光秃秃。现在,它又黄又脏,充斥着散发着蒸汽和重水的工厂。我们整个土地都被修剪光了:故乡刚刚遭受了永久性的苦役。(I, p.519)

在吉奥诺有关自然思想的起源中,我们发现他受到德国达尔文主义者恩斯特·赫克尔的某些影响,今天他变得很流行,因为是他创造了"生态"一词,但对赫克尔而言,生态环境决定了物种的进化。他因此得出结论,自然界中的万物都与其环境相适应,这样就构成了"自然和谐"的长久理论。赫克尔启迪了欣赏乌托邦式的乡村生活朴素之美的读者,这些读者乐于享受在大自然中的散步。赫克尔的著作被翻译成英语、法语和其他语言,这样他就强化了卢梭式的"回归自然",这种"回归自然"奠定了吉奥诺作品的基础,但也使得读者对他们作品的解读过于理想化。根据丹尼尔·加斯曼(Daniel Gassman)的研究,赫克尔的"信徒"们提出改革以阻止农民涌向城市,表达了对城市文明的厌恶。当时他们建立了一个素食主义团体以"逃离都市的颓废影响,并提倡植根于土地的生活"①。这句话让人想到吉奥诺的《真正的财富》,吉奥诺在比照城市文明与自然文明的基础上,提出他最卢梭主义的思想:

> 每当人类渴望希望和平衡时,他们就糟蹋土地和水,堆砌石头,在眼前建造具有僵化节奏和次序的形式……诗人必须是名希望的宣传者……他自己的工作,就是说。其他人做……我们被太多的城市和墙壁覆盖。我们太习惯于照见我们自己反自然的模样。我们不再知道我们是自由的动物。但如果有人说:河流!啊!我们看见山涧的流水,在穿越森林……天地!我们来到世间不是为了办公室,为了工厂,为了地铁,为了公交车;我们的使命不是造汽车,造飞机,造大炮……我们的拇指

---

① Daniel Gassman, *The Scientific Origins of National Socialism*, London, McDonald, 1971, p.122.

与其他手指相匹敌不是因为这些……我们的脚想在新鲜的草地上步行……当我们的手臂划水时,击打我们身后的水。我们整个身体都渴望一个真实的世界。这就是诗人的使命……我歌唱树木的摇摆,……歌唱把如同彩色石饼的鸟儿透过树叶挥洒出去的喜爱……歌唱云朵的影子,歌唱鸟儿的迁徙,歌唱沼泽地中的鸭子……歌唱繁星闪烁的夜晚……我歌唱运动的节奏和杂乱无章。(III, p. 204)

对于吉奥诺而言,"生态",就是按照他童年时代农民的方式生活,在自然的原始环境内,人们都按照自然的方式劳动、生活。他在《阿卡迪亚!阿卡迪亚!》中向我们描绘出了这幅生态场景:

> 这些小农庄以惊人的智慧组织起来。这里的一切都适合我们。我们不需要机器。双手轻松自如地劳动;我们有马帮忙。羊群至多有二十只母羊和六只山羊;由年迈的妇女或孩子照看。通常我们就精心引了一条水脉过来。这水如此稀有,以至于我们想方设法让它流入一个漂亮的蓄水池中。从水池中溢出的水灌溉菜园。正如我们所见到的,这不是挣钱的组织。任何地方都没有贪婪的痕迹。最慷慨的好客便是快乐。如果您想吃想喝,一切都归您。(*Provence*, p. 130)

咏唱自然,提倡生态,这是显而易见的"吉奥诺主义"[1]。如前所述,他会表达自己反机器的思想,抨击现代文明的肮脏。不过他提倡生态,反对机械,并非厚古薄今,无谓贬低科技。吉奥诺提到要把意识与科学相结合,使"技术显得人性和自然"。他否认对科技的无谓歧视:"我不是技术的敌人。我是技术使用的现代形式的敌人……我的意思是,如果我们同时同等使用技术和智慧,那么我们就会走在真正的幸福道路上。"[2]

1941年,吉奥诺发表了对知识分子界的尖锐批评:"教育,曾经自文艺复兴晚期以来指挥和引导人类的心灵,如今却出于担心落后的考虑而把人类心灵引向一条错误的道路。如此的自信每一步都在残杀自然世界。人类

---

[1] 根据学者加斯东·罗塞尔·雷诺(Gaston Rosaire Renaud)的研究,吉奥诺主义(Gionisme)反映了吉奥诺的世界观,体现为两个主要方面:反对城市空间的虚假文明,提倡自然空间中的和谐生活。

[2] Jacques Mény, 《Des sciences en général et de l'astronomie en particulier》, *Revue Giono* (2009), p. 109.

的命运如同一条直线,笔直指向既无空气也无光明的某个未知高地,任何企图一览大地鲜花的人都被视作人类真正荣耀的谋杀犯。"(*Triomphe de la vie*, p. 29)在这之前的十年间,他创作的领域主要是散文或小说,时而揭露我们消费社会的弊病,时而诗意地再现典型的农民形象。通过他富有争议的文本中不断透露的对比——前与后,野蛮与文明,健康与疾病,技术与智慧——从而产生更加朴素的信念:"那些在农业产业建立后出生的人是值得同情的,因为他们永远无法知道什么是真正的捕鱼。"①

1989年,米雷耶·萨科特在她为《真正的财富》所作的简介中这样写道:"(吉奥诺的作品)具有现代的共鸣:生态愿景,对包括树木、动物、人类在内的任何事物都靠其商品价值进行评判的经济体系提出抗议。"(VII, p. 967)可以说,吉奥诺的文学创作实际上预先为生态运动做准备,尽管他自己最初的创作活动未必有此考虑。感性让他成为"被世界的形状和色彩渗透过的一滴水",也让他罕见地品尝生活,并恰如其分地为社会的组织感到悲痛,因为这个社会组织让我们失去了"风、雨、雪、阳光、山脉、鲜花和森林",失去了"人类真正的财富"。(*Les Vraies Richesses*, p. 208)机械论、进步、金钱,这些"臭味让我们感到窒息",但是今天无人能够指责吉奥诺的守旧,因为《天空的重量》中的话语在当今社会依然未失去它的现实意义:"河流隐藏在工厂的泥浆中。港湾在污染着海洋。沾满油渍的海鸥纷纷坠落在海边悬崖,它们已经失明,头黑得像柏油一样。"(*Poids du ciel*, p. 15)吉奥诺关注的焦点是人生的本质:对幸福的追求。在这一主题上他与司汤达不谋而合,后者也正是他最喜欢的作家之一。不过,他尽量避免直接给幸福下定义,因为对他来说,幸福"无法下定义。这是我生存的状态,这种状态让我快乐"②。但幸福的性质让人浮想联翩。"幸福可以通过一些毫无道理的事情达到,通过一些非常细微的小事达到:看暴雨倾盆而下……看望某人。"③他把幸福提升到"大善"的层面,正如法国环境伦理学家阿尔贝·史怀泽所指出的那样:"善是保持生命、促进生命,使可发展的生命实现其最高的价值。恶则是毁灭生命、伤害生命,压

---

① 《Le fruit gratuit est toujours meilleur》, *La République du Centre*, 21 novembre 1970.
② L. Iglesis, *En Français dans le texte*, entrevue télévisée, 27 septembre 1959.
③ Claude Santelli, *La Nuit écoute*, entrevue télévisée, 25 décembre 1965.

制生命的发展,这是必然的、普通的、绝对的伦理原理。"① 吉奥诺以对自然万物的悲悯情怀,通过文学创作来表达对生命的尊重与虔诚,从而践行敬畏生命的生态思想与伦理观念。

虽然卢梭是生态思想的先驱之一,而吉奥诺也对卢梭思想进行了继承,但他并不是完全重复卢梭式的主张。当然,对20世纪城市病的揭露自然也包括对破败的巴黎的展示,在吉奥诺的小说中,这个城市是现代社会"恶"的标志,所以吉奥诺写道:"来吧,你们都来吧;你们都没有幸福,除非哪天马路上都长满了大树;除非哪天藤的重量让方尖碑坍塌,让埃菲尔铁塔弯曲;除非哪天我们在卢浮宫的售票窗前,听到成熟豆荚从壳中迸出落地的轻微声;除非哪天从地铁的隧道里跑出摇着尾巴的野猪。"(I, p. 526)雷米·法布尔(Rémi Fabre)认为这些"反城市的主张"是吉奥诺在20世纪30年代的政治主张②。巴黎和马赛都被描绘成地狱,须以一场反城市的起义来消灭它。吉奥诺终其一生,都对巴黎"敬而远之",认为巴黎"一如其他大城市,只不过是一个漂亮、有教养、健壮、迷人而又腐朽的无赖"③。

根据法国学者阿朗·克莱顿和亨利·戈达尔的分析,吉奥诺的写作体现了两种截然不同的愿景的冲突:第一个愿景是融入自然秩序的愿望,第二个愿景是反对自然秩序以彰显追求绝对的人性本义的需求。④ 这样,作者就向我们打开了通往世界之家的各扇大门,为我们书写美丽和快乐,同时,他也为我们塑造了一个无形的诗意世界,这正是我们在大地上最可靠的栖居之地。

为了进一步表现现代文明的肮脏,为了反抗现代日益加快的人性丧失,吉奥诺使用两种补充思想:经常被典型体现为"回归大地"的运动和"烧炭党"意识形态运动,尽管这两种思想都不是来自吉奥诺本人。"回归大地"是20世纪30年代的指导思想,之后在吉奥诺的随笔中得到定义。我们同样也在战后小说中发现这一思想的踪迹,尽管不太明显。不管怎样,这一思想从未远离小说家的精神。他曾经在自己的创作笔记中这样写道:

---

① [法]阿尔贝特·史怀泽:《敬畏生命》,陈泽环译,上海社会科学出版社,1992年,第9页.
② Rémi Fabre,《Un cas d'urbaphobie radicale? Les refus de la ville de Jean Giono avant 1945》, *Urbaphobie*, pp. 117 – 126.
③ [法]让·吉奥诺:《人世之歌》,罗国林、吉庆莲译,外语教学与研究出版社,1982年,第1页.
④ Julie Sabiani, *Giono et la terre*, Paris, Editions Sang de la Terre, p. 108.

"人与大地的综合/屠格涅夫/猎人故事。"（V，p. 874）里卡特没有解释吉奥诺追求哪种综合。对他而言，屠格涅夫的书将是吉奥诺叙事作品的典范。

吉奥诺打小就听父亲讲过祖父——原意大利烧炭党的成员。19世纪的"烧炭党"运动试图在意大利建立民主——这就需要解放奥地利和教皇控制的意大利地区。这场运动在昂热洛的生活中起到了作用，而它的革命动力也指引着作家在1939年战争之前的生活，以及1945年的生活，这一年昂热洛被构思出来。在《狂热的幸福》这部描写1848年皮埃蒙（Piémont）革命的小说中，吉奥诺向我们展示了自由资产者所领导的大政策的失败，以及随时准备战斗的手工业者们真正的革命精神。在与陶·安鲁什（Taos-Amrouche）的交谈中，吉奥诺谈到了他父亲和他自己的手工劳动："要热衷于工作，必须具有对工作的全部积极性而不是拥有只给你一部分积极性的流水线工作。"他认为孔塔杜尔可能是"为了成为完整人"的"一种革命企图"。这充分说明吉奥诺意图勾勒一幅充分满足个体愿望、保障个体自由的劳动场景，而不是压抑个体意愿、剥脱个体自由的工业流水线式的机械操作。

吉奥诺生态思想的统一性清晰体现在他反对资本主义工业生产的整体思想中，这些我们都能在他的小说作品中觉察到。吉奥诺创作的两大领域在小说和随笔方面，其文本勾勒出一个负责任的作家形象。对他而言，工业革命的后果，即现代文明是一场巨大的不幸。吉奥诺作为和平主义者和作家，从现代文明中看到科学怪人在扭曲作为普通个体的个人，异化其劳动果实。他在1952年这样说道，"要成为完整的人而不再是割裂的人"，他们必须能够试着"过工匠或农民式的生活"①。这是从《再生草》到《苏兹的蝴蝶花》的宏大主题。像《苏兹的蝴蝶花》中的勒路易塞等牧民把吉奥诺式的理想组合了起来——"受时间和自然支配的劳动"和"崭新和自由的人们……他们真正的名字：牧羊人。牲口的主人"（III，p. 115）。吉奥诺一生经历坎坷，所处的历史背景跌宕起伏、危机重重，他看到人与之打交道的自然界是被社会改造过的自然，服从于一种特殊的理性，这种理性愈发成为技术的、工具的理性，并且这种理性也被用于压制人的本性和原始

---

① Colette Trout et Derk Visser, *Jean Giono*, New York, éditions Rodopi B. V., 2006, p. 39.

的生命冲动。①

　　吉奥诺一生精心构建普罗旺斯自然空间,并不是为了给人类一个逃避烦恼、解脱罪恶的世外桃源,而是为了让人们扪心自问:究竟该对大自然采取什么样的态度?诚如柳鸣九先生所言:"对大自然采取什么样的态度,已经是决定人类未来生死存亡的一个大问题。"②吉奥诺早在20世纪20年代就以文学作品代言,道出我们今天才能达到的环保意识的高度,不能不说他具有超前性,他在生态意识方面领先于那个时代的大部分作家。

---

　　① [德]马尔库塞:《审美之维:马尔库塞美学论著集》,李小兵译,三联书店,1989年,第131页。
　　② 柳鸣九:《超越荒诞:法国二十世纪文学史观》,文汇出版社,2005年,第164页。

结 论

  一部伟大的作品往往具有纯文学价值之外的许多价值。它表明作者面对生活的态度，这种态度表现独特，甚至会成为典范；它往往具有伦理功能，即便作者本人有时都不自知。这样的作品就是光彩照人的人生之书。书籍不是人生，作品是人生的书籍，它能引发激情，让文字前的读者发出生命的震颤。① 勒·克莱齐奥认为吉奥诺的文学创作，就是"构建一种崭新的存在秩序，一种不依附任何物质性的绝对秩序"②，他的文字总是充满生命的张力，"既非缅怀过去，也非展望未来，它们就在当下，它们只对现在的人述说。它们是生命的过度，是身体的力量，是跳动的心脏，是呼吸的肺脏，是分泌的腺液，是每个细胞的震颤，也是每个细胞对它周围震颤的回应"③。所以勒·克莱齐奥认为，吉奥诺"所有的作品都与自然融为一体，所有的作品就是自然"④。

  在第二次世界大战之前，让·吉奥诺的作品具有崇尚自然的质朴意味。他信仰潘神，主张回归大地，并倡导和平主义，他的思想构成了颇具生态意识的"吉奥诺主义"。在文学史上，不乏一些视野盲目、思想狭隘的作家，"舍近求远，到已逝的人民的传说中，寻求虚假的灵感，费尽心机去复

---

  ① [英]拉曼·塞尔登：《文学批评理论：从柏拉图到现在》，刘象愚、陈永国等译，北京大学出版社，2000年，第551页。
  ② Jean-Marie Gustave Le Clézio, *Les écrivains meurent aussi …*, Le Figaro littéraire, 19 – 25 octobre 1970.
  ③ Jean-Marie Gustave Le Clézio, *Les écrivains meurent aussi …*, Le Figaro littéraire, 19 – 25 octobre 1970.
  ④ Jean-Marie Gustave Le Clézio, *Les écrivains meurent aussi …*, Le Figaro littéraire, 19 – 25 octobre 1970.

活那些古老神话",他们声称膜拜自然母亲,"却无视大自然真实的广阔天地"。① 吉奥诺则与这些作家不同,他一生都在普罗旺斯以天地为庐,虽然一生鲜有远游,但对脚下的每寸故土却了然于胸。所以他描绘的自然天地、农村生活具有"深厚的民众根基",他质朴的文风也"不是自然主义者虚假的质朴"②。二战之后,他对崇尚自然的生活方式的提倡,实际上与二战前小说中所提倡的"融入自然秩序的生活"并无大异。吉奥诺参加过一战,并且经历过二战前后诸多历史事件,他对自然和人有着相当深刻的感悟。尽管二战后他的创作基调逐渐发生变化,但他的创作意识依然不变,"自然"始终是贯穿他众多作品的创作要素。

在吉奥诺的众多作品中,"人"与"自然"是并列的两大因素。从早期的《山冈》到后期的《波兰磨坊》,无论人物生活在自然大地还是"人间丛林",他们其实都处在我们时代的边缘。从他们的个人角度而言,他们都实现了自身的完满,因为他们的世界大多是依靠他们自己的力量来构建的。在吉奥诺的文学世界中,自然始终存在于文学空间中,对自然的描写也是构建作品中人物形象的主要手段。小说中人物在原始自然的恶劣环境中顽强地生存着,这个原始的自然始终在积极地变幻,它既是小说情节的背景,也是主人公寻求内心安宁的目的地。小说人物在变幻的万千世界中"且行且珍惜",他们往往率性而为,挥洒激情,接受日常生活给予的"馈赠",便能获得幸福。吉奥诺在《意大利之旅》中这样谈论过他的幸福观:"有这么一种幸福,既不取决于他人,也不依赖风景,它是我一直以来孜孜以求的幸福。"(*Voyage en Italie*, p. 1)这样的幸福便是简单生活,满足自我需要,顺应激情,即便这激情可能将人置于危险的境地。庞图尔、安托尼奥、昂热洛等人正是这些品质的写照,他们不遵守清规戒律,而只依照本性行事。然而如果我们把这些品质只是简单解读成对个人幸福的绝对追求,那么吉奥诺的作品便会显得极端贫乏,它会导致"人人为己"的纯粹的非道德主义,即一切价值观的沦丧。事实上,我们知道吉奥诺所提倡的是仁慈,他对人性的刻画与大自然的刻画是密不可分的,其间充满了对人类日常生活的赞许和褒奖。他的目的不在于事无巨细地展现平凡生活的细节,他想

---

① 埃米尔·左拉:《宇宙的史诗》,引自[法]儒勒·米什莱:《鸟》,李玉民等译,上海人民出版社,2011年,第2页。

② 《Accueil de la critique》, in Jean Giono, *Regain*, Paris, Librairie Générale Française, p. 155.

结 论

通过生活物品、生活事件，甚至是最细微的亲密动作，来唤起人们对生命的感知，让人们感受世界之美。

吉奥诺通过一系列心理表现展示了对生命的完整阐释，通过心理表现，他笔下的人物就不局限在情感世界。他阐释了我们文学的一种趋向。他塑造的人物朴素自然，甚至有点粗鲁和焦虑，人物的生活体现了人的存在的完整性。在这样的人物身上，天使与野兽无法区分，心灵与肉体、高尚与邪恶之间的传统界限被破除。吉奥诺笔下的人物是血与肉的生灵，他们的本能重新获得了权利；这样的人物或许粗俗，或许原始，甚至带有些许野性，但这样的人是完整的人。这也是像左拉、吉奥诺这样的作家的作品出现在我们的文学视野中的原因，是他们的作品中出现工人、农民等品性纯朴之人，甚至出现亡命之徒、低能儿这样的社会边缘人物的原因。他们的作品是"人性的夜曲"①。

通过作品表现人性力量的爆发，或许这正是吉奥诺作品的道德价值所在。他的作品使用丰富的素材和多样化的方式来展现作者对人的最大限度的信任——这便是对世间万物充满博爱的人文精神。也许吉奥诺所提倡的价值观与我们的价值不甚相同，但是他通过作品向我们传达了他对生活的态度，并邀请我们进入他的作品，感受其中表现的生活氛围。

尽管吉奥诺强调大自然的优势，但他并没有把自己的关注点全集中于它。他在构建作品中的生态空间时，既注重"自然"主题，也注重"人"的主题，而且随着年代的推移将两者融合得越发紧密。大自然体现了吉奥诺试图在人类身上寻觅的自然观。因此，归根到底，大自然本身不是吉奥诺的首要主题，首要主题是体现和谐的自然观和生态观，无论这一思想是由大自然来表现，还是由人来表现。因而围绕着这一抽象概念，吉奥诺必须想方设法表现兼有人和大自然性质的想象的现实性。大量诸如换置、隐喻、象征等表现手法的使用，旨在再现两者之间的和谐，要么让大自然人格化，要么让人自然化。自然观被视作可靠的价值，这是由它普遍的、永恒的特性所决定的。自然观呼应构成生态空间中的自然万物，它显示了吉奥诺对事物本质的兴趣，符合人类渴望探索事物真实性的本能。

在肯定吉奥诺生态思想的同时，我们也要清楚地看到，他的作品由于各

---

① 《Accueil de la critique》, in Jean Giono, *Regain*, Paris, Librairie Générale Française, p. 113.

种原因存在不可避免的局限性。比如吉奥诺作品中经常出现的农民形象,他们的日常生活看似与自然融为一体,但他们的劳动并非建立在主动的"生态"选择上,而是迫于自然条件和农村生活的"现实",即基于自给自足的、封闭的和非机械化的小农经济的特点。[①] 他们这种无意识的生态选择建立在他们的体力和土地质量之上,因而吉奥诺作品中所反映的生态意识与我们当代提倡的生态文明不尽相同。不管怎样,吉奥诺的作品毕竟构建起了一个独特的生态空间,并借此表达其超前的生态意识。

最后,借用林语堂先生《生活的艺术》中的一段表述作为本书的结尾:"大自然本身永远是一个疗养院。它即便不能治愈别的病患,但至少能治愈人类的自大狂症。人类应被置于'适当的尺寸'中,并且永远被安置在用大自然做背景的地位上。"[②] 林语堂先生这段对人与自然关系的精辟论述,也恰恰是对吉奥诺作品中人与自然的和谐生态关系的真实概括。

[①] Colette Trout et Derk Visser, *Jean Giono*, New York, éditions Rodopi B. V., 2006, p.49.
[②] 林语堂:《生活的艺术》,越裔译,陕西师范大学出版社,2003年,第214页。

参考文献

让·吉奥诺文学作品著作

Giono, Jean. *Œuvres romanesques complètes*：*Vol. I.*，Paris：Gallimard, 1971.

Giono, Jean. *Œuvres romanesques complètes*：*Vol. II.*，Paris：Gallimard, 1972.

Giono, Jean. *Œuvres romanesques complètes*：*Vol. III.*，Paris：Gallimard, 1974.

Giono, Jean. *Œuvres romanesques complètes*：*Vol. IV.*，Paris：Gallimard, 1977.

Giono, Jean. *Œuvres romanesques complètes*：*Vol. V.*，Paris：Gallimard, 1980.

Giono, Jean. *Œuvres romanesques complètes*：*Vol. VI.*，Paris：Gallimard, 1983.

Giono, Jean. *Les Vraies Richesses*, Grasset, 1972, *Œuvres*.

Giono, Jean. *Colline*, Grasset, 1998.

Giono, Jean. *La Pierre* (in *Le Déserteur et autre récits*), Galiimard, 1973.

Giono, Jean. *Le Déserteur et autres récits*, Gallimard, 1973.

Giono, Jean. *Le Poids du ciel*, Gallimard, 1938.

Giono, Jean. *Provence*, Gallimard, 1995.

Giono, Jean. *Le Serpent d'étoiles*, Grasset, 1962.

Giono, Jean. 《Le printemps》, *Les Terrasses de l'île d'Elbe*, Paris, Gallimard, 1976.

《再生草》，罗国林译，外语教学与研究出版社，1980年。

《人世之歌》，罗国林、吉庆莲译，外语教学与研究出版社，1982年；安徽文艺出版社，1994年。

《庞神三部曲》，罗国林译，安徽文艺出版社，1994年。

《一个郁郁寡欢的国王》，杨剑译，译林出版社，1995年。

《屋顶轻骑兵》，潘丽珍译，译林出版社，1998年。

作品译介

期刊：

《一个鲍米涅人》，罗国林译，刊登在 1983 年《译林》杂志第 4 期。

《让·季奥诺散文三篇》，罗国林译，刊登在 1984 年《当代外国文学》第 1 期。

《山冈》，方德义等译，刊登在 1983 年《外国文艺》第 5 期。

《逃亡者》，郭太初译，刊登在 1995 年《当代外国文学》第 3 期。

书籍：

《怜悯的寂寞》（后译作《世态炎凉》）收入《法兰西现代短篇集》，戴望舒选译，上海，天马书店，1934 年。

《怜悯的寂寞》收入《法国短篇文艺精选——罗马之夜》，保尔·穆郎著，上海译文出版社，1940 年。

《再生草》选入《名家名作中的情与爱》，鲍学谦、陈巧燕编，漓江出版社，1985 年。

《再生草》选入《名家名作中的情与爱》（林玮等选编，江苏人民出版社，1993 年。

《世态炎凉》选入《世界短篇小说经典·法国卷》（叶水夫主编，张容选编，春风文艺出版社，1994 年。

《世态炎凉》《世界短篇小说精品文库》，柳鸣九主编，海峡文艺出版社，1996 年。

《特利埃夫之秋》选入《外国散文名篇赏析》，李文俊等编，中国青年出版社，1993 年。

《特利埃夫之秋》选入《外国散文金库·咏物卷》，乔继堂主编，中国广播电视出版社，1993 年。

《特利埃夫之秋》选入《世界名家经典美文百选》（夏风扬选编，四川文艺出版社，1995 年。

《特利埃夫之秋》选入《人，可怜的怪物》，徐知免编，花城出版社，1998 年。

《特利埃夫之秋》选入《人类的声音 1：世界文化随笔读本》，严凌君编，商务印书馆，2003 年。

《人世之歌》选入《二十世纪西方小说大观》（上），刘文刚等编著，吉林人民出版社，1989年。

《植树的人》选入《二十世纪外国散文经典》，陆建德主编，北京师范大学出版社，2004年。

《植树的人》选入《外国现代派作品选 D 卷：早期现代主义现代主义后现代主义》，袁可嘉、董衡巽、郑克鲁选编，北京燕山出版社，2005年。

《费勒蒙》选入《二十世纪外国短篇小说编年法国卷》（上），余中先选编，人民文学出版社，2002年。

《莫桑村的若弗洛瓦》选入《世界短篇小说精品文库》，柳鸣九主编，海峡文艺出版社，1996年。

关于让·吉奥诺的研究资料

姜依群，《让·齐奥诺生平及其创作思想》，《外国文学报道》，1982年第2期。

罗国林，《让·齐奥诺的创作道路》，《当代外国文学》，1984年第1期。

陈振尧主编，《法国文学史》，外语教学与研究出版社，1989年。

庄乐群，《法国发表著名作家吉奥诺的日记》，《译林》，1996年第1期。

张泽乾等著，《20世纪法国文学史》，青岛出版社，1998年。

郑克鲁，《现代法国小说史》，上海外语教育出版社，1998年。

方锡江，《大地生命神话——〈愿我的欢乐长存〉的艺术主题》，《晋东南师范专科学校学报》，1999年第4期。

柳鸣九，《吉奥诺代表作二题》，《外国文学研究》，2000年第3期。

方仁杰、张捷频，《比喻的非凡魅力——季奥诺在〈一个波米涅人〉中朴实无华的比喻手法》，《法语学习》，2001年第5期。

吴岳添，《法国小说发展史》，浙江大学出版社，2004年。

莫尼克·卡尔科-马赛尔、让娜-玛丽·克莱尔，《电影与文学改编》，刘芳译，文化艺术出版社，2005年。

柳鸣九，《超越荒诞：法国二十世纪文学史观》，文汇出版社，2005年。

吴岳添，《法国文学简史》，上海外语教育出版社，2005年。

曾思艺，《现代生态文学的最早样本》，《天津市工会管理干部学院学报》，2007年第3期。

杨光正,《纪奥诺小说的想象空间——潘神三部曲的主题批评》,上海三联书店,2010年。

杨柳,《由吉奥诺笔下的"气"说起——兼谈中西美学审美观照》,《湖北师范学院学报(哲学社会科学版)》,2010年第5期。

杨柳,《吉奥诺的"虚之爱"——虚之创生》,《法国研究》,2010年第3期。

周霞,《与自然为邻——季奥诺小说的创作视角研究》,《作家杂志》,2011年第3期。

Amon, Évelyne & Y. Bomati. *Dictionnaire de la littérature française*, Bordas, 2005, p. 230.

Beaumarchais, J.-P. de, D. Couty & A. Rey, *Dictionnaire des Littératures de langue française*, Paris, Bordas, 1984.

Bonhomme, Béatrice. *Jean Giono*, Paris, Editions Ellipses, 1998.

Bonhomme, Béatrice. *La mort grotesque dans les oeuvres de Jean Giono*, Thèse de doctorat, Université de Provence, 1982.

Bourneuf, Roland. *Les Critiques de notre temps et Giono*, Paris, Garnier, 1977.

Bouygues, Claude. 《*Colline*: Structure et Signification》, *The French Review*, Vol. 47, No. 1, 1973.

Chabot, Jacques. *La Provence de Giono*, Provence, édisud, 1980.

Chonez, Audine. *Giono par lui-même*, Seuil, Paris, 1959.

Citron, Pierre. *Giono*, Editions du Seuil, 1995.

Fourcaut, Laurent. Avant-propos au 6ᵉ volume de la Série Jean Giono, *Revue des Lettres modernes*, éd. Minard, printemps 1995.

Giono, Sylvie. *Jean Giono à Manosque*, Paris, éditions Belin, 2012.

Gnayoro, Jean Florent Romaric. *La nature comme un cadre matriciel dans quelques oeuvres de Giono et de Le Clézio*, éditions EDILIVRE APARIS, 2009.

Godard, Henri. *D'un Giono l'autre*, Gallimard, 1995.

Godard, Henri. *Entretien avec Jean Amrouche et Taos Amrouche*, Gallimard, 1990.

Hamon, Philippe & D. Roger-Vasselin, *Dictionnaire de littérature française*, Dictionnaire le Robert, 2000.

Jacob-Champeau, Marceline. *Le Hussard sur le toit-Jean Giono*, France:Editions

Nathan, 1992.

Le Clézio, Jean-Marie Gustave. *Les écrivains meurent aussi …* , Le Figaro littéraire, 19 – 25 octobre 1970.

Maxwell, A. Smith,《Giono's Cycle of the Hussard Novels》, *The French Review*, Vol. 35, N°. 3, 1962.

Mény, Jacques.《Apocalypse neige》, conférence prononcée lors des Journées Giono de Manosque en 2005, reprise dans *Bull.* 64, automne-hiver 2005.

Morzewski, Christian, ed. *Le Hussard sur le toit de Jean Giono*, Actes du colloque d'Arras du 17 *novembre* 1995, Artois Presses Université, 1996.

Morzewski, Christian.《Du zoophile au taxidermiste: les rapports de l'homme et de la bête chez Giono, de Colline à Dragoon》, in *Giono Romancier*, volume 2, Aix-en-Provence, Publications de l'Université de Provence, 1999, pp. 371 – 392.

Poïna, Peter.《Le style apocalyptique de *Colline*》, Série Giono n° 6.

Poulet, Georges.《Giono et l'espace ouvert》, *Revue des sciences humaines*, Lille III.

Pugnet, Jacques. *Jean Giono*, Paris, éditions Universitaires, 1955.

Romestaing, Alain.《Jean Giono, l'instant : le néant, la plénitude》, in Dominique Rabaté, *L'instant romanesque*, Presses universitaires de Bordeaux, 1998.

Sabiani, Julie. *Giono et la terre*, Paris, éditions Sang de la terre, 1988.

Simon, P.-H. *Histoire de la littérature française au XXe siècle*, tome 2, Armand Colin, 1957.

Trout, Colette & D. Visser, *Jean Giono*, New York, éditions Rodopi B. V., 2006.

Vignes, Sylvie. *Le Hussard sur le toit*, éditions Bertrand-Lacoste, 1997.

Vitaglione, Daniel. *The literature of Provence—An introduction*, McFarland, 2000.

Von Kymmel-Zimmermann, Corinne.《Jean Giono ou l'expérience du désordre》, Thèse de doctorat, Université d'Artois, 2010.

http://fr. wikipedia. org/wiki/Jean_Giono(2012.1.4)

其他

Bachelard, Gaston. *La psychanalyse du feu*, Paris, Gallimard, Collection Folio; Essais, 1949.

Bate, Jonathan. *The Song of the Earth*, Harvard University Press, 2000.

Blanchot, Maurice. *L'espace littéraire*, Paris, Gallimard, Folio; Essais, 1955.

Burbage, Franck. *La Nature*, Paris, Flammarion, 1998.

Claval, Paul. 《Le thème régional dans la littérature française》, *Espace géographique*, Tome 16 n°1, 1987.

Defoe, Daniel. *Journal de l'Année de la Peste*, Paris, Gallimard, 1982.

Duhamel, Jérôme. *La Passion des livres. Quand les écrivains parlent de la littérature, l'art d'écrire et de la lecture*, Paris, Albin Michel, 2003.

Eliade, Mircea. *Aspects du mythe*, Paris, Gallimard, Folio, Essais, 1963.

Fodor, Ferenc. 《L'imaginaire de l'épidémie》

Freud, Sigmund. *L'avenir d'une illusion*, Paris, P.U.F., traduit par Marie Bonaparte, 1971, 4ᵉ édition 1976.

Gassman, Daniel. *The Scientific Origins of National Socialism*, London, McDonald, 1971.

Glotfelty, C. & H. Fromm. *The Ecocritism Reader*, Athens and London, University of Georgia Press, 1996.

Jung, Carl Gustave. *Les racines de la conscience, études sur l'archétype*, Paris, éditions Buchet/Chastel, traduit par Yves Le Lay, 1971.

Jung, Carl Gustave. *L'homme et ses symboles*, Paris, Robert Laffont, 1964.

Lacan, Jacques. *Ecrits I*, Paris, Editions du Seuil, 1966.

Lacan, Jacques. *Le séminaire, Livre V, Les formations de l'inconscient*, Paris, éditions du Seuil, Champ freudien, 1998.

Lacan, Jacques. *Les Quatre Concepts fondamentaux de la psychanalyse*, Le Séminaire Livre XI, Paris, Editions du Seuil, 1973.

Lefebvre, Henri. *La Production de l'espace*, Paris, Anthropos, 1986.

Lombard, Jean. *L'épidémie moderne et la culture du malheur. Petit traité de chikungunya*, Paris, L'Harmattan, 2006.

Lucrèce, Titus Lucretius Carus dit. *De la nature*, Paris, Garnier-Frères, traduit par Henri Clouard, 1964.

Margaret, T. Phythian. 《Les Alpes Françaises dans les romanciers contemporains》, *Revue de géographie alpine*, 1938, Tome26 N°2.

Mauriac, Claude. *Les espaces imaginaires*, Paris, Bernard Grasset, 1975.

Mennig, Miguel. *Dictionnaire des symboles*, Eyrolles, 2005.

Merleau-Ponty, Maurice. *Sens et Non-sens*, Paris, Les Editions Nagel, 1966.

Miquel, Pierre. *Mille ans de malheur. Les grandes épidémies du millénaire*, Paris, Michel Lafon.

Mythes, rêves et mystères, Gallimard, collection 《Idées》.

Noizet, Georges. *De la perception à la compréhension du langage*, Paris, P.U.F., 1980.

Panofsky, Ervin. *L'œuvre d'art et ses significations. Essais sur les arts 《visuels》*, Paris, Editions Gallimard, Bibliothèque des Sciences Humaines, trad. de l'anglais par Marthe et Bernard Teyssèdre, 1969.

Pasquier, Emmanuel. 《La première des passions》, *L'admiration*, Paris, éditions Autrement, Collection Morales n°26, 1999.

Posthumus, Stéphanie. 《Une approche écologique: les lieux d'enfance chez Michel Tournier》, *Voix plurielles* Volume 2, N° 1, mai 2005.

Quignard, Pascal. *Vie secrète*, Paris, Gallimard, 1998.

Rastier, François. *Sémantique interprétative*, Paris, P.U.F., 1987.

Ricardou, Jean. *Nouveaux problèmes du roman*, Paris, Seuil, Collection poétique, 1978.

Ricardou, Jean. *Pour une théorie du nouveau roman*, Paris, Editions du Seuil, Collection 《Tel Quel》, 1971.

Rougerie, Gabriel. *Les cadres de vie*, Paris, P.U.F., 1975.

Roy, Claude. *La Conversation des poètes*, Paris, Gallimard, 1993.

Schopenhauer, Arthur. *Le monde comme volonté et comme représentation*, Paris, P.U.F., traduit par A. Burdeau, Collection 《Quadrige》 2006.

Vaneigem, Raoul. *Entre le deuil du monde et la joie de vivre*, Paris, Gallimard, 2008.

Weil, Simone. *L'enracinement*, Paris, Gallimard, 1949.

《Le fruit gratuit est toujours meilleur》, *La République du Centre*, 21 novembre 1970.

[法] 霍尔巴赫,《自然的体系》(上卷),管士滨译,北京,商务印书馆,1964年。

[法] 霍尔巴赫,《自然的体系》(下卷),管士滨译,北京,商务印书馆,1977年。

［英］罗素，《西方哲学史〈下卷〉》，马元德译，北京，商务印书馆，1982年。

［德］黑格尔，《自然哲学》，北京，商务印书馆，1986年。

陈荷清、孙世雄，《人类对时间和空间本质的探讨》，郑州，河南人民出版社，1986年。

吴玲玲，《从20世纪法国小说看小说家对人的思索》，《外国文学》，1987年第4期。

［德］马尔库塞，《审美之维：马尔库塞美学论著集》，李小兵译，北京，三联书店，1989年。

陈敏豪，《生态文化与文明前景》，武汉，武汉出版社，1995年。

［法］卢梭，《爱弥儿·论教育》（上卷），李平沤译，北京，商务印书馆，1996年。

［德］汉斯·比德曼著，《世界文化象征辞典》，刘玉红等译，桂林，漓江出版社，1999年。

［希］亚里士多德，《天象论·宇宙论》，吴寿彭译，北京，商务印书馆，1999年。

［英］拉曼·塞尔登编，《文学批评理论：从柏拉图到现在》，刘象愚、陈永国等译，北京，北京大学出版社，2000年。

史成芳，《诗学中的时间概念》，长沙，湖南教育出版社，2001年。

［法］福柯，《空间、知识、权力》，见《后现代性与地理学的政治》，包亚明主编，上海，上海教育出版社，2001年。

［法］尚·布希亚，《物体系》，林志明译，上海，上海人民出版社，2001年。

［法］埃德加·莫兰，《方法：天然之天性》，吴泓缈、冯学俊译，北京，北京大学出版社，2002年。

林语堂，《生活的艺术》，越裔译，西安，陕西师范大学出版社，2003年。

［法］塞奇·莫斯科维奇，《群氓的时代》，许列民等译，南京，江苏人民出版社，2003年。

王诺，《欧美生态文学》，北京，北京大学出版社，2003年。

［法］福柯，《不正常的人》，钱翰译，上海，上海人民出版社，2003年。

［法］亨利·柏格森，《创造进化论》，姜志辉译，北京，商务印书馆，

2004年。

［法］布封，《动物素描》，刘阳译，南京，江苏人民出版社，2005年。

［法］卢梭，《漫步遐想录》，徐继曾译，北京，北京十月文艺出版社，2005年。

［法］加斯东·巴什拉，《火的精神分析》，杜小真、顾嘉琛译，长沙，岳麓出版社，2005年。

［法］A．J．格雷马斯，《论意义——符号学论文集》（上、下册），吴泓缈、冯学俊译，天津，百花文艺出版社，2005年。

［法］塞尔日·莫斯科维奇，《还自然之魅——对生态运动的思考》，庄晨燕、邱寅晨译，北京，三联书店，2005年。

胡志红，《西方生态批评研究》，北京，中国社会科学出版社，2006年。

汪民安，《身体、空间与后现代性》，南京，江苏人民出版社，2006年。

［法］文森特·德贡布，《当代法国哲学》，王寅丽译，北京，新星出版社，2007年。

［法］莫里斯·梅洛-庞蒂，《可见的与不可见的》，罗国祥译，北京，商务印书馆，2008年。

毕宙嫔，《朱迪思·赖特生态思想研究》，《当代外国文学》，2009年第4期。

杨丽娟，刘建军：《关于文学生态批评的几个重要问题》，《当代外国文学》，2009年第4期。

［法］夏维耶·德贝瑟，《关于可持续发展的小册子》，L'Archipel，2009年。

［法］让-雅克·卢梭：《卢梭散文选》，李平沤译，天津，百花文艺出版社，2009年。

［法］让-伊夫·塔迪埃，《20世纪的文学批评》，史忠义译，郑州，河南大学出版社，2009年。

［法］加斯东·巴什拉，《空间的诗学》，张逸婧译，上海，上海译文出版社，2009年。

［荷］托恩勒·迈尔，《以敞开的感官享受世界：大自然、景观、地球》，施辉业译，桂林，广西师范大学出版社，2009年。

张新木，《法国小说符号学分析》，北京，外语教学与研究出版社，2010年。

谢纳,《空间生产与文化表征——空间转向视阈中的文学研究》,北京,中国人民大学出版社,2010年。

[法]儒勒·米什莱,《山》,李玉民译,上海,上海人民出版社,2011年。

[法]儒勒·米什莱,《鸟》,李玉民等译,上海,上海人民出版社,2011年。

http://chinese.cersp.com/sJxzy/cYywz/200909/7388.html(2012.7.5)

后 记

1970年10月8日，吉奥诺病逝于法国普罗旺斯马诺斯克小城。两周以后，当时还是文坛新星的2008年诺贝尔文学奖得主勒·克莱齐奥在《费加罗报》文学版上发表文章《作家也会逝去》，悼念这位法国文坛的"种树老人"。吉奥诺出身于普罗旺斯的普通人家，自幼喜爱文学，青年时期的他做过银行职员，也入过伍当过兵，但他从未放弃文学创作。他一生笔耕不辍，却始终游离于法国主流文学圈以外，甘心在自己南方高原的书房里做个"静止不动的旅行者"。早期的文学作品相继得过美国布伦塔诺奖、英国诺特克利夫奖，初入文坛便得到了纪德的赞美，后期作品更受到了法国文学界的力赞，甚至有人称其应该获得诺贝尔文学奖。不过纵观其文学人生，吉奥诺始终与龚古尔文学奖、法兰西学院奖等法国文学大奖擦肩而过，与诺贝尔文学奖更是渐行渐远，这让他在群星璀璨的法国20世纪文坛中显得有些黯然失色，往往被人与普罗旺斯的古老传统一并遗忘。

同样，吉奥诺作品的"中国之旅"也显得孤单落寞。1934年，"雨巷诗人"戴望舒在《法兰西现代短篇集》中开始了对吉奥诺作品的译介，称其是"法国民众文学的真正的代表"。在此之后是长达50年的沉默，无人再对吉奥诺作品翻译和推介。到了20世纪80年代，罗国林、吉庆莲等翻译家对吉奥诺多部小说的翻译，掀起了吉奥诺作品译介的小高潮，吉奥诺的多篇杂文刊登在文学杂志或文学选集之中，学术杂志上也偶见吉奥诺作品的分析文章。但不可否认的是，即使在法国文学研究的学术圈内，吉奥诺依然只是一位不太受人青睐的小众作家。2009年，我考入母校南京大学攻读博士学位。在恩师张新木教授的指引下，我将自己的博士选题定格在吉奥诺这位小众作家身上。各种机缘巧合之下，我"忽视"了许多法国文学大家，唯独对这位看似默默无闻的法国南方作家产生了浓厚的兴趣。2014年，我完成了博士论文《吉奥诺作品中的生态空间研究》并顺利通过了答辩。这是国内第三部有关吉奥诺作品研究的博士论文，从"生态思想"和"空间构建"这两大视角来分析吉奥诺作品，是我这部博士论文的一大特点。

博士毕业后，我的吉奥诺研究之路并未停止。在繁忙的教学之余，我相继在《当代外国文学》《美术与设计》《法国研究》《法语学习》《世界文学》等国内知名刊物上发表了多篇吉奥诺研究学术论文和吉奥诺散文译文，主持2项重要的吉奥诺科研项目：国家社科基金后期资助项目和教育部人文社科青年项目。这些成绩的取得，离不开国内法国文学研究界各位前辈与学者的提携与指导，离不开我所在的苏州大学外国语学院各位领导与同事的关心和支持，我自己也非常高兴能为中国的吉奥诺研究做了一点力所能及的事。

2016年，我受到江苏省政府留学奖学金资助，赴法国访学三个月。其间，我应巴黎三大资深教授、吉奥诺研究专家米艾叶·萨克特（Mireille Sacotte）教授之邀，参加了当年8月初在吉奥诺的故乡马诺斯克市举办的吉奥诺学会年会。我是第一位参加吉奥诺学术会议的中国学者，这也是我第一次参加国际学术会议。与我先前想象的传统严肃的室内学术会议不同，吉奥诺学会的学术年会持续一周，相继在吉奥诺故居花园、市镇小剧场、书店等不同场地进行，有学术汇报，有音乐表演，有影像放映，还有新书签售，这样的学术交流真是形式多样，内容丰富，令人目不暇接！值得一提的是，马诺斯克小城宁静古朴，街巷交错，绿树成荫，公交小中巴遍布全城，而且完全免费乘坐，这座风光旖旎的千年小城也是生态宜居的现代小镇！

2019—2020年，为纪念吉奥诺逝世50周年，法国各地相继举办了一系列文化活动，包括学术研讨会、摄像图片展、文化旅游、教育示范计划等。其中，2019年11月21日至22日在法国梅斯市举办的"吉奥诺作品中的先知形象"国际学术研讨会是吉奥诺逝世50周年的重要纪念活动之一。此次会议由法国斯特拉斯堡大学和法国洛林大学联合举办，法国吉奥诺学会协办。受会议主办方法国斯特拉斯堡大学荣誉教授丹尼埃尔·亨基

后 记

女士的邀请，我作为中国学者的代表参加了此次会议并做发言。结合丰富的史料和生动的图片，我向与会的法国、加拿大、巴西等各国学者介绍了吉奥诺在中国的译介情况。在饶有兴致地听完我的汇报之后，法国吉奥诺学会主席雅克·梅尼教授、法国阿尔多瓦大学前校长默哲思教授、法国斯特拉斯堡大学丹尼埃尔·亨基教授等多位与会专家与我进行了热烈的讨论与交流。那一刻，看着法国学者真挚交流的眼神，我感觉自己多年的研究工作没有白费，我让这些法国学者们感到吉奥诺的生命在东方大地上有了回响！

与法国研究吉奥诺专家的交流，让我在吉奥诺研究上收益良多。在交流的过程中，我也注意到这样有趣的细节。每当我提到吉奥诺是位"普罗旺斯作家"，法国专家都会微笑地向我提醒，纠正我说吉奥诺是法国作家（écrivain français），但不是普罗旺斯作家（écrivain provençal）。我明白他们的提醒其来有自。虽然吉奥诺出生在普罗旺斯，一辈子也生活在普罗旺斯这片土地上，但他自己生前明确表示不喜欢将"普罗旺斯作家"或是"乡土作家"的帽子扣在他头上，也难怪法国学者非常在意，坚持不用"普罗旺斯作家"来称呼他。吉奥诺不喜欢世人眼中海滨环绕的普罗旺斯，不喜欢充斥着阳光沙滩氤氲着休闲娱乐氛围的普罗旺斯，他声称自己作品中的普罗旺斯属于全世界，具有世界性。对于他的观点，我深表赞同。不过，曹雪芹笔下的大观园，鲁迅笔下的三味书屋，金庸笔下的光明顶，这些文学场所的表征意义，恐怕不仅仅是来自作家本人的定义，更多是来自读者或观众心中的想象与阐释。从这一层意义来说，吉奥诺是不是普罗旺斯作家？他笔下的普罗旺斯究竟是何种面貌？这些问题的解答应当不在于作者本人的界定，而在于千千万万读者的解读。即便是违拗了作者本人的意愿，误解了作品本身的意象，但这样的违拗，这样的误读，其实也是别具一格的阐释。空间的意义并不全是文字在作品中搭建出来的，更多是文字透过感官在读者心中构建而成的。看过英国人彼得·梅尔的普罗旺斯，不妨瞧瞧法国人让·吉奥诺的普罗旺斯。至于后者的普罗旺斯展现出何等意韵，那就有待每位读者自己去探索和发现。我想，这也正是文学作品的魅力所在。

吉奥诺晚年在其代表作《种树的人》中写下这样的结尾："一个普通的男人，依靠一己的体力和智力，竟也能在荒山野岭建起迦南圣地。这让我觉得,做人终究是件美好的事。"作者对小说中种树老人的评价何尝不是对自己一生的定论?吉奥诺这位普罗旺斯老者,虽穷尽一生未摘得文坛殊荣,却以澈净之心表明对文艺的喜爱之情,在文学与电影两大领域都展现出惊人的创作力。《种树的人》这部吉奥诺晚年的佳作畅销全球,成为研习欧美生态文学的必读之作,是名副其实的"生态主义宣言书"。书中宣扬的自然保护主义的理念激起了无数读者的共鸣,同名动画片获得了1988年奥斯卡最佳动画短片奖,进而在全世界掀起了植树造林的热潮。可以说,吉奥诺这位"静止不动的旅行者"在法国普罗旺斯高原建起了一座熠熠生辉的文学圣殿,更向全世界吹起了一股清新的自然之风!

2020年7月14日
写于苏州天赐庄崇远楼